contents!

モデル　多屋来夢（STARDUST PROMOTION Inc.）
フォトグラファー　飯田エリカ
スタイリスト　こんかおり
ヘアスタイリスト　AOKI
ブックデザイン　シイバミツヲ（伸童舎）

協力　株式会社モトベロ（www.motovelo.co.jp）
BESV PS1（電動アシスト自転車）
the Virgin Mary
横浜市環境創造局南部公園緑地事務所
黄金町エリアマネジメントセンター
伊勢佐木警察署／加賀町警察署／山手警察署

1章
突然の姉弟

道路をはさんだ向こう側に山下公園《やましたこうえん》の明かりが見える。ぼくと親父《おやじ》が向かい合っているのはマリンタワーの四階にあるレストランで、首をのばすと氷川丸《ひかわまる》の電飾《でんしょく》も望める。親父に会うのは半年ぶり。たまにはメールや電話が来るし、インターネットでも名前は見かける。両親が離婚《りこん》してから十年がすぎていて、親父がいてもいなくてもぼくとお袋《ふくろ》の生活は変わらない。

ローストビーフが来て親父が生ビールを追加し、ぼくも小グラスのビールを舐《な》める。親父の顔なんか見ながらビールを飲んでも仕方ないが、ぼくが高校生になったころから親父は息子にビールを飲ませたがる。

「それでなあ、さっきの話だが」

親父が顎鬚《あごひげ》をさすって肩をすくめ、ナイフとフォークをとりあげる。左手の薬指には金の結婚指輪が露骨《ろこつ》に光っている。

「明生《アキオ》が一度、会ってみてくれないか」

「どうして」

「もし彼女の主張が本当ならおまえの姉弟《きょうだい》になる」

「だからって……」

「こっちは去年の暮れに結婚したばかりだぞ。女房《にょうぼう》が三十二歳で能代早葉子《のしろさよこ》という女も同い年だ。いくら俺《おれ》でも新婚の女房に、そういう隠し子《かくご》がいたとは言えん」

「言えるだろう。父さんの小説はそんな話ばかりだもの」

親父のフォークがとまり、やって来たジョッキからビールが咽《のど》に流される。

「おまえ、俺の小説なんか読むのか」

「読まない。でもインターネットでストーリーは紹介される」

「うん、いやあ、まあ、だがあんなのは商売上の絵空事《えそらごと》だ。現実に、突然《とつぜん》知らない女があらわれて『あなたの娘です』と言われたら、俺としては、大いに困る」

「それが父さんの宿命だよ」

「皮肉はよせ。それはそれとして、実はなあアキオ、女房に子供ができた。出産予定は来《らい》春《はる》、俺としては愛美《まなみ》に静かな環境《かんきょう》で子供を産ませてやりたい」

愛美というのが親父の再婚相手で元はアイドルだったというが、詳《くわ》しいことは知らない。そこに突然能代早葉子という女性があらわれて親父の娘だと告げたらしい。客観的にはかなり気の毒な状況で、しかしそんなことがぼくに、なんの関係がある。

「父さん、心当たりがあるわけ」

「なくはない」

「それなら仕方ないよ。ＤＮＡを調べれば分かることだし」

「人生はおまえが思うほど単純じゃない。あんなスキャンダルもトラブルも二度とご免《めん》だ。ヘタをすればおまえの人生にだって、影響《えいきょう》が出るんだぞ」

　親父の言うあんなとは、十年前の迷惑行為《めいわくこうい》防止《ぼうし》条例違反事《じょうれいいはんじ》件《けん》。親父が横浜駅のエスカレータで女子高校生のスカート内を盗撮《とうさつ》し、結果として大学教授の地位を失い、家庭も崩壊《ほうかい》して離婚。当時は気鋭《きえい》の社会評論家とかでテレビにもよく出ていたから、世間のバッシングも過酷《かこく》だったらしい。ぼくはまだ小学生になったばかりで具体的な状況は理解できなかったが、親父とお袋がつくりだす無言の緊張感《きんちょうかん》は、思い出すと、今でも心臓が痛くなる。

　気を静めるために、ローストビーフを口に運び、ビールで咽をうるおす。

「それで、心当たりというのは、具体的に？」

「学生時代にちょっとな」

「子供ができたわけ」

「まるで知らなかった。何度か、つまり、そういうことがあって、そのうち相手の女が不意にいなくなった。本気でつき合っていたわけでもなし、なにか事情があるんだろうと気にもとめなかった」

「薄情《はくじょう》な人だね」

「だってアキオ、そのころ俺は二十歳だぞ。七世《ななよ》からも聞いているだろうが、当時はバイトと大学だけで手一杯《ていっぱい》。惚《ほ》れたの腫《は》れたの結婚だの、考える余裕《よゆう》はなかった」

　親父の実家は岩手県の農家で、奨学金《しょうがくきん》で大学と大学院を修了し、社会心理学とかいう分野では有能だったらしく、三十五歳で私大の助教授《じょきょうじゅ》に迎《むか》えられた。そのころからテレビに出るようになったから、収入も知名度も高くて家も山手《やまて》の代官坂《だいかんざか》近くにあった。それだけなら主婦受けする二枚目タレント学者だったのに、盗撮事件がすべてを壊《こわ》した。もっとも親父は今でも、あの事件は警察の陰謀《いんぼう》だと愚痴《ぐち》を言う。

親父が縁《ふち》なしのメガネを外しておしぼりで額の脂《あぶら》をふき、メガネを顔に戻してため息をつく。昔はいつも紺《こん》系の背広に横分けの髪型《かみがた》だったが、今は短髪《たんぱつ》に顎鬚。ジャケットも麻《あさ》混《こん》の夏物で下はTシャツというラフなスタイル。離婚後一年半ほどして盗撮事件を題材にしたライトノベルを発表し、それがベストセラーになった。以降も精力的に作品を発表しつづけて、今では変態官能小説の大御所《おおごしょ》なのだという。

「だけど、やっぱり、なにかヘンだね」

ビールがなくなり、ぼくはコップの水に口をつける。

「その能代という人、なぜ今ごろ」

「先月、母親が亡くなったそうだ。死因自体は子宮癌《しきゅうがん》だとかで……」

「そのとき『実は』みたいな？」

「そんなことらしい。向こうにも打ち明けられない事情があったんだろう」

「事情って」

「知らん。実家の借金がどうとか言っていたが、よく聞いていなかった」

「要するにお金を？」

「それが分からん。会ったときは『ただ事実を確認したいだけ』としか言わなかった。しかし最終的にはやはり、金の問題になるだろうなあ」

親父がウェイターを呼んでハウスワインを注文し、ぼくにも「ビールを追加するか」と目で聞く。ぼくは首を横にふり、海鮮《かいせん》のパスタを頼《たの》む。

「会って話をしているうちに昔のその女を思い出した。だから能代早葉子が彼女の娘であることは間違いないだろう。しかし、本当に俺の子供かというと、実感が湧《わ》かない」

「DNAを調べなよ。それが分からなければ考えても仕方ないよ」

「それはそうなんだが、ここで対応を間違うとまたスキャンダルになる。生まれてくる子供のために、いや、もちろんおまえのためにも、禍根《かこん》を残したくない」

再婚相手との間にできる子供はともかく、ぼくやお袋はもう無縁。離婚時の慰謝料《いしゃりょう》でお袋は廃業《はいぎょう》した畳店《たたみてん》を買い、ぼくと二人、今は黄金町《こがねちょう》に住んでいる。親父のほうは東京のマンションで普段はまるで没交渉《ぼっこうしょう》だから、隠し子の一人や二人出てきたところでぼくにどんな禍根が残る。

「父さんは、けっきょく、認めたくないわけだね」

「端的《たんてき》に言うとそういうことだ」

端的に言わなくてもそういうことだろう。

「だけどさ、自分の子供に対して、失礼すぎるよ」

「失礼も無礼も、俺には女房と子供を守る責任がある。それに考えてもみろ、もし俺が死んだらその女にも財産を持っていかれるんだぞ。アキオの取り分だって減るじゃないか」

「ぼくの取り分？」

「当然だ。七世とはもう他人だが、おまえが俺の息子であることは変わらない。そのあたりはちゃんと考慮《こうりょ》している」

ぼくのほうは考慮もしていなかったが、親父がぼくの父親であることは事実。しかし変態官能小説家というのは遺産の行方《ゆくえ》を心配するほど、儲《もう》かる商売なのか。

ハウスワインの赤が来て、親父が顔をしかめながらグラスにつぎ、肩凝《かたこ》りでもほぐすように首をまわす。

「一番の問題はなあ、アキオ、彼女の意図というか本心というか、そこが不明なことだ。たんに『父親を確認したいだけ』とは言うが、職業は警察官だという」

「警察官？」

「それだけでも俺は背筋が寒くなる」

「そうだろうね」

「ただの偶然《ぐうぜん》なのか、また警察ぐるみで俺を嵌《は》めようとしているのか、そのあたりも分からん。常識的に考えてそこまでの策謀《さくぼう》もないとは思うが」

ワインに口をつけ、顎鬚をさすって、親父が疲《つか》れたように瞬《まばた》きをする。十年前の事件に関する主張は、官僚《かんりょう》の天下《あまくだ》りをテレビで糾弾《きゅうだん》しつづける親父を国家が抹殺《まっさつ》しようとした、というもの。たしかに親父は社会的に抹殺され、ぼくとお袋も山手から黄金町に都落ちしたが、それでもちゃんと生きている。親父なんか変態官能小説の大御所として復活したし、元アイドルと再婚して子供もできる。それぞれに紆余曲折《うよきょくせつ》はあったものの、まずまずみんな、平和に暮らしている。

「考えすぎだと思うけどね。警察がまた父さんを狙《ねら》っているとしたら、その人も警察官とは名乗らないよ」

「そこが一般人《いっぱんじん》の甘いところだ。俺は今でも作品のなかで警察や官僚の汚《きたな》さを糾弾することがある。それがやつらには、許せないとか」

「やっぱり考えすぎだよ」

「念には念を入れる。前の事件で思い知らされた」

「要するに、ぼくにどうしろって?」

「最初に言ったろう、彼女に会え」

「会って、本当に父さんの子供ですか、狙いはなんですか、警察の陰謀《いんぼう》ですかって聞くわけ」

「おまえが適任だ」

「興信所《こうしんじょ》でも使えば?」

「そんなことをすればすぐ週刊誌に情報がもれる」

「ぼくはただの高校生だよ」

「観察オタクでもある」

「なに、それ」

「おまえの性格だ。子供のころから意味もなく、物事をジーッと観察する癖《くせ》がある」

「そうかなあ」

「ちょっと不気味《ぶきみ》だった」

「まさか」

「とにかくな、俺には彼女に対して先入観がある。そこへいくとおまえは白紙の状態で相手を観察できる。それに血のつながった姉弟なら、初対面のときなにかの勘《かん》が働くかも知れない」

なにかの勘とは、なにか。その人が悪人か善人か。親父を恨《うら》んでいるのか慕《した》っているのか。しかし警察のスパイならもう少し洒落《しゃれ》た細工をするだろう。

親父が上着のポケットを探り、名刺《めいし》をとり出してぼくに渡す。書かれているのは「能代早葉子」という名前と保土ケ谷のマンション名、それにケータイ番号やメールアドレスだけで職業の記載《きさい》はない。たぶん私用の名刺だろう。

「それから、おまえも物入りだろうし……」

メガネを押しあげ、今度は上着の内ポケットをさぐって、親父が長財布《ながざいふ》をとり出す。

「まあ、なんというか、夏休みの小遣《こづか》いだ。七世には内緒《ないしょ》だぞ」

渡されたのは五枚の一万円札。会うときはいつも一万円ぐらいの小遣いはくれるが今回の五万円は必要経費か、お袋への口止め料か。「久しぶりに夕飯を食おう」と電話で誘《さそ》われ、たんなる父子《おやこ》の会食と思っていたのに、親父も面倒《めんどう》な案件を持ち込んでくれた。しかし実際にその人に会うかどうかは、ぼくの勝手だ。

海鮮パスタが来て、名刺と札をズボンのポケットにしまい、フォークとスプーンで食事を始める。親父のほうは酒を飲むだけで、食事のつもりはないらしい。

「肝心《かんじん》なのはなあ、アキオ」

ワインのグラスをかたむけ、両方の眉《まゆ》に段差をつけて、親父が目尻《めじり》に皺《しわ》を寄せる。

「早葉子という女の人間性だ。下心のない清廉《せいれん》な人格なら俺もＤＮＡ鑑定《かんてい》を考える。もしそうでなかったら抵抗《ていこう》する」

「実子の可能性があっても?」

「仕方ないだろう。ＤＮＡ鑑定なんか拒否《きょひ》すればいい。どこかで俺の毛髪やタバコの吸《す》い殻《がら》をとられたところで不当に入手した対象に証拠能力はない。それぐらいはこの十年でたっぷり学んでいる」

十年前はタレント学者の大学教授、だが今はもう有名な変態官能小説家。少しぐらいスキャンダルになったところで失うものもないだろうに、それでも再婚相手や生まれてくる子供のことを思うと、できるなら、穏便《おんびん》に済ませたいのか。

「かりにね、ぼくが会って、いい人に思えて、姉弟の勘みたいなものも働いて、それからDNAの鑑定をして実の娘だと分かったら、どうするの」

「そうなったら、仕方ないから、仕方ない」

親父がデキャンタから赤ワインをグラスにつぎ、タバコを吸いたそうな顔で眉《まゆ》をひそめる。

「七世がどう言ってるか知らんが、俺だっておまえたちが思うほどの冷血漢《れいけつかん》じゃない。人格や素性《すじょう》に問題がなかったら認知して、生まれてくる子供の後見《こうけん》をさせる」

「後見?」

「愛美は、なんというか、本人が子供みたいなところがあってなあ。そのあたりは俺も苦労するんだ」

歳が二十も離れていて、元アイドルで子供みたいな性格なら、親父にも人には言えない苦労があるのか。それにしても早葉子という人の人間性を確認してからDNA鑑定をして、そして実子と分かったときだけ子供の後見をさせようというのは、少しばかり虫がよすぎないか。もし早葉子という人が本当にぼくの姉さんだったら、二人で親父に抗議しよう。

「今日の用件はそういうことだ。おまえも明日から夏休みで、どうせ暇《ひま》だろう」

明日から夏休みであることと、この問題と、なんの関係がある。

親父がローストビーフを口に運び、またメガネをはずして額の汗をぬぐう。冷房がきいているから暑くはないだろうに、さすがに「今日の用件」は親父を緊張させるのか。

「そういえばアキオ、なにかの雑誌で見かけたなあ。七世の仕事も順調なのか」

「副業だよ」

「どちらでもいいさ、で？」

「今年から赤レンガ倉庫にも出品している」

「電気の笠《かさ》なんかがそんなに売れるのか」

「ランプシェード。好きな人は好きらしいよ」

「世の中には物好きな人間がいる。もちろんそれで、俺の小説も売れるんだがなあ」

変態官能小説家にもそれなりの自覚はあるのか。お袋の副業が記事になったのも生活雑貨関連の雑誌で、ふつうなら目にすることもないだろうに、一応はぼくやお袋の生活を気にかけているらしい。

「そういうことでな、おまえも夏休みだ。たまには中目黒《なかめぐろ》のマンションへ遊びにこい」

「気が向いたらね」

「能代早葉子のことはともかく、アキオが今度生まれる子供の兄ということだけは百パーセントの事実だ。俺としても兄弟、末永く仲良くしてもらいたい」

ほんの一時間ほど前までは平凡な高校生だったのに、突然妹か弟ができて、それに三十歳をすぎた姉さんまで出現した。それでぼくの生活が変わるとも思えないが、少し胸はざわつく。

ズボンのポケットからさっきの名刺をとり出し、テーブルの下で「能代早葉子」という名前を確認する。小遣いだけもらって無視《シカト》してしまうか、それとも律義に親父への義理を果たすか、そんなことはあとで考えればいい。明日から夏休みで、親父に言われるまでもなく、どうせぼくは暇なのだ。

港のほうで汽笛《きてき》が鳴り、首をめぐらせて氷川丸の電飾を眺《なが》める。黒い海にも遊覧船や貨物船の明かりがあふれ、東京方面の空には観覧車が小さく浮かんでいる。

酔《よ》っている自覚はないが、湾をとり囲む電飾の氾濫《はんらん》に目眩《めまい》を感じるのは、たぶん、ビールのせいだろう。

横浜駅までタクシーに乗る親父とマリンタワーの前で別れ、自転車を黄金町へ向ける。この自転車は電動アシスト機能つきの外装六段変速。十四万円もして、アルバイトをしながらやっと手に入れた。スタイルだってママチャリ風ではなく、パステルグリーンのスポーツタイプ。お袋には「高校生のくせに軟弱《なんじゃく》」と嫌味《いやみ》を言われるけれど、ぼくにも都合がある。

山下公園から馬車道《ばしゃみち》へ出て、伊勢佐木町《いせざきちょう》経由で黄金町に戻る。ぼくの家は駅から少し離れた大岡川《おおおかがわ》沿い、昔はこの付近から日ノ出町《ひのでちょう》あたりまでのガード下が売春と麻薬《まやく》の巣窟《そうくつ》だったという。転居してきた当時も路地で東南アジアや東欧系《とうおうけい》らしい女性を見かけることがあって、意味も分からず緊張した覚えがある。そういう女性たちもいつの間にかいなくなり、売春宿だったスナックや小料理屋も空《あ》き店舗《てんぽ》ばかり。そんな空き店舗に今はぽつりぽつりと芸術家が移住している。お袋のランプシェードを売っている「黄金町アートブックバザール」も、昔は売春宿だったという。

人けのない大岡川沿いの道を走り、家に着く。両隣《りょうどなり》は貸事務所とワンルームマンションで、詳しくは知らないが、ワンルームマンションのほうは売春のホテル代わりに使われているらしい。ぼくの家はその二棟にはさまれた木造モルタルの二階建て、玄関《げんかん》などという洒落たものはなく、畳店の作業場だった表口から直接出入りする。今はその作業場がお袋の工房になっている。

自転車をおりて開いているガラス戸から自転車を内へ入れる。お袋は青いビニールシートの上に片膝《かたひざ》をつき、ブロックで固定した木柱に鑿《のみ》をふるっている。木柱は高さ一メートル半、直径六十センチほどで、完成すれば観音像《かんのんぞう》になるという。

お袋が鑿と木槌《きづち》の手をとめ、ぼくの自転車をちらっと見てから首のタオルで顔の汗をぬぐう。だぶだぶの短パンに黒いタンクトップ、阿修羅《あしゅら》のような髪に赤いバンダナを巻きつけ、手には滑り止めのついた軍手をはめている。

「アキオ、ビールを持ってきて」

うん、と返事をし、梯子《はしご》階段から二階へあがる。二階は四畳半が二間《ふたま》でそこにせまい台所とせまいトイレとせまい風呂《ふろ》、屋上には木製の物干し台がついている。

冷蔵庫から缶《かん》ビールを出し、工房へおりる。お袋は軍手をはずして胡坐《あぐら》をかき、壁に貼《は》った観音像のスケッチ画を見つめている。これがお袋の本業で、しかし残念ながら木彫《もくちょう》の仕事は年に一体ほど、現実には残り木を利用したランプシェード作りで暮らしている。

ぼくからビールを受けとり、プルタブをあけて、お袋が白い咽を蛍光灯《けいこうとう》にさらす。天井ファンの風がお袋の乱れた髪を、いっそう搔《か》き乱す。

「まったくねえ、観音様のお顔を色っぽくしろだなんて、仏教も堕落《だらく》したわ」

口ではそう言うが、こんな時間まで鑿をふるっているのだから内心では気合いが入っている。

「お寺、どこだっけ」

「北海道の函相寺、新幹線ができて観光客が増えてるらしいわ。私は作品さえつくれれば文句はないけどね」

お袋は美大の彫刻科を卒業していて、もともとが木彫作家志望だったらしい。親父と知り合ったのはデザイン事務所に勤めていたときだというが、詳しいことは知らない。結婚してぼくを生んで離婚してこの場所に工房を開き、仕事をしない日は朝から酒を飲んでいる。

「アキオ、夕飯は？」

「済ませた」

「それなら私は外で食べるわ。シャッターをお願いね」

お袋が腰《こし》をあげ、短パンの腰周りを手で払いながらゴムサンダルに足を入れる。「外で食べる」のはどうせ酒の肴《さかな》だけで、朝まで帰らないこともあるし、ぼくが起きると知らない芸術家と作業場で寝ていることもある。離婚するまでは几帳面《きちょうめん》で口やかましい母親だったが、黄金町へ移ってからは性格が変わった。ぼくの教育にもまるで無関心だから、母と息子はそれぞれに独立した人生を歩んでいる。

ゴムサンダルを鳴らしてお袋が出ていき、ぼくは内側からシャッターをおろす。シャッターの横には幅五十センチほどのくぐり戸がついていて、そこが夜間の出入り口になる。

自転車からバッテリーをはずし、天井ファンのスイッチを切って二階へ戻る。階段をのぼりきったところが台所や浴槽《よくそう》スペースのある板の間、その横にある四畳半にはちゃぶ台とテレビが置いてあって一応は居間兼お袋の寝室だが、最近のお袋は作業場の簡易ベッドで寝起きする。ぼくの部屋は居間をはさんだ台所の向かい側で、仕切りは唐紙一枚だけだから閉めても意味はなく、インターネットで「特殊な映像」を鑑賞するとき以外はほとんどあけてある。

自転車のバッテリーを持って自室へ入り、紐《ひも》スイッチの天井ランプをつける。ランプシェードはお袋の作品で、薄板の組み合わせがレトロで風趣《あじ》がある。雑誌でとりあげられたせいか赤レンガ倉庫での売り上げも好調で、最近はぼくにも気まぐれなボーナスが支給される。

大岡川に面した窓をあけ、バッテリーを充電台にセットしてから水槽《すいそう》の前に腰をおろす。飼っているミドリフグは東南アジアあたりの汽水域に生息する小型のフグで、黒と緑のまだら模様が洒落ている。ペットショップで普通に売っている熱帯魚だが、気が荒《あら》くてほかの魚と同居させると喧嘩《けんか》をする。最初は三匹だったのに生き残ったのはミドリちゃん一匹だけ、体長も十センチほどになって今は平和に暮らしている。集団生活を好む魚もいれば孤独《こどく》を好む魚もいる。人間と同じことだ。

ミドリちゃんが水槽の手前へ身を寄せ、鼻面《はなづら》をつき出すように餌《えさ》をねだる。魚同士では喧嘩をするがぼくには懐《なつ》いていて、餌をやると胸鰭《むなびれ》をふるわせながら「ありがとう」と会釈《えしゃく》をする。その仕草ととぼけた表情が可愛《かわい》らしく、うっかりすると一時間も見入ることがある。

そうか、親父に言われた「意味もなく、物事をジーッと観察する癖」とは、このことか。そういえば中学生のとき同級生の女子に「桐布《きりう》くんはどうして私の顔をジーッと見るの」と叱責《しっせき》されたことがある。奇麗《きれい》な女子だったが鼻の下に小さいほくろがあって、ぼくはそのほくろから目が離せなかったのだ。

これからは気をつけよう。

フグに餌をやり、パソコンのスイッチを入れて歓呼《かんこ》堂《どう》からのメールを確認する。伊勢佐木町にある古書店だが「秘密の作品」も扱《あつか》っていて、その配達がぼくのアルバイト。明日の予定は山手への一件だったので「了解」と返信し、それからチノパンツを脱いで風呂場へ向かう。明日から夏休みだからといってぼくの生活は変わらず、お袋やミドリちゃんの人生も変わらない。ひとつだけ気になるのは突然出現した、ぼくの姉さんだという人。本物でも偽物《にせもの》でも構わないが、親父にとっては人生の一大事らしいし、ぼくにも胸騒《むなさわ》ぎはある。

シャツと下着をはぎとり、洗濯機へ放《ほう》り込んで浴室のドアをあける。洗い場も浴槽もせまくて窓もなく、いつもただ躰《からだ》を洗うだけ。以前の家には広い浴室があって親子三人でも入れたが、今は膝をかがめなくては湯船にもつかれない。親父と会ったせいか、小学校の一年生まで暮らした代官坂近くの家が古いアルバム写真のように、意味もなく記憶《きおく》を行き過ぎる。

浴槽の縁に腰をのせ、シャワーの栓《せん》をひねって、湯温を高めに調節する。

「能代早葉子、か」

明日も天気がよさそうだから、朝起きたら洗濯《せんたく》をしよう。

2章
どうだ、参ったか

物干し台は南東方向に開けていて、首をつき出せば下の大岡川が見渡せる。川向うは伊勢佐木町でそのずっと向こうには山手地区や外国人墓地もあるが、もちろんここからは見えない。両隣がビルだから視界は限られるし、広さもせいぜい畳二枚分ほど。一階部分の屋根の一部が屋上になっている構造でドアや階段はなく、台所の窓から身をかがめて出入りする。それでも桐布家では唯一《ゆいいつ》開けた空間だから、夕涼《ゆうすず》みがてらにここでビールを飲むこともある。

洗濯物を干し終わり、台所側へ戻る。夏休みだからって嬉《うれ》しくもないが、登校の煩《わずら》わしさからは解放される。大岡川沿いに植えられた桜の木から、薄暗い台所にアブラ蟬《ぜみ》が執拗《しつよう》に鳴きかける。

アスパラ入りのスクランブルエッグをつくり、トーストとグレープジュースで朝食を済ませる。以前はコンビニで買い食いもしていたけれど、最近は食事も自作する。洗濯に買い物に家の掃除《そうじ》に、お袋が何もしないから、必然的に家事はぼくが担当する。

七分丈《しちぶたけ》のワークパンツとロゴなしのTシャツを身につけ、アルバイト用のデイパックを肩にかけて階下へおりる。作業場の階段裏にはパイプベッドが据《す》えてあって、そこにお袋が転がっている。短パンとタンクトップは昨夜のまま、尻《しり》が半分ほどベッドから落ち、うつぶせの顔に髪が阿修羅のようにかぶさっている。電気は消えているが天井のファンは回っておらず、澱《よど》んだ空気のなかに木材の匂《にお》いが充満する。

ぼくが自転車にバッテリーを装着してもお袋は目を覚まさず、天井ファンのスイッチを入れてやってから自転車をくぐり戸の外へ出す。いつ起きるのかは知らないが、ぼくが留守のあいだにシャワーを浴びたり着替えをしたり、それぐらいのことはするらしい。今日はとなりに知らない芸術家が寝ていないだけ、偉《えら》いものだ。

電動アシストの電源を入れ、自転車をこぎ出す。大岡川にかかる太田《おおた》橋を渡るともう伊勢佐木町。このあたりから関内《かんない》駅方向へ細長くつづく一帯がイセザキ・モールで、昔は横浜を代表する繁華《はんか》街《がい》だったらしい。なにかの催事《さいじ》に「伊勢佐木町ブルース」とかいう歌謡《かよう》曲《きょく》が流れることもあるが、ここ以外では聞いたことがない。今は一方通行路の両端に花屋や薬局などの小店が点在するだけで、午前の十時では人も歩かない。

自転車をこいですぐ歓呼堂につく。間口のせまい古いビルで一階が店舗、二階が倉庫兼事務所、三階が坂寄《さかより》家の住居になっている。

ちょうど詩帆《しほ》さんが店の奥から、歩道側にコロつきの書台を押してくる。並べてあるのはミステリーやハウツウの文庫本で売り値は二、三百円。こんなものが売れるはずもないし、売れたところで一日にせいぜい一、二冊。これらの陳列品《ちんれつひん》はあくまでも「商売をしているぞ」という見せかけなのだ。

詩帆さんがため息をつき、右の眉をもちあげてちょっと肩をすくめる。年齢はぼくより十歳上、スタイルも良くて顔も奇麗だが、仕草に投げやりな感じがある。

「アキオくん、早いわね。山手なら三十分もかからないでしょう」

「夏休みになって暇なんだ」

「約束は十一時半よ。どうする、それまでセックスでもする？」

返事をしかけて、ぼくは首を横にふり、自転車からおりてスタンドを立てる。詩帆さんの発言は冗談《じょうだん》のときもあり、本気のときもある。

「おじさんの具合は？」

「相変わらずよ。デイサービスには行きたくないとか言って、それなら死んでくれればいいのにね」

その発言にも返事はできず、詩帆さんを手伝って書台を店の前に固定させる。一応は売り物なのだからハタキぐらいかければいいものを、本の背表紙には目に見えるほどの埃《ほこり》が浮いている。

ぼくはデイパックから自分のタオルをとり出し、ハタキ代わりにして陳列品の埃を払う。その様子を詩帆さんはジーンズの腰に両手を当てたまま、黙って眺めている。

この歓呼堂へ通うようになったのはぼくが中学生になったぐらいのとき。べつに理由はなく、最初は大判の熱帯魚図鑑を八百円で購入した。そのあとも心理学や哲学の入門書を買うことがあり、いつの間にか店主の坂寄さんと顔なじみになった。その坂寄さんに「本」の配達を頼まれたのが二年近く前。たまたま進化論の入門書を物色していたとき

「気分が悪くて外出できない。この『本』を磯子まで届けてくれないか」と依頼されたのだ。配達代は二千円。条件は茶封筒《ちゃぶうとう》のなかを見ないこと。配達時間を厳守すること。必ず受取人を確認し、直接本人に手渡すこと。そしてこの事実を、公言しないこと。

時間も暇もあったのでぼくはその依頼を受け、指示されたとおりに配達を完了させた。もちろん封筒の中身が「本」ではなくてＤＶＤであることぐらい、軽さと手触りで分かったし、たかが磯子まで届けるだけで二千円ものアルバイト料だから、ＤＶＤの内容も想像できた。その幾日《いくにち》か後に坂寄さんが脳溢血《のういっけつ》で倒れ、東京から娘の詩帆さんが戻ってきて、以降歓呼堂の裏商売とぼくのアルバイトがつづいている。今でも坂寄さんと交わしたルールは守っているし、遠距離の配達にはプラス千円と交通費が支給される。

「アキオくんも神経質ねえ。生きてるだけで疲れるでしょう」

ぼくに言わせれば詩帆さんやお袋のほうが、肩の力を抜きすぎている。

「事務所にコーヒーがいれてあるわ。あがっていて」

うん、とうなずき、店へ入って内階段から二階へあがる。広さは二十畳ほどで二面の壁には古書の並んだ棚があり、窓側にはパソコンを据えたスチールデスク、一方の壁際に二人掛けのソファと小テーブルが置かれている。書架《しょか》の本は横浜開港史とか幕末ナントカがほとんどで、もし売れれば高価な本だというが、売れたという話は聞かない。歓呼堂も詩帆さんで三代目らしく、昔は希覯本《きこうぼん》の売買や仲介で相当の利益があったという。

ソファに腰を落ち着け、所在なくテレビのワイドショーを眺める。テーブルにコーヒーメーカーはセットされているが、カップは詩帆さんのぶんだけ。それほど飲みたいわけでもなく、上の階へとりに行くのも面倒くさい。三階には右半身が不自由になった坂寄さんが寝ていて、声もかけてやりたいけれど、病人の相手は気が滅入《めい》る。

詩帆さんが階段をあがってきてぼくの顔とコーヒーメーカーを見くらべ、口を曲げただけで三階へ向かう。ビルのわきには外階段もついているが、ふだんはシャッターがおりている。

戻ってきた詩帆さんがテーブルにカップを置き、そのカップにコーヒーを注《つ》いでくれる。

「私のカップを使えばいいのに、他人行儀ねえ」

「ただの礼儀」

「アキオくんのそういうところ、嫌いではないけど、神経質すぎるわ」

初めて詩帆さんとセックスをしたのは、ぼくが高校生になったとき。「高校の入学祝よ」と言ってくれて、素直に応じた。そのころはアルバイトのない日も歓呼堂へ通ったが、最近は少し飽きている。

詩帆さんがソファのとなりに腰をおろし、ジーンズの脚を組みながらタバコに火をつける。ピンク色のビーチサンダルがそのつま先で、疲れたようにゆれる。

「事務所のエアコン、効かないのよねえ。とり替えなくてはダメかなあ」

ぼくに言われても困るし、詩帆さんのほうもどうせ、独りごとなのだ。東京では結婚していたらしいが、離婚したのか別居しているだけなのかは知らない。

「このビルも古くて暮らしにくい。親父がいなくなったらマンションにでも建て替えるわ」

詩帆さんがカップを持って腰をあげ、タバコをくわえたまま仕事用のデスクへ向かう。もともと坂寄さんとの仲はよくなかったらしく、裏商売も早くやめたいという。

「アキオくん、夏休みは予定でもあるの」

「ないよ」

「軽井沢《かるいざわ》に別荘《べっそう》をもっている知り合いがいるの。一週間ぐらい遊びにいく？」

「軽井沢って何があるんだろう」

「知らないけど、空気がよくて涼《すず》しいらしいわ。それだけでも上等じゃない」

「空気清浄機能つきのエアコンを入れたら？」

「そういう問題じゃないの。高校生なんだから、もう少しロマンをもちなさい」

神経質で他人行儀でロマンのない少年で、それに高校生のくせに電動アシストつきの自転車に乗っている。まともな高校生なら、ぼくなんかと友達にはなりたくない。

コーヒーのカップをデスクに置き、詩帆さんが抽斗《ひきだし》をひらいて小型の茶封筒をとり出す。それから古いノートとメモ用紙を見くらべ、茶封筒とメモ用紙をぼくに手渡す。ぼくは茶封筒をデイパックのサイドポケットに、メモ用紙をパンツのポケットに、それぞれ収める。パソコンでは流出の恐れがあるため、顧客の情報管理は以前からノートなのだという。ぼくも商品と交換に客から現金入りの封筒を受けとり、それを歓呼堂へ持ち帰ったあとでメモは廃棄《はいき》する。アダルト映像ぐらいインターネットで見られるだろうに、そこまで厳格なルールで取引される商品は、特殊なものだろう。

コーヒーを飲みほし、「ご馳走《ちそう》さま」と言って腰をあげる。詩帆さんが灰皿にタバコをつぶしながら、ちょっと口の端に力を入れる。坂寄さんは匂いが本に移るから、という理由で店でも事務所でもタバコを吸わなかったけれど、詩帆さんは無頓着《むとんじゃく》。たぶん本気で、いつかは商売をやめるつもりなのだ。

「アキオくん、軽井沢の話、どうする？」

「いつごろ」

「お盆《ぼん》の前ぐらいかな」

「おじさんの介護は」

「一週間なら短期の施設へ放《ほう》り込めるわ」

「うん、それなら、任せる」

デイパックから日よけのキャップをとり出し、頭にのせながら詩帆さんに手をふる。メモに書かれている住所氏名は以前にも配達した記憶があるから、たいして時間もかからない。この仕事は早めに現場について配達先を確認し、決められた時間きっちりに訪問する。相手も家人の留守を選んで時間を指定するのだろうし、客層は医者とか学者とか実業家とか、立場のある人たちがほとんどらしい。

階段をおり、デイパックを担《かつ》ぎなおして自転車のスタンドをあげる。こんなアルバイトが一週間もつづくことがあるし、月に一、二度のこともある。去年の例からして夏は暇だろう。

イセザキ・モールから横浜スタジアムのわきを通って、山手へ向かう。黄金町あたりから海側の土地はすべて江戸時代以降の埋《う》め立《た》て地。まったく起伏はなく、それなら自転車にアシスト機能なんか不要のはずだが山手はかなりの高台で、高校のある野毛山《のげやま》も文字通りの山。お袋に「軟弱」と言われても、通学やアルバイトにはアシストが快適なのだ。

今回の配達先は外国人墓地の西側で、元町を経由したほうが近いことは分かっている。しかしそれだと子供のころに住んだ代官坂を通ることになる。気分的には「どうでもいいや」と思いながら、結果的にいつも代官坂を避けてしまう。顧客の素性から配達先は山手になることが多く、ルートは山手公園の方向から港の見える丘公園へ向かうことになる。

韓国《かんこく》総領事館をすぎて近代文学館の近くまで来ると、道にはもう観光バスがとまっている。山手は横浜一の高級住宅街でもあり、外国人墓地や昔の洋館なども点在する観光地でもある。配達先の所在は分かっているので、おりた自転車を港の見える丘公園の敷地《しきち》へ押す。観光客はこの公園を中心に散っていき、博物館見物や洋館巡《めぐ》りで暇をつぶす。十一時に近いから日は高く、アシスト自転車でも額には汗がにじんでくる。

あいているベンチに腰をおろし、デイパックからとり出したタオルで汗をふく。リュックには着替えのシャツやレインスーツも入れてある。このベンチを休憩場所に使う理由は郷愁《きょうしゅう》ではなく、たんに配達場所に近いから。いくら怪しい仕事でも、人けのない住宅街に自転車をとめてじっと時間待ちをしていたら、さすがに怪しすぎる。

キャップを団扇《うちわ》代わりに使いながら、ベンチの背に寄りかかって両足を投げ出す。港の見える丘公園というぐらいだから昔は港が見えたのだろうが、今は遠くのほうに海がのぞくだけで眼下には高速道路やビル群が押し寄せている。横浜という地名は今のビル群あたりが横に長い浜だったからで、開港前はさびれた漁村だったという。それなら広重《ひろしげ》の東海道五十三次に出てくる「神奈川宿《かながわじゅく》」というのはどこだろうかと、中学生のとき調べたことがある。場所的には横浜駅の北側あたり、浮世絵では海に面した断崖絶壁《だんがいぜっぺき》だが、今はその海も埋め立てられている。

待機時間はあと三十分、持ち歩いている文庫本でも読もうかと思ったとき、となりのベンチに座っていた少女が腰をあげる。その少女がぼくのななめ後ろぐらいで足をとめ、なぜか、ぼくの顔を見おろす。歳は同じぐらい、色の白いうりざね顔で、体調でも悪いのか、悲しそうな目で肩をすくめる。

「やっぱり夏には出やすいの？」

「ええ？」

「遠野《とおの》くんでしょう？」

今は桐布だが、両親が離婚するまでは遠野姓だったから、間違いでもない。

「幽霊《ゆうれい》はなぜ夏に出るのかしら」

その少女が目をうるませ、首を横にふりながら、ぼくの肩に手をかけてくる。昔のことで覚えていないが、この近くに精神病院でもあったか。

「不思議ねえ、ちゃんと触れる。汗もかけるようだし」

なんだかぼくは、ちょっと背筋が寒くなって、ベンチの端に尻をずらす。

「えーと、きみ、だれ」

「村崎明《むらさきめい》、あなたは遠野くんでしょう？」

「うん、まあ」

「お母様と一緒に三浦《みうら》半島で身を投げたのよね」

「覚えていないけど」

「幽霊になると記憶がなくなるの？」

「この横にとめてある自転車、おれの」

「素敵な自転車ね」

「幽霊が自転車に乗ると思うか」

「わたし、そういうことに、詳しくないの」

そんなことに詳しい人間が、どこにいる。

少女が一歩だけ後ずさり、腰のうしろで腕を組みながら、首をかしげる。髪は顎の先ぐらいまでのショート、無表情というか、憂《うれ》いのある表情というか、目だけがうるんだように見開かれている。その意味不明なぼんやりとした感じの目と村崎明という名前が、突然、記憶によみがえる。

「小学校の一年で一緒だった村崎か」

「お久しぶり。でも遠野くん、生きているみたい」

「ギャグはやめよう」

「だって遠野くん、あのときお母様と一緒に死なれたでしょう?」

「あのとき?」

「そう、お父様が痴漢《ちかん》をされたとき」

自覚はできなかったが、ぼくの息も、五秒ぐらいはとまったか。

「あのとき、おれとお袋は、死んだのか」

「みんなが話していたわ」

「それで今、村崎と話しているおれが、幽霊だと？」

「不思議なのよねえ。遠野くん、お何歳《いくつ》？」

「十七」

「幽霊も死んだあとに成長するのかしら」

「おまえなあ、その……」

考えたが、言葉が見つからず、ぼくは噴きだしてくる汗をぬぐいながら、ため息をつく。

当時の状況ならお袋がぼくを連れて身投げをしたとしても、物語としては成り立つ。離婚《りこん》騒動《そうどう》の前後、ぼくは二カ月ほどお袋の実家にあずけられ、横浜へ戻されたときは家も黄金町になっていて、姓《せい》も変わって小学校も変わった。この山手からぼくとお袋は完全消滅したわけで、周辺でそんな設定になっていたとしても、ある程度は、納得もできる。

「おまえ、いや、きみには、おれが幽霊に見えるのか」

「見えないから不思議なの」

不思議なのはおまえの頭だ。

ぼくはパンツの尻ポケットから学生証をとり出し、汗も浮かべずに目をうるませているメイの鼻先に、ハイと突きつける。メイが腰のうしろに腕を組んだまま、表情に少しだけ、気合いを入れる。

「そうなの、県立に行ってらっしゃるの」

「村崎は」

「フェリスです」

「ああ、そうか」

　フェリス女学院はこの山手地区にある有名なお嬢様《じょうさま》学校。しかし近所の女子なら誰でも入学できるわけではなく、親の資産から素性から本人の資質まで、厳格に審査《しんさ》される。

「なあ、学生証を持ち歩く幽霊なんか、いると思うか」

「わたし、そういうことには……」

「詳しくないんだよな。だけどおれが幽霊でないことだけは認めてくれ」

　メイが憂いのある表情で肩をすくめ、もしかしたらほほ笑んだつもりなのか、かるく唇をふるわせてベンチの端に腰をのせる。さすがにもう思い出していたが、小学校に入学したころ、ぼくはしばらくメイを観察したことがある。学級名簿《がっきゅうめいぼ》で村崎明という名前を見たとき、明生の明と同じ字だからその名前をアキラだと思い込んだのだ。だが探してもアキラくんは見つからず、明がメイであることを知ったのは一カ月もあと。発見したメイは同級生とはしゃぎまわるような明るい子供ではなく、いつも一人で机に座り、今と同じように何を考えているのか分からない目で、ぼんやりと校庭を眺めている女子だった。髪型も今と同じようなショートで、色が白いことも華奢《きゃしゃ》な体形も変わらず、ちょっとヘンな子だったが、親しくならないまま転校した。あれから十年もたっているのに雰囲気《ふんいき》がまるで変わらないのも、ある意味では、怖《こわ》い。

メイが首をかしげながら、ぼくのほうへ身をかがめ、汗の匂いでもかぐように鼻の先を上向ける。

「そうよねえ、幽霊は汗なんか、匂いませんものねえ」

こいつ、本当に、汗の匂いをかいだのか。

「でもそうだとすると、遠野くんの家に出る幽霊は誰《だれ》なのかしら」

「あのなあ」

「お母様がお一人で身を投げたの？」

フェリスに通うほど優秀な女子でも、なにかの都合で、心が病気になることもある。

「きみには悪いけど、お袋もちゃんと生きている。学生証を見たろう。あのとき親が離婚して、おれとお袋は黄金町に引っ越しただけ。だから姓《なまえ》も桐布になっている」

「そうでしたの。芸名かと思いましたわ」

「おれがなんの芸を……」

「でもねえ遠野くん」

「桐布」

「それなら桐布くん、本当にあのお家《うち》、幽霊が出るのよ。長く住んだご家族でも四年ぐらい。みんな二年とは暮らせなくて、今も空き家になっているはずですわ」

やっぱり心の病気か、と思いかけたがメイの発言は自身に関するものではなく、ぼくが十年前まで住んでいた代官坂の家のこと。ギャグを飛ばす性格ではなさそうだし、幽霊はともかく、今現在空き家になっていることは事実らしい。離婚前のぼくたち家族が住んだのも五年ぐらい、以降も住人が頻繁《ひんぱん》にかわるとしたら、家にも因縁《いんねん》のようなものがあるのだろう。そして近所では幽霊が出るという噂《うわさ》になり、加えてぼくとお袋は三浦半島で身を投げている。

配達予定時刻まであと二十分。もう読書の気分ではなく、かといって逃げ出すのも癪《しゃく》にさわる気がして、キャップを頭にのせながらわざと欠伸《あくび》をする。メイのほうはフレアスカートの下で足を組み、腕もゆるく組んで、ぼんやりした目で海のほうを眺めつづける。

「村崎、だけどよく、おれが分かったな」

「遠野くんは有名人でしたもの」

「桐布」

「お父様があれだけ有名になれば、桐布くんも、ねえ」

「ああ、そうか」

「それに桐布くん、いつもわたしの顔を、ジーッと見ていたでしょう」

「そうかなあ」

「なぜこの子、わたしの顔をジーッと見るのかなって、担任の先生に相談したことがあるの」

「本当かよ」

「そうしたら先生がね、村崎さんが可愛いから、ですって」

「本当……」

「桐布くん、あのころ、わたしのことを愛していたの？」

「えーと、昔のことで、忘れた」

精神に破綻はないようだが、発言には破綻がある。たぶん夏休みのせいだろう。

観光客のおばさんたちが集団でベンチのうしろを通り、外洋からは大型の客船が「ぷかり桟橋《さんばし》」を目指してくる。もやってはいるが天気はよく、洗濯物もよく乾くだろうなと、つまらないことを考える。

「それで、村崎はここで、なにを」

「お散歩」

「ふーん」

「でも早くは歩けないの」

「体調が？」

「いえ、早く歩くと、疲れるから」

まだ時間はあるが、そろそろ逃げ出そう。

ぼくは腕時計を確認するふりをし、リュックに手をかけながら腰をあげる。

「桐布七世さんて、アキオくんのお母さまでしょう」

立ち上がろうとしたぼくの体勢が、中腰のままとまる。

「桐布なんて、珍しいお姓《なまえ》ですものね」

「ええと？」

「赤レンガ倉庫でランプシェードを買ったの。枕元《まくらもと》のスタンドに使っているから素敵よ」

余り木を寄せ集めてつくっているだけで、ランプシェードの原価なんか無料《ただ》みたいなもの。それでも最低で三万円はするし、シャンデリアタイプなんか十万円以上もする。お袋にとっては大事なお客様、間接的にはぼくの収入にも影響がある。

しかし、突然アキオくんとは、笑わせる。

お客様に対する礼儀として、中腰のままだった腰をベンチへ戻す。

メイが組んでいた腕を膝へおろし、肩をぼくの正面に向けて、今にも泣きだしそうな顔でほほ笑む。ちょっと、不気味だ。

「クラスの名簿でね、桐布くんの名前が明生だと知ったの。わたしの明と同じ字が使ってある。明るい少年だろうなあと思っていたら、暗い子だった」

お互い様だ。遠野家も村崎家も、子供の命名に関しては後悔しているだろう。

「十年ぶりに、こんなふうに会うなんて、運命みたい」

「そうかなあ」

「わたしたち、もう一生、離れられないのかしら」

体調は悪くなくても、頭の調子は、少し悪いか。

「えーと、そうか、村崎の親父さんって、何をしてる人」

「何もしていません」

「リストラに？」

「経団連の名誉《めいよ》ナントカとか赤十字の名誉ナントカとか、名前だけ。働いてはいないという意味よ」

「つまり、偉《えら》いわけか」

「一般的にはね。親戚《しんせき》には皇室の関係者もいます」

親戚に皇室関係者がいるということは、メイ自身もどこかで皇室関係者になっているわけで、山手にはそんな家系もたまにはあるのだろう。

大事なお客様を無下《むげ》にしたくはないが、ぼくの感動も限界になっていて、リュックを抱え、今度こそ、きっぱりと腰をあげる。

「幽霊を見にいくの？」

「あのなあ、いや、おれ、バイトの途中なんだ。今日は、会えて、本当によかった」

メイの顔は確認せず、それでも失礼にならない程度の急ぎ方で自転車へ向かう。メイも腰をあげたようだが、ふり返ってしまうとまた課題が出る気がして、そのまま自転車を敷地の外へ押し出す。

サドルにまたがりながらうしろを見ると、メイはベンチの向こうに立ちつくし、首をかしげて、ゆるく腕を組むところだった。捨て猫を無慈悲《むじひ》に放置したような、なんとなく罪の意識のようなものを感じたが、メイとぼくをくらべれば捨て猫はぼくのほうなのだ。

電動アシストのスイッチを入れ、ひとつ肩で息をついてから、外国人墓地の方向へ自転車をこぎ出す。


「毎度ありがとうございます」というのも皮肉がきつい。この仕事は黙《だま》って商品を渡し、黙って代金を受けとってから、お互いになんとなくうなずき合って終了。

現金入りの封筒をパンツのサイドポケットに収め、自転車を路地からバス通りに出したところで方向を考える。いつもなら来た道をひき返すのだが、それだとまたメイに遭う可能性がある。いくら夏休みで暇だからって親父からの「調査依頼」もあるし、これ以上の荷物は背負いたくない。

このまま坂をくだれば元町、途中の代官坂上を左に曲がれば代官坂トンネルがあって、その途中あたりに昔の家がある。港の見える丘公園経由はまず却下《きやっか》、あとは元町か代官坂トンネルなのだが、ぼくの幽霊が出るという家も気になる。アニメや映画には自分が死んでいることに気づかないまま何年も生きている、とかいうおバカな設定もあるけれど、絵空事は嫌いだ。

一分ほど考えてから、代官坂トンネルを抜けようと決める。メイと遭って小学生時代を思い出したときも、動揺《どうよう》はなかった。これからも山手への配達はつづくだろうし、そのたびに代官坂を回避するのはバカばかしい。多少の拘《こだわ》りはあったとしても歴史からは逃げられない。

バス通りをくだって代官坂上を左折し、蟬の声を聞きながら道をすすむ。昔は幼稚園や小学校への往復路だったから、周囲の住宅がなんとなく懐かしい。屋敷林を配した広大な家もあるし、コンクリートのデザイン住宅もある。丘陵地《きゆうりようち》で石垣《いしがき》組みの宅地が多く、今住んでいる黄金町の家が物置小屋のように思える。もっともこの辺りは物置小屋でも、ぼくの家よりは洒落ている。

坂道をくだり、切り返しになっているゆるい坂をのぼる。崖《がけ》を石やコンクリートで固めてガレージをつくり、その上を宅地にしている住宅がほとんど。十年ぶりでも迷うことはなく、すぐに昔の家を見つける。記憶ではもっと広い二階家だったが、両隣のコンクリート住宅にくらべるとかなり質素で、敷地もせまい。幽霊屋敷なら塀《へい》が崩れてツタでも絡《から》まっていればよさそうなものを、石段もコンクリートのアプローチもきれいに片付いている。だがなるほど、人の気配はなく、シャッターのおりたガレージ横に不動産屋の看板が出ている。賃貸なのか売り物件なのか、そういえばぼくが住んでいた当時は、どうだったのか。大学教授だった親父は調子にのって、ローンでも組んでいたか。いつだったか食事をしたとき「離婚のときは身ぐるみ剝《は》がされた」と愚痴を言っていたから、ローン途中での売却だったのかも知れない。昔は玄関から裏庭へ通じる中間にツツジの植え込みがあったが、今はコンクリートが敷きつめられてその日陰に猫が寝ている。三毛猫《みけねこ》だからメスだろう。

　呼んでも幽霊が出てくるはずはなく、ぼくにも特別な感慨《かんがい》はわかず、かるく舌打ちをしてキャップをかぶり直す。その気配を感じたのか、猫が目を覚ましてぼくのほうへ首をのばす。ほっそりした体形で上品な顔立ち、まるで警戒《けいかい》する様子はなく、とことことこちらへ歩いてくる。三毛猫はみんなメス、というのは俗信だと思って調べたことがあるが、遺伝子の都合かなにかで、本当にオスは少ないのだという。

　猫が石段の上で両前足をそろえ、首をかしげるようにぼくの顔をのぞく。その仕草がさっきのメイに似ている感じがして、思わず笑ってしまう。

「おまえ、ここの家《うち》の猫か」

　声をかけてしまってから、この家が空き家だったことを思い出す。自転車のベルをチリンと鳴らしてやると、猫がニャンと返事をし、一メートルほどの距離を跳んで自転車の前カゴに収まる。きれいな毛並みで目もうるうるしている感じで、首輪はないが、これだけ人に懐《なつ》いているのだから近所の飼い猫だろう。

猫が自転車のハンドルに前足をかけ、あいさつでもするようにぼくの顔を見あげる。中天からの日射しが猫の鼻面を健康そうに光らせる。もう幽霊屋敷に用はなく、猫をそっとすくいあげて、失礼ながら、股間《こかん》を点検する。やはりメス猫で腹側は全面が白く、あまり外出もしないのか、肉球もぽにょぽにょしている。

猫を下におろし、自転車を五メートルほどすすめて方向を転換させる。そのとたんに猫が跳躍《ちょうやく》し、ぼくの膝《ひざ》にワンステップして、また前カゴに着地する。港の見える丘公園ではメイにも発見されてしまったし、どうでもいいが、今日はずいぶんモテる。

「あのなあ、おれとおまえでは身分が違うんだぞ。どうせおまえも学校はフェリスだろう」

さすがに返事はしなかったが、可笑《おか》しいやら、バカばかしいやら。

仕方なくまた猫をすくいあげ、池に魚を放すように、静かに下へおろす。それから自転車をこぎ出し、少し走ったところで停止して、うしろをふり返る。もう猫の姿はなく、日射しだけが住宅街の舗装路《ほそうろ》を金色に炙《あぶ》っている。

ほっと息をついて、ペダルに力を入れようとしたとき、右上の塀に影が動く。まさか、と思う間もなくまた猫が飛来し、今度はぼくの右肩にワンステップして、前カゴに着地する。

「あのなあ、おまえみたいに可愛いと、攫《さら》ってしまうぞ」

なぜか猫がフニャンと返事をし、ハンドルに両前足をかけて、にっこりとほほ笑む。もちろん猫がほほ笑むはずもないが、小首をかしげてぼくの顔を見あげるポーズがほほ笑んでいるように見えてしまう。

しかし、この人懐こくて無謀な猫を、どうしたものか。猫攫いだってなにかの犯罪だろうし、これだけきれいな猫なら飼い主も溺愛《できあい》している。猫の走力は知らないが、全力で自転車をこげば突き放せるか。そう思ったとき、メイを港の見える丘公園に残してきたときの罪の意識が、ふとよみがえる。

だけどなあ、いくら夏休みで暇だからって、猫の相手まではなあ。ふだんのぼくに独りごとを言う習慣はないが、ついつぶやいてしまう。

猫の行動半径はどれぐらいだったか。生物学の雑学本では、たしか、五百メートルぐらいだったか。半径が五百メートルなら直径にして一キロ、人間の知らないところで猫も広い範囲を徘徊《はいかい》している。猫自身もその縄張りを認識しているから、人間が無理に移動させないかぎり地域を離れない。

一キロか。そうだな、この猫だって自分の縄張りは自覚しているはずで、自転車をゆっくり走らせてやれば縄張りの境界ぐらいで、たごからおりてくれる。ぼくの家まで来てしまったら貧民街の住人、猫だって横浜一のお屋敷街で暮らしたほうがプライドは保てる。

アシストを節約モードに切り替え、本当にゆっくりと、歩く程度の速さで自転車をすすめる。猫は相変わらずハンドルに両前足をかけ、慣れた様子で前カゴに収まりつづける。もしかしたら飼い主も、こんなふうにこの猫を自転車にのせて、散歩や買い物に出かけるのかも知れない。

しかし代官坂トンネルの手前まで来て、さすがに心配になる。猫はおりる様子をまるで見せず、それどころかハンドルに顎までのせて半眼《はんがん》になっている。いくら人間慣れしていて、それに自転車の振動が心地いいからといって、寝ることはないだろう。

なんだか別れがつらいような気もしたが、飼い猫であることは確かだし、意を決して猫をカゴからおろす。猫がぼくの顔を見あげ、ドライブの礼なのか、こっくんとうなずく。ぼくはチリンとベルを鳴らしてやり、トンネルの暗みに自転車を向ける。同時に猫が、なぜか走り出し、トンネルの入り口に跳びのってから、躰をひねってすとんと、前カゴに戻ってしまう。見事なジャンプ力に華麗《かれい》なパフォーマンス、「お見事」と、ついまたぼくは、独りごとを言ってしまう。猫のほうも「どうだ、参ったか」というように鼻面をもちあげて、大きく背伸びをする。

困ったね。逃げれば逃げ切れるのは分かっているが、そうするとまた罪の意識が残ってしまう。だからといって猫攫いになるのも、いかがなものか。

「要するに、おまえ、どうしたいわけ？」

「…………」

「ここから石川町《いしかわちょう》経由で伊勢佐木町へ寄って、それから黄金町に戻る。そんなところからおまえ、一人で帰れるのか」

　近くに人がいたら、日射病にでもかかった気の毒な少年と思うだろう。

　しばらく返事を待ったが、猫はほほ笑みながら欠伸をし、もうハンドルには手をかけず、カゴのなかで丸まってしまう。ダメだねこれは、ゆっくり走ってやれば途中で下車する気にでもなるか。知らない町にパニックを起こしたら、そのときに連れ帰ってやればいいか。いずれにしてもぼくが攫うわけではなく、猫のほうが勝手に「冒険の旅に出たいです」と言うのだ。

　あきらめて、ぼくはスイッチをオート・モードに切り替え、トンネルへ向かってペダルを踏みはじめる。

　歓呼堂へ寄って詩帆さんに代金を渡し、二千円のアルバイト料を受けとってから黄金町へ戻る。猫のほうは山手の高台を過ぎたあたりで目を覚まして、それからはカゴの前方向に両前足をかけ、子供が車窓でも眺めるようなポーズで社会見学を始めてしまう。交差点や信号でとまったときはぼくをふり返り、ウムとうなずいてくるのだから、始末が悪い。帰巣本能《きそうほんのう》で何十キロも離れた場所から自宅へ戻る猫もいるというが、この猫はどうだろう。

太田橋を黄金町側へ戻ると嘘《うそ》のように人通りがなくなり、大岡川沿いを走って家の前に自転車をとめる。歓呼堂では知らん顔をしていたのに、家へ着いたとたんに前カゴからひょいと跳びおりるのだから、猫にもここが終点だと分かるらしい。ぼくの表情か気配か、なにかを感知する能力があるのだろう。

工房のシャッターはあがっていて、お袋のほかにも三人の女性が椅子や作業台に腰をおろしている。二人はランプシェード作りのアルバイトで美大の後輩。もう一人のタイトスカートは知らないが、最近はデパートの商品開発部とか照明関係のバイヤーも出入りするから、その方面の客だろう。

アルバイトの二人はぼくに会釈をしたが、お袋なんかふり返りもせず、タイトスカートもただ肩をすくめただけ。猫のほうも女性に興味はないのか、ぼくより先に、とんとんと階段をあがってしまう。二階部分が桐布家の居室であることまでぼくの表情や気配で感知できるのだから、偉い猫だ。

誰も猫の存在に言及せず、ぼくも説明する気にならず、スニーカーを脱いで階段をのぼる。猫は板の間に両前足をそろえて尾《お》を尻に巻きつけ、「お帰りなさい」とでもいうように首をさげている。こういう礼儀正しさは、けっこう好きだ。

ぼくが階段をのぼりきると、猫が移動し、流し台の上にジャンプする。そこからふり返ってニャア、ニャアと二度声を出し、なにかを催促《さいそく》する。水なら洗い桶《あらおけ》に入っているのに、と思ったが、インターネットには「猫は水道の蛇口《じゃぐち》から直接水を飲みたがる」とかいう動画がある。少し水を出してやると、案《あん》の定《じょう》猫は首をひねり、流れ出る水をぺろぺろとなめ始める。かなり無理のある体勢で、汲《く》み置《お》きの水を飲んだほうがずっと楽なはずなのに、猫にもなにかの事情があるのだろう。

冷蔵庫からウーロン茶をとり出しかけ、猫が水を飲む様子を見て考えを変える。昼間からビールを飲む習慣はないが、メイに会って疲れてしまったし、アルバイトもしたし親父からの調査費ももらったし、それになんといっても今日は夏休みの初日なのだ。

そうだな、冷蔵庫に残り飯があるから、ピラフでもつくって昼酒を決めてやろう。宿題はうんざりするほどあるけれど、今から心配しても仕方ない。こういう怠惰《たいだ》を自棄《やけ》っぱちに満喫《まんきつ》できるのが夏休みなのだ。

デイパックをおろしながら自室へ歩き、ミドリちゃんに挨拶をしてから勉強用の座卓《ざたく》に向かう。ポケットからはアルバイト料の二千円をとり出し、抽斗をあけて預金通帳にはさむ。通帳には前夜の五万円もはさまれていて、一緒に預金すべきかどうか、迷う。食費や日用品代はその都度お袋から支給されるから、小遣いなんか三千円もあればじゅうぶん。現に今も財布には三千円以上の金が入っている。だが考えたら、来月には軽井沢がある。

いくら高校生でも費用をぜんぶ詩帆さんにもたせるのは気がひける。それに親父からの依頼を実行に移せば、どこで金がかかるか分からない。

札と一緒にはさんである「能代早葉子」の名刺をとり出し、わざとため息をついて、わざと舌打ちをする。遠野から桐布に姓が変わってから十年もたつというのに、親子の義理というのは面倒なものだ。

しかし今はピラフとビール。夏休みの初日から高校生が疲れてしまって、どうする。

猫が水飲みを終わらせ、まるで警戒する様子もなく、とことこ歩いてきて机に跳びのる。その目の高さにちょうど水槽があり、猫とミドリちゃんが対面する。ミドリちゃんも前面に寄ってきて胸鰭をふるわせ、ニコニコと笑う。もっともミドリフグの顔はいつも笑っているように見えるだけで、本当に笑ったわけではない。猫のほうは二、三度首を上げ下げし、それからおもむろに、水槽に向かって猫パンチをくり出す。人間でいえばあいさつ代わりに窓ガラスをかるく叩いてみた、という感じ。ミドリちゃんはミドリフグだからミドリちゃん、猫は三毛猫だからミケちゃんか。そんなことを考えて、自分で笑ってしまい、やれやれと独りごとを言う。三毛猫が珍しいといってもしょせんは雑種で、ペルシャやヒマラヤンのようなブランド猫ではない。それでもこれだけ人懐こくて毛並みもいいから、相当大切に飼われている。夜になっても帰らなければその飼い主が心配するだろう。まさか警察へ失踪届《しっそうとどけ》、というほどのことはないにしても、近所ぐらいは探すか。

うっかり連れてきてしまったが、夜までには山手へ送り届けよう。

猫の相手はミドリちゃんに任せて台所に立つ。ストックしてあるピーマンと玉ネギとセロリとウィンナーソーセージをとり出し、それにニンニクをひと粒加えて、それぞれをみじん切りにする。フライパンにオリーブオイルをひいて具を炒《いた》め、ニンニクが匂ってきたところで鶏《とり》ガラ出汁《だし》と冷や飯を入れ、かるく炒めてから醬油味《しょうゆあじ》で仕上げる。ピラフというのかチャーハンというのかは知らないが、そんなことはどうでもいい。

できあがったピラフと缶ビールをもって、物干し台へ這《は》い出る。頭上に洗濯物が干してあるから優雅《ゆうが》ではないけれど、家のなかよりは気持ちいい。アブラ蟬の声が耳鳴りのように聞こえ、その単調さが神経の起伏を和《やわ》らげる。大岡川の向こうにもしビルがなかったら、今日自転車で一周してきた伊勢佐木町から港の見える丘公園や代官坂も、遠望できるはず。子供のころは自分の住んだ山手と黄金町周辺が横浜のすべてだったが、今は自転車でどこへでも行ける。横浜というのは意外にせまい町で、埋め立て地の周辺なら中華街《ちゅうかがい》でも横浜駅でも本牧埠頭《ほんもくふとう》でも、すべてが自転車範囲なのだ。

ビールのプルタブをあけ、ひと口飲んでからピラフをスプーンですくう。子供のころからお袋に放任され、食事はコンビニか近くの食堂。小学生が一人で食堂やラーメン屋に入る構図に、ぼく自身、いつまでも慣れなかった。どうせ一人なら食事なんか自分でつくって食べればいい。そう思ったのが小学校五、六年生のとき。もちろん今でもコンビニや食堂は利用するけれど、やはり外食はなじめない。

Tシャツを脱いでスノコ状の板の間に敷き、腕枕《うでまくら》で横になる。下の作業場から電気鉋《でんきかんな》のモーター音が聞こえてくるから、ランプシェード作りが再開されたのだろう。注文の多いときはアルバイトが五人も来ることがあって、ぼくが「郊外に専門の工場をつくったら」と言うと、お袋は「副業はあくまでも副業」と却下する。芸術家というのは気難しい生き物だ。

腕枕をして空を眺めていると、薄雲のなかに、なぜか村崎明の憂い顔が浮かぶ。あの支《し》離滅裂《りめつれつ》な会話についていけなかったが、今になって思うと、あれはあれで、筋は通っていたのか。メイにとってぼくは十年前に死んでいるのだから、その死人がとなりのベンチに座っていたら幽霊だと思うか。でもそれなら恐怖《きょうふ》を感じるはずだし、声をかけたり肩に触れてくる行為も、やはりヘンか。それとも親戚に皇室関係者がいるようなお嬢様には、あれが常識なのか。いずれにしても、少し邪険《じゃけん》にしすぎたかな。同じ横浜市内でも偶然十年ぶりに出会うことなんて、そうはないものな。それにぼくを発見してくれたのはメイのほうで、考え方を変えれば、個性的なやつだった。

汗をにじませる日射しが心地よく、鉋音と蟬の声とビールがコラボして、つい、うとうとしそうになる。猫が部屋から出てきて皿の前に座り、ピラフを食べはじめる。実家ではルイ・ヴィトンの猫缶《ねこかん》でも食べているのだろうに、よほど腹がすいているのか。それでもがつがつした感じはなく、皿の縁から首をのばして礼儀正しく舌を使う。

さっきは「夜までには山手へ」と思ったが、どうしたものか。幽霊屋敷で知り合ったのも妙《みょう》にぼくに懐いたのも、なにかの縁だろう。今ピラフを食べているのも「贅沢《ぜいたく》は言いませんからこの家の子にしてください」というアピールかも知れず、本気で移住する気になったのか。ピラフぐらいでよければ食事に不自由はさせないし、物干し台を伝われば出入りも自由。本人にも「自分はブランド猫ではない」という自覚があって、高級住宅街より下町のほうが気楽なのか。

「なあ、おまえ自身は、どうなんだよ」

「ワタシはここがいい」

「家の人が心配しないか」

「ワタシ、野良《のら》だもの」

「その割りにはきれいだ」

「十年前からずっと野良だよ」

「まさか、うん？」

腕枕の腕がはずれて、首をひねりかけ、その首をさすりながら、ぼくは身を起こす。猫は腰に尾を巻きつけて両前足をそろえ、「ご馳走《ちそう》さま」とでもいうように舌で口の周りをなめている。蝉の声と鉋の音がぼくの耳に錯覚《さっかく》を起こさせたのか。ビールだって半分も飲んでいないし、日射病にかかるほどの日射しでもない。

メイと意味不明な会話をしたことが、脳神経を変調させているのだろう。ビールをひと口咽に流し、また横になって腕枕をする。

「あんた、お料理が上手だね」

今度は瞬間《しゅんかん》に身を起こし、美大のアルバイトがいたずらでもしたのかと、台所をのぞく。台所にも階段にも人影はなく、念のために物干し台の下まで首をのばしてみても、喋《しゃべ》りそうな動物はぼくと猫だけ。今日のぼくはずいぶん独りごとを言うけれど、独りごとで女性の声は出さない。

「おまえ、今、もしかして？」

「内緒だよ」

おいおいおい、いくら夏休みだからって、それはないだろう。

猫が気持ちよさそうに背伸びをして、かるく欠伸をし、二、三歩あるいてぼくの膝に両前足をのせる。

「おまえなあ、喋れるのなら、最初から言えよ」

「最初から言ったら、あんた逃げたでしょう」

「それは、そうか」

この状況は、なにかが、完璧《かんぺき》におかしい。本当に猫が喋っているのか、ぼくの脳が混乱しているだけなのか。頭上の洗濯物も見えるし蝉の声も鉋音も聞こえるから、幻覚や幻聴はない。目の前に両手を広げればちゃんと指も十本数えられて、頭にこつんと拳骨《げんこつ》を入れると、痛い。港の見える丘公園でメイから幽霊と思われたときは、あれほどバカにしたのに、今はぼくが猫を相手に喋っている。

「あんた、名前は」

「アキオ」

「アキオねえ、ワタシ、あんたに頼みがあるんだよ」

返事をしかけ、もしお袋が階段をのぼってきたときの用心に、尻を物干し台の手摺《てす》り側《がわ》へ移動させる。客観的に考えればかなり特殊《とくしゅ》な状況なのだが、たいして違和感のない自分が、ちょっと怖い。

「ワタシがどこの誰で、なぜ死んだのか、アキオに調べてほしいの」

「おまえ、死んでるのか」

「当たり前よ」

「つまり、化け猫？」

「そういう言い方、好きじゃないなあ」

「ごめん」

「それにね、ワタシは人間なの。理由は分からないけど、たまたま猫の躰を借りているだけ」

マンガだかお伽噺《とぎばなし》だか、そんな話はいくらでもあるが、実際は人間ですでに死んでいる、というストーリーは斬新《ざんしん》か。そうはいっても、どうやってぼくに、信じろというのだ。

ぼくは意識的に深呼吸をし、残っていたビールを、ひと息に飲みほす。

「なんだか、話が、まるで分からない」

「だからね、ワタシだっていつまでも猫をやってられないの。人間は死んだあと、無になるべきでしょう」

「そうかな」

「そうなの。でもワタシは中途半端《ちゅうとはんぱ》なの。この世に未練がある感じでもないのに、なぜか無になれないの」

「いわゆる、成仏《じょうぶつ》できない、みたいな?」

「たぶんね。自分が誰でなぜ死んだのか、それが分からないせいだと思う。だからアキオ、調べてよ。どうせあんた、夏休みで暇でしょう」

どこかに詩帆さんでも隠れていて、ぼくをからかっているのか。

「だけど、つまり、おまえの正体が人間だという、証拠《しょうこ》は?」

「あるよ」

「あるのなら見せろよ」

「あれをやると疲れるんだよ」

「あれって」

「人間の姿になること。でも最近、やってないなあ」

「言われただけでは、どうも」

こうやって猫が喋っていること自体、実際はすごい証拠なのに、人間になった姿を見ないと納得できないというぼくも、心がせまい。

猫が決心したように、体長の分だけ後ろへさがり、一度躰を丸めてから、なにやらぶるぶると震《ふる》えだす。

おい、おい、無理なら、無理をしなくてもいいぞ。

声をかける間もなく、猫の躰が霞《かす》んでいき、その靄《もや》のようなものが膨張《ぼうちょう》して、すっと人間の姿に変わる。ほんの二、三秒だったが半袖《はんそで》のシャツは確認できたし、セミロングの髪や目の大きい生意気そうな顔も、見えた気はする。

その女子がぼくのほうへ倒《たお》れてき、支えようと思ったときにはまた靄になり、気がつくと猫がぼくの懐に、すっぽりと収まっている。絵空事は嫌いだが、ここまで証拠を見せられたら、もう信じるより仕方ない。

「前は十秒ぐらい、ちゃんとできたんだけどね、今は息が切れるの」

猫はたしかにぜいぜい言っていて、躰も小刻みに震え、その前足が頼りなくぼくのベルトにしがみつく。ぼくは猫の頭から背中をていねいに撫《な》で、膝を曲げてその体勢を安定させてやる。猫はそうやって一分ほど躰を丸めつづけ、そのうち体力が戻ったのか、大きく欠伸をして背中をのばす。

「よく分からないけど、なんだか、すごいな」

「でも、信じたでしょう」

「信じた」

「ワタシの頼みも聞いてくれる？」

「おまえが誰で、なぜ死んだのか……だけど、どうしておれが？」

「フィーリングだよ」

「フィーリング？」

「うまく説明できないの。でも山手のあの家で会ったとき、ああ、こいつだなあって。たぶんワタシね、アキオのことを待ってたんだと思うよ」

「あの家で十年間も？」

「幽霊は歳をとらないもの」

「やっぱりおまえ、幽霊か」

「知らないけど、ほかになんて言うの」

「まあ、そうだな」

　首を撫でてやると、猫の咽はごろごろ鳴っていて、そうするとぼくと話をしているこの声は、どこから出ているのか。もしかしたらテレパシーみたいなものかも知れないが、幽霊のことは分からない。

「そうか、幽霊か」

「化け猫はイヤ」

「ともかく、今のようなことを、十年も」

「生きていたときとは時間の感覚が違うけど」

「何度か住む家族が変わったろう」

「陰険なやつばっかり。貧乏なくせに見栄《みえ》を張ったり、仲が悪いのに顔だけニコニコしたり。そんなやつらと一緒だと頭にくるんだよ」

「それで、おまえは?」

「脅《おど》かしてやったよ。夜のあいだに靴《くつ》を隠したり、天井裏で音をたてたり、誰かがトイレに起きたとき、ちょっとだけ人間の姿を見せてやったり」

　なるほど、一般的にはそういう現象を、幽霊という。山手のあの家に幽霊が出るというのは、ただの噂ではなくて、本当のことだったのだ。村崎明は「長く住んだご家族でも四年ぐらい」と言ったが、四年も住めた家族は偉い。

「おまえが死んでいることは分かった。だけど自分の名前も、思い出せないのか」

「覚えていればアキオに頼まないよ」

「住んでいた場所とか、家族とか」

「まるでダメ」

「歳は？」

「どうかなあ、分からない」

「さっき見えたときは、大学生とかフリーターとか、そんな感じだった」

「アキオより年上かもね」

幽霊の年齢談議《ねんれいだんぎ》に、意味があるのかないのか。それはともかく、名前も歳も住んでいた場所も分からなくて、どうやって身元を特定しろというのだ。生きている人間にも記憶喪失《きおくそう》失《しっ》という現象があるから、理屈は同じことなのか。もう一度人間に変身させて写真でも撮れば、あるいは手掛かりになるか。しかしこの消耗度《しょうもうど》を見ると、今すぐの変身は可哀《かわい》そうだろう。

「要するにさ、自分の素性が分かって成仏するまで、おれの家に？」

「野良も見かけより楽じゃないよ」

「そうだろうな」

「贅沢は言わない。でも今日はアイスクリームが食べたいな」

「それぐらいは奢《おご》ってやる。だけど、名前がないと不便だ。ミケでいいか」

「だっさーい」

「それなら？」

「アイドルっぽいのにして」

一瞬、メイにしようかと思ったが、それでは本物の村崎明に失礼だろう。

「ミケで我慢しろ。今の見かけは三毛猫なんだから」

「仕方ないね。でもさあ、ああいうことは、やめてくれない？」

「ああいうこと？」

「最初のときにしたでしょう。ワタシの足のあいだを、ジーッと見るようなこと。いくら猫でもね、あれは恥ずかしいんだよ」


保土ケ谷には「ハマのアメ横」と呼ばれる商店街があって、何度か来たことがある。地名の由来はその地形が女陰《ホト》に似ているから、といわれるが、嘘か本当かは知らない。その保土ケ谷まで自転車をこいできたものの、以降の予定は未定。だいたい夜の八時なんていう時間に三十二歳の独身女性が、マンションへ帰っているものなのか。もっと肝心なのは能代早葉子さんが独身なのか既婚なのか、警察官とはいうけれど、交番勤務か所轄《しょかつ》か県警本部か。それに交通課だの生活安全課だの、所属もあるだろう。親父がうっかり聞き漏《も》らしたというより、たぶん深入りを避けたのだ。ずいぶん身勝手な人で、そうは思うが依頼は依頼、ぼく自身にもちょっとだけ興味はある。

ミケはもうアイスクリームを二個も食べて、気持ちよさそうに寝ている。自転車の前カゴに百円ショップで買った座布団を敷いてやったら、それが極楽なのだという。

ぼくは「保土谷ハイツ」というマンションの前に自転車をとめ、直接部屋を訪ねていいものかと、もう十分ぐらい迷っている。ケータイ番号もメアドも分かっているから、常識的には事前の連絡をするべき。こちらが素性を言えば能代さんも対面を断らないはずで、どこかでコーヒーでも飲みながら簡単に仕事を済ませる。その対処が最善なことは分かっているが、なにかが物足りない。

マンションはベージュと茶色を配した三階建て。エレベータはなく、内階段で各階へあがる構造で外からでもドアが見える。ただ廊下《ろうか》側に向いている窓は浴室かトイレらしく、住人の在不在は分からない。

いいか、どうせ夏休みで、暇だものな。

自転車のキーをロックし、ミケが寝ていることを確認して出入り口へ向かう。ガラスのスイングドアをあけると郵便受けの並んだフロアがあり、ステンレス製の郵便受けにはそれぞれにダイアル錠《じょう》がついている。各階五室だから全十五室、住人名を出している郵便受けは二つだけで、能代さんの303号室にも居住者名はない。

夏休みの暇つぶしと割り切って、階段をのぼる。ドアのキーは暗証番号タイプで、その上にインターホンの呼び出しボタンがついている。窓は暗いが人の気配は感じられ、インターホンのボタンを押す。

待っていたのは五、六秒。女の人の声がして、ぼくが名前と素性を告げると、チェーンロックが外されてドアがあく。顔を出した女の人は白いバスローブを着て頭にタオルを巻いているから、入浴の直後だろう。しかし、そんなことより、この人の顔には見覚えがある。

能代さんが肩をすくめるようにぼくの顔を見つめ、ぼくもその顔を見返して、やっと思い出す。昼間ぼくが山手から黄金町に帰ってきたとき、美大のアルバイトと一緒に工房の作業台に腰をのせていた、タイトスカートではないか。

「アキオくん、遠野さんから頼まれたのね」

「えーと、はい」

「お入りなさい。こんな格好だけど、姉弟《きょうだい》だから気にしないでしょう」

ぼくがうなずいたとき、足元に影が動いて、ミケがちょこんと顔を出す。

「あら」

「あ、おまえ」

「アキオくんの猫？」

「なぜか、そんなような」

「可愛い猫ねえ。そういえば昼間、お宅で見かけたかしら」

「ごめんなさい」

「いいの。私も猫は好き。一緒にどうぞ」

のか。

　なぜミケがついてきてしまったのか。知らない町で一人にされて、やはり不安だったのか。

　仕方なくぼくはミケをすくいあげ、とり出したハンカチで四本の足をふく。股間を「ジーッと見るな」と言われても、こういう体勢では仕方ない。

　放してやるとミケは勝手に部屋へ入っていき、ぼくもドアを閉めて、ミケと能代さんにつづく。ドアの近くにトイレや洗面所が収まっていて、廊下の先が十畳ほどのワンルーム。ロータイプベッドはシングルだから、独身なのだろう。まるで親父に似ていない相当の美人で、エアコンは効いているのに、ぼくの脇下《わきした》には汗がにじむ。

「高校生でもビールぐらい飲むでしょう」

「はい、でも、自転車なので、水を」

　ドアに背を向けた場所にぼくを座らせ、能代さんが缶ビールとミネラルウォーターを持ってきて、座卓の向こうへ腰をおろす。藺草《いぐさ》のカーペットが清潔に匂い、能代さんの躰からは風呂上がりの匂いも漂《ただよ》ってくる。

「でもアキオくん、連絡をせずに訪ねてくるのはルール違反よ」

「能代さんが黄金町の家に来たのもルール違反です」

「そうか、考えたら、お互《たが》いさまね」

能代さんが切れ長のきっぱりした目でぼくの顔を見つめ、片方の頰《ほお》を皮肉っぽく笑わせる。ミケが部屋の点検を終わらせ、ぼくの膝にのってきて、さっそく眠《ねむ》り込む。

「お袋に親父と能代さんの関係を?」

「そこまでのルール違反はしない。雑誌を見てお母様のお仕事に興味を持った、と言っただけ」

警察でどういう仕事をしているのかは知らないが、黄金町の家や桐布家の現状ぐらいはどうせ簡単に調べられる。しかしお袋に親父との関係を告げなかったのなら、節度と常識はある。表情や口調にもヒステリックな感じはないし、第一印象的には「合格点」以上だろう。

「親父から聞いたのは概略《がいりやく》だけです。能代さんのことも、警察に勤めているとだけ」

「山手東署の刑事課よ。所轄の刑事課なんて夫婦喧嘩の仲裁とか失踪人の捜索《そうさく》とか、雑用係みたいなもの。区役所の職員と変わらないわ」

能代さんの口から山手東署という言葉が出たとき、ミケの耳がぴくっと動いたから、ぼくたちの話は聞いているのだろう。

「親父と会ったとき、事実の確認をしたいと言ったそうですが、具体的にはどういう？」

能代さんが座卓の下で膝をくずし、ビールのプルタブをあけて缶を直接口へ運ぶ。バスローブの襟元《えりもと》がひらいて白い咽がのぞき、ぼくは頭のなかで咳払《せきばら》いをする。

「言葉通りの意味よ。遠野さんの人間性を確認したかったの。アキオくん、そのペットボトル、口をつけてもいいのよ」

エアコンは効いているが、緊張して咽が渇《かわ》くし、ぼくは遠慮なく水を飲むことにする。ミケも膝のなかから首をのばしたので、手のひらに少しあけて水を飲ます。

「遠野さんに、私の母はもう亡くなったと言ったことは？」

「聞いています」

「でもあれ、嘘なの」

「はあ」

「そう言ったほうが遠野さんも気が楽になると思ったの」

「ありがとう」

「母は遠野さんとつき合っていた当時、能代、つまり私の父とも関係があったの。いわゆる二股《ふたまた》ね」

「そうですか」

「母の実家は小田原《おだわら》、私の父も実家が小田原で老舗《しにせ》海産物問屋の御曹司《おんぞうし》。そんなときに子供ができたら、女はどちらを選ぶと思う?」

当時の親父は岩手から上京してきた貧乏学生で、一方は老舗海産物問屋の御曹司。どちらを選ぶかは個人の判断だろうが、能代さんの母親がどちらを選んだのかは聞かなくても分かる。

能代さんがくすっと笑い、ビールを飲みほして腰をあげる。

「悪いけど、髪だけ乾《かわ》かしてしまうわ。ちょっと待っていて」

ぼくの横を歩いた能代さんのバスローブから髪の毛がこぼれ、ぼくはそれを指に巻きつけて、ズボンのポケットにしまう。親父は「人間性を見極めてから」と言ったが、それは順序が逆だろう。まずDNAの鑑定をしてからあとのことを考えるべきで、それに能代さんの第一印象も「合格点」以上なのだから、もうこの問題はクリアしている。

洗面所で五分ほどドライヤーを使ってから、能代さんが新しい缶ビールを持って戻ってくる。セミロングの髪は色ゴムでまとめられ、躰からはローズ系の化粧水《けしょうすい》が匂う。ビールのプルタブをあけ、座卓に片肘をかけて、能代さんがかるく身をのり出す。

「でもアキオくん、当時の母が二股だったことは遠野さんに内緒よ。今さら騒いでも意味のないことだし」

親父がその事実を知ればかえって喜ぶだろうが、ぼくは黙ってうなずく。

「自分が親父の子供だと知ったのは……」

「高校生ぐらいのときかな。血液型がね、母はO型で父はB型、それなのに私はA型。あり得ないでしょう」

「そうですね」

ぼくの家はお袋がO型で親父がA型でぼくがA型。これは理屈に合っている。

「それで母に、それとなく聞いたの。そうしたら『実は』と。でも私、気にはしなかったのよ。能代の父は凡庸《ぼんよう》だけど善人だし、私も海産物問屋のお嬢様でいたほうが楽だったもの」

能代さん本人もその母親も、女性という生き物はたくましい。

「そのうち遠野さんがテレビに出始めたりして、ふーん、この人がってね。いつか機会があったら食事ぐらいはと思ったけど、トラブルを起こそうなんて、まるで。そうしたらトラブルを起こしたのは遠野さんのほう、会わなくてよかったと、本心から思ったわ」

声を出して、肩まで震わせて笑い、その笑いを治めるように能代さんがビールを口に運ぶ。親父の盗撮事件も他人から見れば、たしかに笑いごとなのだ。

「でも親父は、小説家として、復活しました」

「アキオくん、ああいう小説を書いている人が自分の父親ですなんて、他人に言える？」

「それも、そうかな」

「だから事実を知っているのは遠野さんと私と母と、それからアキオくんの四人だけ。これからも口外はしないし、アキオくんのお母さまにも知らせないわ」

愛美という親父の再婚相手や、生まれてくる子供もいつかは知るのだろうが、今はそこまで考える必要はない。

「でも、それなら、なぜ先月、親父に?」

能代さんが細い顎を頬杖にのせ、右の眉をもちあげながら、眉間に皺をきざむ。

「先月所用で県警本部へ行ったとき、二課の控室《ひかえしつ》でヘンな話を聞いてしまったの」

ぼくの表情を確認するように、能代さんが唇をすぼめ、頬杖の顎をまた少し前へすすめる。

「私が控室にいたとき、初老の刑事が二人、にやにや笑いながら本を読んでいたの。話は聞くともなく聞こえた。要するに二人は、『あのときは怖いほどうまく嵌まった』とか『でもそのお蔭《かげ》でこいつも小説家になれた』とか『俺たちは人助けをしたようなもの』とか、そんなことを話していたの。気になったので、私は二人の読んでいる本をのぞいてみた」

「その本が親父の……」

「ああいう表紙にああいうタイトル、それに著者名が遠野銀次郎《ぎんじろう》」

仕事中に変態官能小説を読んでいられる警察も優雅なもので、しかし能代さんは怠惰な刑事を糾弾しているわけではない。

「この状況、アキオくん、分かるかしら」

「なんとなく」

「十年前はちょうど、私が警察学校にいたとき。あの盗撮犯人が実父だなんて、知られるわけにはいかない。事件には関《かか》わらないようにしてきたし、先月までも同じこと。でも調べてみたら二人の刑事のうち一人は、十年前も本部の刑事二課にいたの。ふつうは盗撮事件ぐらい、所轄で処理して本部は関わらない。遠野さんが有名人だったから、とも考えたけど、やはり不自然なのよね」

親父は今でも「あの事件は警察の陰謀」だと言い、ぼくはそれをずっと愚痴か負け惜しみだと思っていたが、もしかしたら本当に親父は嵌められたのか。警察のシステムに知識はないけれど、あんな盗撮ぐらい、ふつうなら交番への連行で済むのではないのか。

「もう昔の話とは思ったけど、一応は彼も実父だし。インターネットで昔の新聞と週刊誌を調べてみた。その結果、いわゆる冤罪《えんざい》でないことは確からしいの。遠野さんもスカート内の盗撮を認めている。事件も書類送検で片付いている。でもそれなら刑事たちはなにを『怖いほどうまく嵌めた』のか、話の内容が遠野さんとは無関係だったなんて、状況的にはあり得ない。だからね、先月遠野さんに会ったとき、そのことを聞いてみたの」

「親父は？」

「忘れた、思い出したくないの一点張り。彼の気持ちも分かるけど、逆に私の気持ちが釈《しゃく》然《ぜん》としなくなったのよね」

愚痴だか負け惜しみだか知らないが、親父が「警察の陰謀」と言うのは事実だし、しかし「思い出したくない」のも本音だろう。世間に誇《ほこ》れるような仕事ではなくても、今は経済的には安定していて、来年は子供も生まれる。逆に能代さんにしてみればその存在自体を恥《は》じていた親父が、警察の陰謀で地位や名誉を失った可能性があると知れば、たしかに、気持ちは釈然としなくなる。

「だけど……」

水で咽をうるおし、強すぎるエアコンに、シャツの襟を合わせる。

「冤罪でないことが確かなら、蒸《む》し返《かえ》しても意味はないでしょう」

「アキオくんは悔しくないの」

「さあ」

「お母さまはどうかしら」

「聞いたことはないし、聞きたくもない」

離婚してから黄金町に移った直後、お袋は三カ月ほど、それこそとり憑《つ》かれたように観音像を彫《ほ》りつづけた。性格も生活習慣も一変し、今は気ままな芸術家になっている。山手の奥様時代に未練があるのか、今の人生に満足しているのか、本当にぼくは聞いたこともない。

「アキオくん自身は？　十年前のことを、なにか覚えていない？」

「今も、昔も、あのことはタブーだから」

「でもお母さまは知っているはずよね」

「たぶん」

「アキオくんから聞いてもらえないかしら。あの盗撮事件の、具体的な状況を」

「どうかな」

「当時の捜査資料を閲覧《えつらん》できれば、あるいはなにか分かるかも知れない。本部にいる親しい刑事に内緒で頼んではいるけど、なかなか」

「能代さんはなぜ、そこまで」

「腹が立つのよ。私、正直に言うと、遠野さんを軽蔑《けいべつ》していたの。こんな人が父親だなんて、私自身も穢《けが》れているような気がした。でも先月会ってみたら素敵なチョイ悪オヤジだし、人品《じんぴん》的にも問題はなかったわ」

そうかなあ、それは離れて暮らしていた娘の、実父に対する憧《あこが》れではないのか。いずれにしても親父の人品なんか、ぼくにはどうでもいい。親父のぼくに対する依頼は、能代さんが子供の後見人になれる人間か否《いな》かを見極めることで、その点に関しては問題ないだろう。警察官の能代さんが親父に「また罠《わな》を仕掛ける」可能性も考えられないし、それどころか親父の汚名を雪《そそ》ごうとまでしている。

気のせいではなく、本当にエアコンが効きすぎて、皮膚《ひふ》が冷たくなってくる。自転車を保土ケ谷までこいできた用件は済んだし、ミケも欠伸をしているし、ぼくは暇《いとま》の用意をする。

ぼくの気配を感じたのか、能代さんがビールを飲みほして、背筋をのばす。

「アキオくん、あとでケータイ番号をメールして」

「はい」

「それとなくでいいから、お母さまのお話も」

「えーと、はい」

「近いうちに食事を。なんといっても私たち、姉弟なんですものね」

「はい。突然お邪魔《じゃま》をして、失礼しました」

頭をさげて、ぼくはミケを抱いて腰をあげ、ドアへ向かう。ミケはぼくの腕から肩へよじのぼり、両前足をぼくの頭にのせて重心を安定させてしまう。この猫が喋るなんて言ったら、能代さんは「近いうちの食事」をキャンセルするだろう。

ドアの前でもう一度あいさつをし、ミケを肩にのせたまま階段をおりる。今夜の顛末《てんまつ》を親父に電話するか、それとも家へ帰ってからメールで報告するか。

だけどなあ、あんな美人が親父の娘だなんて、ずるいよな。

「アキオ、ワタシもそう思うよ」

他人がいるところでは話しかけないのだから、ミケにも節度はある。

3章
電動アシスト少女

昨夜はすぐ親父へ報告を、と思ったが、能代さんの毛髪もゲットしたことだし、ＤＮＡ鑑定を先にしようと思い直した。パソコンで調べると鑑定会社はいくらでもあって、親子鑑定の料金は安いものが二万円前後。ぼくと能代さんの場合は姉弟鑑定になるけれど、父親側の遺伝子が共通という結果が出れば、結果として親父と能代さんの親子関係は証明される。もちろんそんな鑑定は気分の問題で、昨夜の印象からして能代さんが親父の実子であることは、まず間違いないだろう。横浜にも鑑定会社のサテライトステーションとかいうものがあって、能代さんの毛髪を持ってぼく自身が足を運べば一週間程度で結果は出るらしい。料金の二万円は痛いけれど、親父には義理がある。

机には宿題の問題集が積んであるが、開く気にならず、蝉の声を聞きながら向かいのビルを眺める。高校へ入るまでは大学への進学なんか、考えてもいなかった。勉強が嫌い、というわけではなく、経済的に無理だと思ったのだ。それが最近になってランプシェードが売れはじめ、ぼくが進学を希望すればお袋も、もしかしたら認めてくれるかも知れない。だからといって将来に具体的な目標はないし、学科の専攻も漠然《ばくぜん》としている。

ミケが物干し台から戻ってきてぼくの膝にのり、そこから机に跳んで、ミドリちゃんの水槽をこつんと叩く。

「この魚、ヘンな顔してるよね。フグみたい」

「フグさ。食べると死ぬから気をつけろよ」

「猫はね、もともと、魚なんか好きじゃないんだよ」

「本当かよ」

「トラやライオンは魚を食べないでしょう」

「まあ、そうかな」

「猫も同じだよ。食べる肉がないときだけ、仕方なく魚を食べるの。アキオ、今日の昼食《おひる》はなあに」

「おまえには猫缶を買ってやる」

「ワタシさあ、猫缶、飽きてるんだよね」

「野良だったのに？」

「ご近所にお得意さんがあるの。その家がね、ワタシのために猫缶を用意してくれるの」

「どうりで、毛艶《けづや》がいいものな」

ミケには「生前の身元を調べてくれ」と言われているけれど、どこから手をつければいいのか。分かっているのは十年前に死んでいることと、当時の年齢が二十歳ぐらいだったこと。たったそれだけの情報で、身元なんか割り出せるものなのか。警察官の能代さんに事情を話せば、あるいは、と考えなくもなかったが、能代さんも頭のイカレた弟はイヤだろう。

「なあミケ、昨日のあれ、できるか」

「昨日の？　人間になること？」

「写真が撮れれば手掛かりになる」

「面倒くさいなあ、あれね、アキオが思うよりずっと疲れるんだよ」

「おれの立場も考えろよ。おまえが成仏してくれないと、おれが精神病院へ送られる」

ミケがふて腐《くさ》れたようにフニャンと鳴き、机からおりて正座に似たポーズをとる。

ぼくは念のために唐紙を閉め、ケータイをとり出して、カメラを連写機能にセットする。

「ＯＫ、やれ」

ミケが昨日と同じように、一度背中を丸め、それからぶるぶると躰を震わせて、全体を靄のような形にする。その靄が人間になるところを狙ってぼくはシャッターを押しつづけ、ミケが猫に戻るまでに五、六枚の写真を撮る。猫に戻ったミケはカーペットにうずくまり、本当に苦しそうに、ぜいぜいと息をする。

「あれ？　写っていない」

再生機能を何度操作しても、写っているのはカーペットや壁だけ。

「どうもなあ、幽霊は写真に写らないのかな」

猫のミケにカメラを向け、二、三度シャッターを切ってすぐ再生する。そこにはちゃんと三毛猫が写っているから、カメラの故障ではない。よく心霊写真のようなものがあるから幽霊も写るかと思ったが、あの幽霊に種類が違うらしい。

「面倒な幽霊だな」

「ワタシのせいじゃないよ」

「名前ぐらい、なんとか思い出せないのか」

「努力はするよ。それより、昼食はなによ」

「おれは焼きそばをつくる」

「あ、賛成。それからさ、あとでまたアイスクリーム」

「贅沢は言わないと……」

そのとき階段に足音がして、部屋の向こうからアルバイトの美大生が呼びかける。

「アキオくん、お客さま」

はーいと返事はしたものの、ぼくへの客なんて、誰だろう。

唐紙を開き、台所を通って階段をおりる。お袋やアルバイトたちはいつもどおりだが、あげたシャッターの向こうには、なぜか、村崎明が立っている。メイのいで立ちはハーフパンツにTシャツに黄色いデイパックを背負って、頭にはぼくと同じような日除《ひよ》け用のキャップをのせている。腕を腰のうしろに組んで首をかしげるポーズは昨日と同じだが、その横には白い電動アシスト自転車がとめてある。

サンダルをつっかけて、メイのほうへ歩く。昨日ミケを連れ帰ったときは無視したくせに、お袋も美大生たちも作業の手をとめて、興味深そうにこちらを観察してくる。

ガールフレンドがぼくを訪ねてくることが、そんなに珍《めずら》しいか。まあ、珍しいけれど。

「アキオくん、ごきげんよう」

「えーと、この家、よく分かったな」

「赤レンガ倉庫で聞きました」

「ああ、そうか」

「わたしも自転車を買ったから見せに来たの」

なぜ、と聞きそうになったが、相手がメイの場合にかぎって、それは愚問《ぐもん》だろう。見せに来た、と言うのだから見てやるしかないけれど、それにしてもメイの服装の、なんとカジュアルなことか。自転車やぼくに合わせて庶民的《しょみんてき》にしてみたのか。

本当は見なくても分かったが、メイの自転車は総アルミ製の軽量スポーツタイプ。ぼくも自分の自転車を買うときに検討した車種で、スタイルは似ているがバッテリーの性能が違う。充電時間が短くてアシスト走行距離も五十キロという高性能、値段もたしか、十八万円ぐらいはした気がする。昨日ぼくの自転車を見てふと欲しくなったのだろうが、その気まぐれには恐《おそ》れ入る。

「意外だな。村崎が自転車に乗れるとは思わなかった」

「昨日アキオくんに会ってから練習したの」

「ふーん、それでもう」

「わたし、運動神経がいいみたい」

「誰にでも隠れた才能がある」

「ねえアキオくん、サイクリングに行きましょう」

「どこへ」

「ズーラシア」

「なに、それ」

「動物園よ、知りません？」

「ああ、いやあ、ちょっと、考えよう」

どこかずっと山のほうに、そんな名前の動物園があった気もするが、それはもう横浜というより町田に近いあたり。ぼく一人なら往復できるにしても、昨日初めて自転車に乗ったメイでは無理だろう。

「とにかくさ、こんな遠くまで来て、疲れたろう。ひと休みしないか」

「ええ、ひと休みさせていただく」

「自転車に鍵《かぎ》を」

「でも皆《みな》さんが見張っているわ」

「あれは自転車じゃなくて、おれたちを見張ってるだけ。それにな、これからのこともあるから、自転車から離れるときは鍵をかける習慣を身につけろ」

「アキオくん、繊細《せんさい》なのね」

「黄金町は……」

言いかけ、まだお袋の視線があることに気づいて、発言をひかえる。どうでもいいが、本当に、そんなに珍しいか。

メイが自転車に鍵をかけるのを待って、きびすを返し、工房へ戻る。メイが赤いスニーカーでつづいてきて、お袋と二人の美大生に向かってキャップをとる。

「初めまして。わたし、小学校のときアキオくんと同級だった、村崎明です」

お袋が柄《がら》にもなく椅子から腰をあげ、ふり乱した髪を撫でつけながら、泣くような笑うような、複雑な表情をつくる。今日はワークパンツに襟付きのシャツを着ているから、いつもよりは、人間らしく見える。

「自分の部屋では先生のランプシェードを使っています」

「それはまたご奇特な」

「クラシック・モダンというのかしら、明かり自体に深みが増す気がします」

「それはまた……お名前、村崎さんと？」

「はい」

「お住まいは山手？」

「代官坂上の近くです」

「あらあら、そうなの、それなら昔のご近所さんねえ。アキオが小学校へあがったとき、入学式でお母さまにもお目にかかったわ」

「わたしは覚えていません」

「そりゃそうよ。だけどあなたが、村崎さんのお嬢さんなの。大きくなったわねえ、といっても小学生が高校生になれば、誰でも大きくなるけれど」

捨ててきた山手の記憶と向かい合うお袋の心境は、どんなものか。山手に住んだのはたったの五年間で、四十二年の人生ではすでに、意味のないただの記憶になっているか。

「アキオ、あなた、村崎さんのお屋敷へお邪魔していたの」

「おれは誰の邪魔もしていないよ」

「私の人生は邪魔しているわ」

どこが。

「べつにさ、村崎とは昨日、偶然、十年ぶりに会っただけ」

「そうよねえ、あなたと村崎さんのお嬢さんでは身分が違うもの」

身分を違わせたのは母さんたちだろう。もちろん盗撮事件や離婚がなくても、皇室関係の親戚はできなかったろうが。

お袋や美大生たちに見張られたままでは「ひと休み」できないので、ぼくは階段に足をかけながら、メイをうながす。メイが礼儀正しく工房に頭をさげ、スニーカーを脱《ぬ》いでつづいてくる。こんな梯子階段なんて人生初の経験だろうに、物怖《ものお》じしないあたりは度胸がいい。

二階へあがったところで台所スペースと四畳半が二間《ふたま》だけ。台所のとなり間《ま》にはちゃぶ台が出ているから、無理に表現すればそこが応接間になる。

メイがデイパックをおろしてその上にキャップを重ね、当然のような顔でぼくの部屋へ入っていく。奥のどこかに人間の住む部屋があるとでも思ったのだろう。

気取ったところで意味はなく、ぼくは扇風機《せんぷうき》のスイッチを入れて、台所でインスタントのカフェオレをつくる。ミケの顔が見えないのは物干し台伝いにトイレへでも行ったのか。野良暮らしが長かったせいか、排泄《はいせつ》はちゃんと外でする。

メイがぼくの部屋から戻ってきて、気楽な表情でちゃぶ台の前に正座をする。

「アキオくん、DNAが心配なの?」

そうか、下から呼ばれたとき、パソコンのスイッチを切らなかったか。ふつうならそういうものの閲覧は遠慮《えんりよ》するだろうが、メイに苦情を言っても仕方ない。

「カフェオレ、インスタントだけどな」

「いただきます。コンパクトで機能的なお住まいね」

育ちがいいと因縁のつけ方も上品だ。

「水槽のお魚はなあに」

「ミドリフグ」

「フグは食べられないでしょう」

「餌から毒が蓄積《ちくせき》されるだけでフグ自体に毒はない。おれは食べるために飼ってるわけじゃないけどさ」

「そうなの。それで、ＤＮＡは？」

見かけによらず、しつこい。

恍《とぼ》けようと思えば恍けられるが、国家機密というほどでもなし、メイを相手の暇つぶしには、ちょうどいいか。

「村崎、秘密は守れるか」

メイがカップに息を吹きかけながら、小首をかしげて、ぼくのほうににっこりとほほ笑む。表情の意味は不明だが、たぶん、「守れる」という意思表示だろう。

「お袋にも、それからほかの誰にも、ぜったい内緒だぞ」

「素敵《すてき》」

「いや、それでな、親父に隠し子があらわれた」

「サスペンス映画みたい」

「親父は隠していたわけでもないから、厳密には隠し子とは言わないんだろうけど、とにかく急に、おれにも姉さんができてしまった」

「そのお姉さまは美人でしょう」

「かなり」

「美人でなくてはサスペンスにならないものね」

「うん、だから、念のために、ＤＮＡを」

「アキオくんとお姉さまに血のつながりがあれば、お父さまとお姉さまの関係も証明される」

そのあたりは県立より、どうせフェリスのほうが詳しい。

「村崎、おれの親父が今なにをしているか、知ってるか」

「メイって呼んで」

「はあ？」

「そのほうがラブラブみたいでしょう」

「おまえなあ」

「あら、おまえっていうのも素敵」

いつか暇があったらメイの家庭環境を調べてみよう。

「それで、親父のことは？」

「三冊ぐらい読んだかしら」

「本当かよ」

「嘘です」

「えーと、それでな、親父はもう再婚して、来年は子供も生まれる。ここでトラブルになると、子供のためにもならないとかでさ」

「それでアキオくんが、お姉さまのことを探偵《たんてい》してるわけね」

「かんたんに言うと、そういうこと」

「わたしね、昨日アキオくんに会ったときから、今年の夏休みは楽しくなる予感がしたの」

　メイがしゅっとカフェオレをすすり、少し膝をくずして、また小首をかしげる。そのほほ笑んだ感じが、一瞬《いっしゅん》、なんだか、不気味に感じられる。

「そのお姉さま、わたしは偽物だと思います」

「どうして」

「テレビの二時間ミステリーでは偽物ですもの」

　言い返そうと思ったが、肩の力が抜けてしまって、言葉が浮かばない。

「村崎」

「メイよ」

「メイ、二時間ミステリーなんか見るのか」

「ファンですもの」

「隠れた才能だな」

「もうお姉さまの検体は採取してあるの？」

「髪の毛を」

「それならその髪の毛をもって、アキオくんが鶴屋町《つるやちょう》のサテライトステーションへ行けばいいわけね」

メイが来る直前、パソコンで調べたDNA鑑定会社まで足を運ぶつもりでいたが、ぼくがカフェオレをつくっているあいだに、そこまで探偵してしまったのか。

「電動アシスト自転車って便利ね。これから二人で鑑定会社へ行きましょう」

「でも、ズーラシアは？」

「あんな遠くまでは無理です。アキオくんを揶揄《からか》ってみただけ」


世間知らずのお嬢様のような顔をして、案外こいつ、手強《てごわ》いのか。運動神経はともかく、自転車に乗ったのは昨日が初めてという供述も、考えてみれば怪しい。昨日ぼくが邪険にしたのでその仕返しか、とも思ったが、メイもそこまで暇ではないだろう。

物干し台のほうから音がして、ミケがひょいと台所へ跳びおりる。そのまま歩いてきたがなぜか応接間へは入らず、敷居《しきい》の向こうに座って尾を腰に巻きつける。

ミケとメイが対面していたのは、五秒ほどか。先に動いたのはミケではなく、メイのほうで、四つん這いのような格好で二メートルほどミケに近寄る。

「あらーっ、やっぱりミケちゃん、あなたがなぜこのお宅にいるの」

ミケちゃんとは、どういうことか。なぜメイがミケの名前を知っているのだ。

ミケが気まずそうに肩をすくめ、ちらっとぼくの顔を見てから、ちゃぶ台の下をくぐってとなりの部屋へ歩いていく。メイがいなければ問い詰めてやりたいところだが、ミケは腰のふり方で「その話題には触れないで」と伝えてくる。

メイがちゃぶ台に戻り、ミケのほうに首をのばしながら、カフェオレのカップをとりあげる。

「おまえたち、知り合いなのか」

「近所の野良猫なの。その割りには可愛いから、母が缶詰なんか用意してあげるの。でもなぜミケちゃんがアキオくんのお宅に？」

「それは昨日……そうか、おまえの家がお得意さんか」

「なあに？」

「こっちの話。おまえの家、代官坂通りに石垣が百メートルぐらい積んである、あの屋敷か」

「知らなかった？」

「小学生が表札なんか読むか」

なるほど、お袋がぼくとメイでは身分が違うといったのは、そういうことか。もっとも昨日、親父さんの職業を聞いたときから、身分が違うことぐらい分かっていたが。

ミケとは昨日「幽霊屋敷で知り合った」と言いかけたが、ミケの様子からはタブーらしいし、メイもまさかミケが化け猫とまでは知らないだろう。

「昨日あのあと、外国人墓地の近くに自転車をとめたらあいつが寄ってきてさ。ヘンに懐いたので、連れてきた」

「そうですの。でも不思議、あまり人には懐かない猫なのに」

「おれ、モテるから」

「アキオくんの冗談って自虐的《じぎやくてき》ね」

「えーと、そうだ、猫の名前、ミケというのか」

「野良猫に名前はないでしょう。三毛猫だからそう呼んでいるだけ」

人間の考えることは同じだ。

階下の工房で作業音がとまり、窓の外からまぎれ込む蟬の声が、不意に大きくなる。

ミケがとなりの部屋から戻ってきて、またちゃぶ台の下をくぐり、それから台所へ歩いて流し台にジャンプする。言われなくても水の催促と分かっているので、立っていって少し蛇口をひねる。

「アキオ、焼きそばだよ」

「うん？ ああ、そうか」

「なにか言いました?」

「そうじゃなくて、メイ、おまえ、焼きそばは食べられるか」

「どういう意味かしら」

「ふつうの意味で」

「わたし、学校で焼きそば研究会に入っているの」

「本当かよ」

「嘘です」

ミケも疲れるが、メイも疲れる。


一般的には知られていないが、横浜にも軽井沢という名前の場所がある。軽井沢なんていい、水の枯れた沢とか峠《とうげ》へつづく沢とかの意味だろうから、探せばどうせ、ほかにも同じ地名はある。

ＤＮＡの鑑定会社がある鶴屋町はその軽井沢の近く。サテライトステーションというのはクリーニング屋の取次所みたいなもので、申込用紙に必要事項を書き込んで料金を払い、綿棒で頬の裏から粘膜《ねんまく》を採取すれば作業は終わり。結果はメールで知らされ、その後に書類としても郵送されるという。ぼくなんかの依頼はたんなる気休めだが、遺伝的疾病《しっぺい》や遺産相続がらみの鑑定だったら不安だろう。

手続きを終わらせ、メイと一緒に鶴屋町の雑居ビルを出る。黄金町から旧東海道を通って鶴屋町まで来るあいだ、それとなくメイの自転車技術を観察していたが、新米のようでもあり、慣れているようでもあり、実態は分からない。午後の二時半でコンクリートだらけの街路には熱気が充満し、港まで行って海風に吹かれたい気分になる。

「アキオくん、動物園まで行きません?」

「同じギャグで二度は笑わない」

「ズーラシアではなくて、野毛山の」

「えーと、そうか」

野毛山は標高約五十メートルの高台だから、電動アシスト機能を試すにはちょうどいい。横浜の開港後はあぶく銭を稼いだ商人たちの豪邸《ごうてい》が並んでいたというが、昔の震災で壊滅《かいめつ》し、そのあとは陸軍の基地がおかれたり米軍に接収されたり。そこに今は公園や動物園があったりして、角度によっては横浜港も見渡せる。お袋に教育放棄されたぼくが毎日のように徘徊した場所で、しかし高校生になってからは一度も足を向けていない。

「野毛山の動物園か。久しぶりだな」

海風もいいが、高台に吹く風もいい。ミケは焼きそばを食べたあと外出し、なぜかメイと二人だけで、なぜか二人とも電動アシスト自転車に乗っている。なぜこうなったのかは知らないが、たぶん夏休みのせいだろう。

自転車のキーを解除し、アシストのスイッチを入れて、うしろのメイをふり返りながら、チリンとベルを鳴らしてみる。


同じような自転車で、同じようなデイパックに同じようなキャップだから、知らない人が見れば本当にラブラブのカップルに見えるだろう。鶴屋町から掃部山《かもんやま》公園の横を通って野毛に戻り、一本松小学校の方向から野毛山公園に入る。ここまではずっとだらだらの登り坂、若い小学生でさえ自転車を押すところを、ぼくたちは楽勝で坂道を登り切る。

野毛山公園の遊歩道から動物園の入口へ向かい、空き地を見つけて自転車をとめる。ぼくはデイパックからチェーンキーをとり出し、二台の自転車を前輪と後輪でつなぎ合わせる。メイが腰のうしろで腕を組み、首を右にかたむけて、感心したような顔でぼくの作業を見学する。この季節でこの気温で、いくら電動アシストでもぼくなんか額と脇の下に汗が流れているのに、メイには上気の気配もない。日射しのなかにニイニイ蟬の声が反響《はんきょう》し、たまに葉叢《はむら》をゆらす弱い風が吹く。

入場料はないからゲートもなく、肩を並べて動物園に入る。園にはトラやライオン、キリンにシマウマにレッサーパンダにと、一応の動物が飼育されている。昔はゾウもいたというが、ぼくは見ていない。放し飼いのクジャクもうろついているし、モルモットやハツカネズミに触れられるコーナーにはいつも子供が群がっている。たいして広くもない園内に今日も夏休みの子供たちが氾濫し、歓声とコンクリートの輻射熱《ふくしゃねつ》と獣臭《けものしゅう》と蟬の声が、ぼくに小学生時代の夏休みを思い出させる。

「わたしね、爬虫類《はちゅうるい》館がお気に入りなの」

本当かよ、と言おうとしたが、「嘘です」と答えられても困るので、そのまま爬虫類館へ歩く。動物に対する偏見はないが、子供のころから爬虫類と鳥類は苦手で、しかしラブラブのカップルはつき合うより仕方ない。メイも順路を確認せずに爬虫類館へ向かうから、この園には馴染《なじ》みがあるのだろう。

館内で飼育されているのはワニ、カメ、ヘビのたぐい。インドホシガメやキバラクモノスガメなんかは甲羅《こうら》もきれいで顔も面白いが、ヘビやワニはいただけない。大型のアミメニシキヘビにはダンとかいう名前までつけられていて、それはちょっと、どうかと思う。不思議なのはメイがヘビ類を好きらしいことで、シマヘビやシロマダラといったヘビを、身をのり出してまで観賞する。インターネットには「爬虫類愛好少女」みたいな画像もあるが、もしかしたらメイもそういう体質なのか。

「おれ、チンパンジーのところへ行ってる。時間はあるからゆっくり見物するといい」

いつまでもヘビやワニにつき合う義理はなく、メイを残してチンパンジーとヒヒのコーナーへ向かう。チンパンジーは子供のころからのお気に入り、檻《おり》を囲っている手前の柵《さく》に顎をのせて、終日その行動に見入っていたこともある。それぞれの個体にはコブヘイとかミラクルとかの名前がつけられていて、呼んでやるとそいつらが檻の近くまで寄ってくることもある。

檻の近くにいる個体はミラクルかルイか。あるいはこの二年のあいだに生まれた新しい子供か。

「やあ、久しぶりだな」

声をかけると、一頭のメスが顔をあげ、がに股《また》のよちよち歩きで顔を檻に近づける。頭のいいチンパンジーなら小学校二、三年生程度の知能があるから、あるいは向こうも、ぼくの顔を覚えていたか。

「おれも高校生になったしな。学校やバイトが忙しくて、なかなか来られなかった」

そういえばチンパンジーにもキリンにもシマウマにも、無意識のうちにずっと、話しかけていた気がする。昨日ミケと会話を始めたとき違和感がなかったのは、その習慣のせいかも知れない。

放し飼いのクジャクが寄ってきて、羽を広げてみせ、ぼくはそのクジャクにも手をふり返す。小学校の六年間も中学生になってからも、この動物たちに、どれほど慰《なぐさ》められたことか。高校生になって詩帆さんと大人の関係になって、動物園に足を向けなくなった自分に、ふと罪の意識を感じる。

メイが広場のほうから歩いてきて、手に持っていた二つのソフトクリームのうち、ひとつをぼくに渡してくれる。

「アキオくん、チンパンジーがお好きなの？」

「特別にチンパンジーが、ということもないけどさ。動物たちを見ているといろんなことを考えさせられる」

「たとえば？」

「シマウマは黒地に白い縞《しま》なのか、白地に黒い縞なのか」

メイがソフトクリームに舌をのばし、キャップの庇《ひさし》を上向けて、肩をすくめる。服装が庶民的なせいか、華奢でスタイルのいい、ふつうの女子高生のように見える。

「それでシマウマは、黒に白？　白に黒？」

「生物学者は黒地に白の縞だという。動物の体色は黒が基本だから。でも、どうかな、ヤギやヒツジは白が基本色だし、本当のことは分からない。縞は保護色だともいうけど、あんな縞々が草原を走っていたら、かえって目立つ気がする」

「そういうナゾナゾ、わたしも好きよ」

「キリンだってさ、高いところの葉を食べられると生存に有利だからその環境に適応したというけど、進化の中間形はいないから、それも嘘だと思う」

「哲学《てつがく》みたい」

「常識さ」

「それならキリンの首はなぜ長いの」

「意味もなく、偶然に」

「ただの偶然？」

「突然変異で首なんか長くなってしまって、内心ではキリンも困ってる。頭に血を送るためにとんでもなく高血圧になったし、水を飲むのにも苦労するし。それにな、高いところにある葉を食べられることが生存に有利なら、馬でも鹿でも首を長くしたろうに、そんな動物はいない」

　ぼくが中学生のころに達した結論は、学校で教えるダーウィンの進化論は、嘘だということ。適者が生存するのではなくて、生存しているから適者のように見えるだけなのだ。その証拠にぼくみたいな社会生活不適応者でも、突発的な事故や病気でもないかぎり、どうせ死ぬまで生きつづける。

　メイが突然笑い出し、ソフトクリームを持った手の肘で、ぼくの肩を突《つ》く。

「アキオくん、毎日そんなことを考えているの」

「今日は幼馴染《おさななじみ》への特別サービス、夏休みだからさ」

　小学生のとき、メイと特別に馴染んだ覚えもないが、ほかに言い様がない。

　チンパンジー舎の周囲は日射しを遮《さえぎ》るものがなく、久しぶりのせいか、獣臭にもかすかな嫌悪感がある。好きでも嫌いでも、ぼくはもう、大人になっている。

「子供が多すぎる。公園のほうへ行かないか」

「わたしも思っていた。高校生が夏休みなら小・中学生も夏休みですものね」

柵から離れ、ソフトクリームを舐めながら、つり橋のほうへ歩く。このつり橋を渡れば動物園を出なくても、直接公園側へ移動できる。

メイと肩を並べて歩くことに違和感はなく、小学生のころからずっとラブラブの関係がつづいているような、奇妙《きみょう》な安心感がある。

つり橋を渡り、何百本もの桜が葉を茂らせた木陰道を展望台の方向へ向かう。桜の名所だから花見時は賑《にぎ》わうが、今は人影もまばら。海からの風が獣臭を吹き飛ばし、ソフトクリームのせいか胸のあたりが涼しく感じられる。

そうか、帰りにはミケのために、アイスクリームを買わなくては。

海側に面した遊歩道にベンチがあり、どちらからともなく腰をおろす。メイがデイパックのサイドポケットからビニール袋をとり出し、ソフトクリームの外装紙を始末してくれる。深窓の令嬢《れいじょう》にしては気配りがある。

話題も思いつかないので、気になっていたことを聞く。

「昨日さ、最初におれを見たとき、本気で幽霊だと思ったのか」

「思いましたよ。だってアキオくん、死んでいるはずでしたもの」

「幽霊を見て怖いとは？」

「どうかなあ、よく分からない。生きていても死んでいても、たいして変わらない気はしたけれど」

　こういう大らかさは、さすがに皇室関係者。ミケもぼくなんかより、メイに正体を明かしたほうが身元の特定も早まる気はするが、そのことは今夜、ミケと相談しよう。

「それより、ねえアキオくん、ＤＮＡを鑑定してお姉さまが偽物と分かったときは、どうするの？」

　気のせいか、メイの口調も、昨日よりはフレンドリーになっている。しかしいくらサスペンスとはいえ、能代さんを偽物と決められても困る。

「会って話をした感じでは本物に思えた」

「でも美人なんでしょう」

「親父の娘にしておくのはもったいないぐらいに」

「やっぱり犯人ね」

「なんの」

「近いうち、お父さまは殺されるの」

「本当かよ」

「その次はアキオくんかしら」

「あのなあ」

「お父さま、財産がおありでしょう」

「あの商売も意外に儲かるらしい」

「遺産は億単位かしら」

「どうだかな。それに前も言ったけど、親父は去年再婚して、来年には子供も生まれる。死んだら財産はそこへ行く」

「アキオくんにも権利はあります」

「権利だけなら、そうかな」

「お父さま、アキオくん、再婚相手にその子供、四連続殺人なんて刺激的《しげきてき》ね」

「彼女は警察官で実家も裕福だ。サイコパスでもないかぎり人は殺さないさ」

メイがキャップの庇を向こう側へまわし、鼻の頭にちょっとだけ浮いている汗を、ハンカチでおさえる。あまりジーッと観察するのも失礼かとは思ったが、その恍けたようなうりざね顔に、つい見入ってしまう。眉毛のカットもなく、化粧をしていないのに唇が赤く、目と鼻と口のバランスは完璧なほど整っている。これで頭のバランスが整ってくれれば、かなりの美少女なのだが。

「でもそれだと、理屈が合わないでしょう。お姉さまはなぜ今ごろ名乗り出たのかしら」

黄金町の家で、国家機密でもなし、と思ってしまったぼくは、どうやらメイを甘く見ていたらしい。

「先月な、能代さんが警察で、ヘンな話を聞いてしまった」

「能代さんというのがお姉さま？」

「能代早葉子さん。親父が学生時代につき合った人の娘で、自分が遠野銀次郎の娘であることは高校時代に知ったらしい」

「そのお姉さまが警察官になって、警察のなかで、ヘンな話を？」

「能代さんが勤めているのは山手東署。だけどなにかの用事で県警本部へ行ったとき、二人の刑事が話しているのを聞いてしまった。もちろん刑事たちは、能代さんが遠野銀次郎の娘とは知らない」

「そのヘンな話って」

「十年前の盗撮事件。刑事たちは親父を嵌めたという」

「それならあの事件は冤罪だったの？」

「そこが、そうでもないらしい。冤罪なら親父だって、裁判ぐらい起こしたろうからさ」

海側に開けた空にジャコウ揚羽《あげは》が舞い、西からの日射しが眼下の住宅街に影をつくっていく。

メイがぼくのほうへ膝を寄せ、ベンチの背もたれに腕をかけて、ぐっと肩を近づける。

「ということは、アキオくん、お姉さまはお父さまの汚名を晴らしたいと？」

「そんなような」

「連続殺人ほどではないけれど、それも刺激的ね」

「そうかなあ」

「出生に暗い秘密を背負った美人警察官。実の父親に対しては愛や憎しみや、いろんな感情が交錯《こうさく》はしているけれど、正義と父親の無実を晴らすために、敢然《かんぜん》と社会悪に立ち向かう」

「すごいな」

「お父さまも汚名が雪がれて、お母さまも過去から自由になれる」

「今でもじゅうぶんに自由だけど」

「アキオくんの人生だって変わるわ。痴漢で失職した元大学教授の子供なんて、死ぬまでトラウマを抱え込む。そういう人生のつらさから解放されます」

「変態官能小説家の息子も似たようなものさ」

「人生は電動アシスト自転車ではないの。ただジーッと見ているだけでは先へすすまない。そういう意識改革が必要だと思うの」

ヘンなやつ。

メイが勝手にうなずき、にっこり笑ってぼくの肩をたたく。

「それで、冤罪ではないとしたら、どういう陰謀なのかしら」

「知らない」

「お父さまは？」

「言わない」

「お母さまは？」

「聞いてない」

「アキオくんは当時のこと、覚えてる？」

「まるで。親父もお袋も、おれのいるところでは話さなかった。今でも聞いたところで二人とも話さないと思う」

能代さんにも、それとなくお袋に、と言われたが、事件に関してこの十年間ひと言も口を開かなかったお袋が、かんたんに話すかどうか。夜の酒につき合って酔っぱらったときにでも、という案もあるけれど、当然お袋はぼくなんかより、酒は強い。

「自制的なご両親ねえ。あれだけの奈落《ならく》を見せられたら、ふつうは社会を恨むものでしょう」

「あのときは確かに奈落だったけど、今は二人とも平和に暮らしている。親父の心配は能代さんが実子かどうかということだけ。その問題が片付けば、よけいな波風はいらない」

「アキオくんは痴漢の子供というトラウマを、一生背負いつづけるの？」

「大げさな」

「そういう問題は人生の疾病として執拗《しつよう》に影を落としつづけます」

「そうかなあ」

「就職もできない、結婚もできない。ニートになって引《ひ》き籠《こ》もりになって、最後は社会への不満が爆発するの。ですから今のうちに解決させましょう」

間違いなく、ぼくはメイを、甘く見すぎていた。

「お姉さまのお気持ちを考えたって、放っておくのは卑怯《ひきょう》ではありませんか？」

「それは、まあ、そうなんだよな」

卑怯かどうかはともかく、ぼくが考えているのもその部分なのだ。親父もお袋もぼくも現状維持でまずまず、文句はない。しかし能代さんの身になってみれば、やはり親父の汚名は晴らしたいだろう。親父に電話でもして、あるいは直接東京へ行って、談判してみるか。

「わたしも陰ながら協力させていただきます」

「陰ながら、か」

「親戚のどこかを探せば警察関係者もいます」

本当かよ、と聞くまでもなく、それは本当だろう。そしてその警察関係者は派出所の警官とか、パトカーの運転手ではない。

「アキオくん、観覧車に乗りましょう」

「夏休みだから？」

「いえ、今日はデートだから」

「えーと、そうか」

「それにね、高いところから横浜の街を見渡せば、事件に関してなにか閃《ひつめ》くと思うの」

さっきは一匹だったジャコウ揚羽が二匹になっていて、戯《たわむ》れながら風にのっていく。

「デート」という単語は考えてもみなかったが、結果的に今のこの状況は、デートか。記憶を確認するまでもなく、ぼくはこれまでデートをしたことがない。中学生のとき女子を含めたクラスの何人かと原宿やディズニーランドへ行ったことはあるが、それも員数合わせで誘われただけ。詩帆さんと外出するときも手をつないだり腕を組んだりすることはないし、観覧車にも乗らない。

なんだか自分が正しい高校生になったような気がして、笑いがとまらなくなる。

メイが腰をあげ、キャップの庇を前に戻しながら、困ったような顔で首をかしげる。

「言っては失礼ですけど、アキオくん、あなたって、ヘンな人ねえ」


ミケがカレーを食べたいと言うのでつくってやり、ぼくも夕飯を済ませている。観覧車に乗ったところで「事件に関してなにか閃く」はずはなく、三味線《しゃみせん》の稽古《けいこ》があるというメイとは桜木町《さくらぎちょう》で別れてきた。親父にも電話してみたが「今はまずい。あとでこちらからかけ直す」と言われただけで、夜の十時になってもまだ電話はない。ぼくは机に向かって英語の問題集をひらき、階下の工房からは木槌で鑿《のみ》を打つ音が聞こえ、ミケは窓枠の上で寝ている。網戸を閉めると風の通りが悪くなるので、扇風機と蚊取り線香で暑さと蚊に対処する。家の前に大岡川があったからって川風が吹くわけでもなく、夜になると蟬も鳴かない。一帯が麻薬と売春の巣窟だったころは朝まで客や売春婦が徘徊していたというが、今はお袋が振るう木槌の音だけが聞こえてくる。

正しい高校生なんだから、ちゃんと勉強をしなくてはな。そうは思うのだが、進学するか否かが決まらないと集中力が持続しない。メイのようなふつうの女子高生とデートをしたせいか、進学への希望も増した気はする。そうかといってお袋のランプシェードが来年も再来年も売れる保証はないし、歓呼堂のアルバイトも、いつまでつづくか。ひとつのアイデアは親父の財産で、マリンタワーでは「ちゃんと考慮している」と言ってくれたから、入学金ぐらいは頼めるか。能代さんの問題が片付いたらそのことも相談してみよう。

ミケが目を覚まし、気持ちよさそうに大欠伸をしてから、机にワンステップしてぼくの肩に跳びのる。能代さんのマンションで肩にのせてやってから、ミケは意味もなく肩にのりたがる。重量的に負担はなくても、変身したときの女子像が目に浮かぶと奇妙な気分になる。

「思ったんだけどさあ、あんたん家《ち》、なぜエアコンがないの」

「お袋が忍耐力の限界に挑戦したいという」

「こんなに暑くて、寝られる？」

「おれも忍耐力の限界に挑戦している」

というのは冗談で、実際はエアコンを入れる金がなかったから。でも去年からランプシェードは売れ始めたし、お袋の作業効率を上昇させるためにも、エアコンのことは考えるべきではないのか。ぼくだって本気で勉強するためにはそれなりの環境は必要だし、進学の件と合わせて、そのうち相談しよう。

「アキオ、明日の朝ご飯はなあに」

「おまえ、食うことしか考えないのかよ」

「猫だもの、ほかにどんな楽しみがあるのよ」

「知らないけど」

「お好み焼きなんかどうかしら」

「朝から？」

「ずっと猫缶だったから、人間らしい食事が恋しいんだよ」

「猫のくせに」

「猫だけど人間でもあるの」

「都合のいい猫だな」

「それからさあ、久しぶりにケーキを食べたいな」

「贅沢は言わないと……」

「贅沢なんか言わないよ。横浜屋とかアントワーヌのケーキでなくていいの。スーパーの安いのでいいから、最初は定番の苺《いちご》ショートあたり」

「最初は?」

「あとはモンブランとかティラミスとか」

この十年間ずっと猫缶だったから、というミケの気持ちも分からなくはないが、ぼくだって化け猫の相手ばかりはしていられない。

「おまえ、本気で成仏する気はあるのか」

「あるよ。だからアキオに頼んでるの」

「住所とか名前とか……」

今ミケは、横浜屋とアントワーヌの名前を出したはずで、それは横浜でも有名なブランド店。そのケーキ店を知っているのだから、生前に馴染みがあったのだろう。北海道で死んだ人間が横浜の猫に生まれ変わるのも無理があるし、だとすれば一応は市内か、その周辺に限定できる。そうはいっても十年前に横浜周辺で死亡した二十歳前後の女性が、どれほどいるものなのか。警察のホームページを検索《けんさく》すれば、ヒントぐらいは出てくるか。

「ねえアキオ、昨夜会ったあんたのお姉さんね、あの人、警察官でしょう。ワタシのこと、調べてもらえないかなあ」

「おれも考えたけど、どう説明するんだよ」

「それを考えるのがアキオの仕事だよ」

能代さんには「近いうち食事を」と言われているから、そのときなにか、それらしい口実をつくってみるか。しかしそれらしい口実とは、どんな口実か。

「それよりなあミケ、おまえ、村崎のメイと知り合いなら、あいつに話したほうがよくないか。メイならお前が化け猫と知っても驚《おどろ》かないと思うぞ」

驚かないどころか、どうせ喜ぶ。

「ワタシねえ、あいつ、苦手なんだよ」

「どうして」

「冬になるとチャンチャンコを着せようとするの」

「チャンチャンコ？」

「綿《わた》入《い》れのもこもこしたやつ」

「ああ、あれか」

「無理やり捕《つか》まえてね、チャンチャンコを着せて、首にはマフラーまで巻くの」

「冬だから、まあ」

「そんなみっともない格好で歩けると思う?」

「メイに悪気はないさ、たぶん」

「冬だってね、レストランのボイラー室とか博物館の床下とか、暖かい場所はいくらでもあるんだよ。人間は猫の自尊心を知らなすぎるよ」

「その問題はあとで考えるとして、だけど、相談ぐらいはしていいだろう」

「アキオはあいつのこと、好きなわけ」

「そんな、べつに、そういう」

「一緒に焼きそばなんか食べて、イチャイチャしてたじゃない」

「焼きそばはおまえも一緒に食べたろう」

「そのあとワタシの知らないうちに、二人でこっそり出掛けたくせに」

「あのなあ、人間にはいろいろ用事があって……」

猫を相手に言い訳をする必要が、どこにある。

「とにかく、村崎の家なら顔も広いし、親戚に警察の関係者もいる。おまえのことはメイに話すぞ」

「明日の朝はお好み焼き、それから苺のショートケーキ」

本当にこいつ、成仏する気はあるのか。

ミケが猫らしくニャンと鳴き、肩から跳びおりて、とことこと台所のほうへ歩いていく。

そこでまた流し台にジャンプし、偉そうな顔でふり返る。

「おまえなあ」

仕方なく腰をあげ、茶の間を横切って水道へ向かう。

「おまえの水は丼《どんぶり》に入れて、物干し台へ出してあるだろう」

「水道から直接飲みたいんだよ」

「どうして」

「蛇口から出てきたばかりの水は水素の量が多いの」

「本当かよ」

「人間だって水素水を飲むでしょう」

「うん、まあ」

「だけど蛇口から出てくると、水素はすぐ蒸発しちゃうの。わざわざペットボトルで古い水を買う人間は、バカだね」

にわかには信じられないが、猫の特殊な嗅覚《きゅうかく》のようなものが水素の多寡《たか》を嗅ぎ分けるのか。人間は塩素を蒸発させるためにわざと水道水を汲み置きするし、ミドリちゃんの水槽に足し水をするときも汲み置きの水を使う。しかしミケの解説が事実だとすると、人間は躰に有用な水素を、無駄にしているのか。

蛇口を細くひねったとき勉強机でケータイが鳴り、自分の部屋へ戻る。水道水に含まれる水素量云々《うんぬん》はあとで調べよう。

電話は親父からで、まず最初に、長々とため息をつく。

「さっきは手が離せなかった、済まん」

「いいよ」

「で、用件は、例のことか」

「うん、昨夜能代さんに会ったよ」

「よっぽどおまえ、暇なんだなあ」

そういう問題ではないだろう。

「会ったときの印象はね、合格点以上。父さんの娘であることは間違いないし、陰謀とか復讐《ふくしゅう》とかの下心もないと思うよ」

「もともと復讐なんか、される覚えはない」

「たとえばの話だよ」

能代さんの母親はまだ健在、という情報を教えてやってもいいが、それでは親父が喜んでしまう。親父にしても少しは責任を感じるべきなのだ。

「それで、性格とか人間性とか、そっちは」

「いい人だし、父さんの娘にはもったいないぐらい」

「どういう意味だ」

「たとえばの話さ。実家も資産家らしいから、父さんの遺産狙いという可能性もない。それよりさ、先月能代さんに会ったとき、十年前の事件について聞かれたろう」

「うん？　ああ、なにか言ってたなあ」

「能代さんが今になって名乗り出たのはそれが理由だよ。能代さんは父さんの汚名を晴らしたいんだよ」

「しかし、今ごろまた、そういうのは」

親父が言葉を切り、タバコにでも火をつけたのか、小さい機械音が聞こえる。

「能代さんはね、父さんの存在を、自分の恥《はじ》のように感じていたらしい。でも十年前の事件が冤罪とか陰謀だったら、能代さん自身も救われる」

「おまえなあ、そうは言うが、もう十年も昔の話だぞ」

「能代さんは警察官だし、性格的にも潔癖性《けっぺきしょう》なんだよ」

「今さら蒸し返されても俺のほうが迷惑だ」

「父さんの気持ちも分かるけどね。昔無慈悲に見捨てた娘に対して、罪滅《つみほろ》ぼしをしてもいいんじゃないかな」

「大げさな、見捨てたわけでもないし」

「でもさ、少しは、罪の意識があるだろう」

「なんというか、まあ」

「それなら能代さんの気持ちを楽にしてやりなよ。ただ事件の経緯《けいい》を打ち明けるだけなんだから」

「おまえ、高校生になって言葉《くち》がうまくなったなあ」

「苦労したからね。誰が苦労させたか分かるだろう」

「いやあ、そういわれても、つまり」

親父がまた言葉を切り、受話器からはタバコの煙を吹くような呼吸音が聞こえてくる。

ここで親父に事件当時の状況を白状させれば、能代さんに対する義理も済む。

「アキオなあ、打ち明けるといっても、これがなかなか、説明が難しい」

「どうせ暇だから、いくらでも聞けるよ」

「七世からは、なにか？」

「母さんは十年間、事件のことはひと言も話さない」

「当時も俺の言うことを信じなかったが。しかし、まあ、いいか」

「ぼくも冤罪でなかったらしいことは知ってる」

「問題はその部分なんだ。たしかに冤罪ではないんだが……」

受話器からまたタバコを吹かすような音が聞こえ、それから親父が覚悟でも決めたのか、短く二度、咳払いをする。

「なんと説明していいのか、要するにな、事件の一カ月ほど前から、電車のなかや駅の構内で、あのときの女子高生を見かけることが多くなったわけだ」

　あのときの女子高生とは盗撮の被害者に決まっているので、ぼくは「うん」とだけ相槌《あいづち》を打つ。

「まあ、なんというか、可愛い子でスタイルもよくて。ただそれだけのことなんだが、あの夜はたまたま酒が入っていてなあ、エスカレータに乗ったら目の前に、で、つまり、そういうことだ」

「そういうこと、ね」

「誰にでも魔《ま》が差すことはあるだろう。七世には人間のクズだとか人非人《にんぴにん》だとか罵《ののし》られたが、俺だってふつうの男だ、酔えばちょっとぐらい、理性を失うこともある」

　ちょっと失った理性で、大学教授の職も家庭も失ったのだから、代償《だいしょう》が大きすぎた。しかし親父が女子高生のスカート内にケータイを入れて、自分でシャッターを押したのは事実らしいから、たしかに冤罪ではない。

「そのとき女子高生に盗撮を見つかって、警察に？」

「いや、私服の警官が、駅構内をパトロール中だった」

「たまたまパトロールをしていたわけ」

「そう言われて、俺自身その行為をしたことは事実だし、ケータイに写真があって言い訳もできなかった。だがあとになって考えてみると、なんだかどうも、話が出来すぎていた気がする」

　電車内や駅でその女子高生を見かけることが多くなったのも、たまたま。私服警官がちょうど現場に居合わせたのもたまたま。もちろんそれぐらいの偶然はあるのだろうが、親父の立場からすれば警察の陰謀を疑いたくもなる。そして実際に能代さんは県警本部で、二人の刑事が「うまく嵌まった」と話しているのを聞いたのだ。

「父さん、そのときの女子高生は、どうしたの」

「どうした、とは」

「菓子折《かしお》りでも持ってお詫《わ》びに行ったとか」

「菓子折り？　おまえは昭和の生まれか」

「事件のあと接触は？」

「事実はどうであれ、立場的には加害者と被害者だぞ。警察が相手側の情報なんか教えるか」

「名前や住所も？」

「知らん」

「事件のあとでまた駅で見かけたとか」

「おまえも覚えているだろう。とにかく当時はあの騒ぎだ。俺は東京へ移ったし、しばらくは『横浜』という地名を聞いただけで寒気がした」

「酔って魔が差したとしてもその気になったぐらいだから、可愛い子だったんだろうね」

「ブスを盗撮してどうする」

「それで、具体的には？」

「だから可愛くてスタイルがよくて。なんというか、まあ、俺のタイプで」

「顔とか髪型とか」

「そんな十年も昔のことを、覚えていられるか」

「制服の特徴は？」

「セーラー服ではなかった気がするが、それ以外はなあ」

「ケータイに写真が残ってるよね」

「知らん。証拠品として押収されて、そのままだ。戻ったところでそんな縁起の悪いケータイを誰が使う。しかしなあ、とにかく……」

タバコでも消しているのか、二、三秒間《ま》があり、それから親父がため息の音を聞かせる。

「とにかくなあ、俺のほうはもう忘れたいし、実際に忘れている。サヨコには今さら蒸し返すなと伝えてくれ」

「サヨコ？」

「それは、まあ、一応は、娘だし」

「娘であることは認めるんだね」

「おまえがジーッと観察して間違いないと思うなら、間違いないだろう」

「それは、そうだね」

親父がここまであっさり認めるとは思わなかったが、そうなるとDNA鑑定料の二万円は無駄《むだ》だったたか。物事には順序があるから、それはそれで、仕方ないのだろうが。

肩の力が抜けてしまって、大学の件を打診しようという気持ちが、萎《な》える。

「ぼくもさ、能代さんの立場を父さんに伝えただけ」

「それなら俺の立場も彼女に伝えてやれ」

「分かった。ちょっと相談したいことがあるから、そのうち東京へ行く」

「相談？」

「たいしたことじゃないんだ。気にしなくていいよ」

電話を切り、ほっとため息をついて、ケータイを机に戻す。大学への進学やその費用について相談するにしても、順序としてはやはり、お袋のほうが先だろう。

机に置いたばかりのケータイが鳴り、親父がかけ直してきたのかと思ったが、相手は能代さんだった。

4章
相棒

ミケは階段の上、ぼくは階段の一番下に腰《こし》かけてお袋《ふくろ》の作業を眺《なが》めている。ランプシェード作りは休みらしく、今日はお袋が一人で観音像《かんのんぞう》を彫《ほ》っている。木柱もいくらか人間らしいシルエットになり、使っている鑿《のみ》の刃《は》幅《はば》も小さくなっている。天井ファンが檜《ひのき》の香りを拡散させ、その芳香《ほうこう》が気分だけ涼《すず》しくする。

お袋が木槌《きづち》を振《ふ》るう手をとめ、片膝《かたひざ》立てで、一分ほど木柱を凝視《ぎょうし》する。額のバンダナにも黒いTシャツにも汗がにじみ、口をかたく結んだ横顔には殺気に似た気迫《きはく》がある。こうして木彫《もくちょう》に没頭《ぼっとう》すると暑さも寒さも、まるで感じないのだという。

「この木目《もくめ》がねえ、鼻の位置を少しずらさなくてはいけないわ」

もちろんそれは独《ひと》りごとで、たぶん木目と意匠《いしょう》の関係なのだろうが、ぼくには分からない。

軍手を脱《ぬ》ぎながら腰をあげ、作業台からペットボトルの水をとりあげながら、お袋がぼくをふり返る。

「アキオ、なに、用事でもあるの」

「ちょっとね」

「来々軒《らいらいけん》の冷《ひ》やし中華《ちゅうか》でもとる？」

「そうじゃなくて、おれ、大学へ行けるかと思ってさ」

「行くだけなら行けるわ。電動アシスト自転車もあるし」

「あのさ、つまり、入学金とか、授業料とか」

お袋がペットボトルをあおり、顔をしかめながら、頰《ほお》に貼《は》りついた髪《かみ》を手の甲で押しあげる。

「急にどうしたの、大学のことなんか」

「急にでもないよ、もう二年だし」

「学資保険には入っているわよ」

「学資保険？」

「あんたが小学生になったとき入って、解約が面倒《めんどう》だったの」

本当かよ、いえ、本当ですか、お母さん。

「聞いてなかったな」

「聞かなかったでしょう。中学と高校では使わなかったから、大学でそっくり使えるわ」

「いくら」

「入学時に百万、あとの四年間で百万、たしかそんなところよ」

青天の霹靂《へきれき》などという言葉は陳腐《ちんぷ》すぎるが、ほかにどんな言い方がある。たとえそれが、解約の手続きが面倒だから、という理由だったとしても、お袋にそんな愛があるとは知らなかった。入学金は親父《おやじ》からも支援《しえん》してもらえそうだし、もしかしたらこの幸運は、ミケが運んできたのか。

「だけどアキオ、政治とか経済とか、ああいう汚《きたな》い学部はダメよ」

「分かってる」

「哲学《てつがく》とか心理学とか、詐欺《さぎ》みたいな学問もダメ」

「そうだね」

「文学部もダメ。文学なんて自分で本を読めばいいんだから」

「うん、一応ね、自然科学系を考えている」

「自然科学系って」

「具体的には決めてないけど」

「クジラはなぜ陸を捨てて海へ入ったのか、とか?」

「カタツムリはなぜ殻《から》を脱いでナメクジになったのか、とかさ」

「くだらないわねえ。でもくだらない人生にはくだらない学問が適している。人生に意味があるとか思い込むのは、愚か者《おろかもの》よ」

お袋が作業台に腰をのせ、タバコに火をつけて、ふっと短く煙《けむり》を吹《ふ》く。ぼくもクジラやカタツムリの研究をしたいわけではないが、今は学費の予定さえつけばそれでいい。

「それよりねえアキオ、思ったんだけど……」

お袋がまた水を飲み、タバコを吹かして、片足のかかとを作業台の端《はし》にかける。

「あんたがいつか言ってたこと、考えようと思うの」

「おれが言ってたこと？」

「ほら、ランプシェード用に、工場をどうとか」

「えーと、そう」

「彫刻《ちょうこく》と一緒《いっしょ》だと気が散るのよねえ。東京のデパートから専門のコーナーを、という話もあるし」

「いいんじゃないかな」

「美大の子たちにもアルバイトを提供してやれる。こっちの収入も安定するしね。でもそうなるとあんたの面倒が見られない。それが気がかりなの」

「母さん、おれは、完璧《かんぺき》に、大丈夫《だいじょうぶ》だよ」

考えてもみなかったが、これまでお袋は、ぼくの面倒を見てきたつもりなのだ。人間の価値観はそれぞれ、しかしランプシェード工場の件は大賛成だし、学費の件もまずは順調。これでもし親父の汚名《おめい》が晴れれば、ちょっとばかり、話がうますぎるか。

一気にエアコンの問題も、と思ったが、話が順調すぎるのも、なぜか怖《こわ》い。それはあとで考えればいいし、その気になればぼくの貯金でもなんとかなる。

「それじゃあね、工場のこと、話をすすめてみるわ」

「それがいいね」

「冷やし中華は？」

「出前をとったら時間がかかる。素麺《そうめん》でよければつくれるよ」

「器用な子ねえ、誰《だれ》に似たのかしら」

突然変異さ、と言いたかったが自重して、階段をのぼる。

「アキオ」

「なに」

「医者もダメよ。医学なんて人間を不幸にするだけ。生きるときは生きればいいんだし、死ぬときは死ねばいいんだから」

芸術家というのは面白《おもしろ》い考え方をする。

とりあえず返事をし、階段をのぼって台所へ向かう。朝からお好み焼きをつくって胃がもたれる感じだし、ぼく自身も昼食は素麺でさっぱりと済ませたい。ミケのケーキは出掛《でか》けたとき、どこかで買ってやればいいだろう。


ミケを自転車の前カゴに乗せて家を出る。横浜屋というケーキ店は馬車道にあって、場所は分かる。アントワーヌのほうは名前を知っていただけだが、インターネットで調べたら横浜市役所の近くらしい。人間の記憶喪失《きおくそうしつ》でも風景や建物を見て記憶が戻《もど》る例があったはずだし、それなら猫にも効果はないか。自転車で市内見物をさせてやれば何か思い出すかも知れず、試しても悪くはないだろう。大学への進学が現実的になってきたから、ミケには早く成仏《じょうぶつ》してもらわないとぼくが困る。

馬車道は明治時代に関内と港のあいだに荷馬車を走らせるためにつくられた道で、当時はこのあたりが繁華街《はんかがい》だったのだろうが、今はオフィス街になっている。それでも銀行や証券会社に交じってコンビニもあるし、花屋や洋菓子店《ようがしてん》もある。ミケの言った横浜屋も場所は知っていたけれど、入ったことはない。考えたらぼくは十七年間の人生で、一度もケーキを買っていない。

横浜屋の前に自転車をとめ、前カゴのなかで寝ているミケの額を、軽く指で突《つ》く。

「起きろよ、おまえのために来てるんだから」

ミケが欠伸《あくび》をし、背中をふくらませて、ぼくの顔と横浜屋のウィンドウを見くらべる。

「寝る子」だからネコという名前がついたらしいが、成仏のために、もう少し気合いを入れてくれないものか。

「うわあ、ワタシ、ここのストロベリータルトが大好き」

「スーパーの安いケーキでいいと言ったろう」

「だけどもう、お店に来てるじゃない」

「店を外から見るだけ。なあ、何か思い出さないか」

「ストロベリータルト」

「それから?」

「苺《いちご》が蜂蜜《はちみつ》で煮《に》てあって、生クリームの味が上品なの。ひとつ八百円」

「おまえ、それだけ覚えているのなら常連だったろう」

「まるで分からない」

「このオフィス街のどこかに勤めていたとか」

「急に言われてもねえ。もしかしたらね、ストロベリータルトを食べれば思い出すかも知れないわ」

こいつ、本当に、記憶喪失なのか。

「ねえアキオ、ワタシ、猫缶《ねこかん》ばっかりで飽《あ》きてるんだよ」

「それは聞いた」

「次のケーキは安いのでいいからさ。今度だけ、横浜屋のストロベリータルトをお願い」

ミケがカゴの縁《ふち》に両足をかけ、目をうるうるやりながら、首を左右にかたむける。横浜屋とかアントワーヌとかの名前を出したのは、最初からの作戦だったのかも知れない。

しかし、夏休みだから、まあいいか。

自転車に鍵《かぎ》をかけ、ミケを残して店内《みせうち》へ入る。午後の三時という中途半端《ちゅうとはんぱ》な時間でも三人の客がいて、汗ばんでいるぼくの背中にエアコンの冷気が心地いい。勉強に集中するなら、やっぱり、部屋にエアコンを入れなくては。

ストロベリータルトがどんなケーキかは知らなかったが、注文してひとつ小箱に入れてもらい、料金を払って店を出る。ミケはもうカゴから首をのばしていて、耳をぴくぴくやりながら、歯までむき出している。

「アキオ、早く、早く」

すぐ近くを夏背広の会社員が歩いていたが、ミケにはちらっと目をやっただけで、そのまま通りすぎる。どうやらぼく以外にはミケの声も、ニャアニャアとしか聞こえないらしい。だとすると客観的には、ぼくが猫を相手に独りごとを言っていることになる。頭のおかしい少年と思われないように、気をつけよう。

会社員が遠くへ行ってから、自転車の鍵を外して、ミケの頭をカゴのなかへ押し込む。

「ちょっと待て。こんなところで食べたら育ちの悪い猫だと思われるぞ」

「どうせ野良《のら》だよ」

「今はおれん家《ち》の猫だろう。それよりさ、おまえの言葉、おれ以外には聞こえないのか」

「分からない。でもフィーリングが合うのはアキオだけ」

「どうでもいいけど、ケーキは待て。山下公園にでも行ってゆっくり食べればいい」

ミケがフニャンと返事をし、ぼくはケーキの箱を前カゴに入れて、自転車をこぎ出す。

快晴ではないが夏の日射しは目に染《し》みるほどで、馬車道から公園側へ入っていくと蟬《せみ》の声も大きくなる。

五分も走るとすぐ港につき、係留されている氷川丸や遊覧船乗り場が見えてくる。反対方向には親父と食事をしたマリンタワーが見え、公園に向かい合って老舗《しにせ》のホテルも並んでいる。先月まではバラ園も賑《にぎ》わっていたが、今は観光客がちらほら見えるだけ。この暑さで、人が出てくるのは夕方以降だろう。

遊覧船乗り場の近くに日陰《ひかげ》のベンチを見つけて、自転車をとめる。ミケが自転車からベンチへジャンプし、腰に尾《お》を巻きつけるお得意のポーズでぼくの顔を見上げる。やれやれとは思いながらも、こんな顔を見せられると、アイスクリームでもケーキでも、なんでも買ってやりたくなる。

ベンチに腰をおろし、ケーキの箱を平らにひらいてやって、自分ではデイパックに入れてきた麦茶を飲む。

「アキオ、少し食べていいよ」

「遠慮《えんりょ》するな。どうせ成仏するまでのつき合《な》いだ」

ミケがちょろちょろ舌を出してケーキを舐め、それから満足そうに鼻を鳴らして、一気にかぶりつく。水素水云々《うんぬん》の件はインターネットで調べてみたが、事実かどうかは分からない。しかし多くの猫が蛇口《じゃぐち》から直接水を飲みたがるというから、やはりなにかの理由はあるのだろう。

「どうだミケ、そのケーキの味で、思い出すことはないか」

「ちょっと待って。今、忙《いそが》しいの」

「誰もとらないからゆっくり食べろよ」

「アキオは女心を知らないね。スィーツはね、女性には麻薬《まやく》みたいなものなの。だから少し、静かにしていて」

猫に女心を教えられて、どうする。それでも幸せ全開でケーキを頬張《ほおば》るミケを見ていると、ぼくのほうもなんとなく、幸せな気分になる。化け猫であることは確かだし、喋《しゃべ》る猫も珍《めずら》しいのだろうが、それ以外は三毛模様《みけもよう》のふつうの猫。カレーだの焼きそばだのと注文もしてくるけれど、食べる分量はたかが知れている。猫の寿命《じゅみょう》なんか十二、三年。最長でも二十年ぐらいらしいから、このまま飼ってやっても不都合はないか。

「そうか、なあミケ、おまえ、何歳《いくつ》なんだ」

「知らない。感じではアキオが年下に見えるから、やっぱり二十歳ぐらいかな」

「そうじゃなくて、猫としてのおまえさ」

「どうかなあ、猫になったときは、もうこんな感じだったけど」

「少なくとも十年は生きてるわけで、猫としては年寄りだよな」

「女性に歳《とし》のことを言うのは失礼だよ」

「だけどさ、猫としてのおまえが死んだときは、どうなるんだ」

「うるさいわね。せっかくのストロベリータルトなんだから、ゆっくり食べさせて」

女性にとってスィーツは麻薬みたいなもの、か。たしかにひと口頬張ってはうっとりと目を閉じ、満足したようにうなずいてから、またぺろぺろと舌を出す。それにしてもやはり猫としての寿命はあるわけで、猫が死ぬと、あの幽霊《ゆうれい》も消滅《しょうめつ》してしまうのか。それとも別な猫に憑依《ひょうい》するか変身するかして、人間としての身元が分かるまで永遠に生きつづけるのか。もし身元が分からなかったら、ぼくが五十歳になっても六十歳になっても、フィーリングがどうとかで、ミケとぼくの関係はずっとつづくのか。

それならいっそのことミケをタレント猫にして、テレビにでも出してやるか。

自分の発想が可笑《おか》しくなって、笑いかけたときケータイが鳴る。相手は村崎明だった。

「アキオくん、ごきげんよう」

「本当におまえ、機嫌《きげん》がよさそうだな」

「今日はピアノのレッスンなの」

「昨日は三味線《しゃみせん》で今日はピアノで、忙しいよな」

「アキオくん、今どちら?」

「山下公園」

「今夜お食事しましょう?　山下公園ならニューグランドのレストランあたり」

「おれたち、高校生だぞ」

「わたし、カードがありますもの」

「そうかも知れないけど、今夜はちょっと、予定がある」

「デート？」

「そんなとこ」

「相手はどうせお姉さまでしょう」

「どうせ？」

「テレパシーで分かるの」

「本当かよ」

「本当です」

「あのなあ、その、確かに、能代さんだけど」

「それならご一緒しましょう。わたしもお目にかかりたい」

「でも、面倒な話になるだろうし」

「お父さまの件なら、わたしたち、相棒ではありませんか？」

「いやあ、そうかな」

「待ち合わせは何時？」

「六時」

「場所は」

「元町」

「それなら五時に山下公園で会いましょう。電動アシスト自転車は便利ね。遊覧船乗り場の近くにベンチがあるから、そこで待っていて」

もしかしたらメイはニューグランドホテルにでもいて、遠くからぼくを見ているのか。電話を切り、あり得ないとは思いながら、つい腰をあげて向かいのホテルを眺めてしまう。「テレパシーで分かる」のは「本当です」と言ったし、ミケの水素水のこともあるし、あるいは本当に、メイには特殊《とくしゅ》な感性があるのか。難しい女子ではあるけれど、それでも奇妙《きみよう》に可笑しいのだから、困ったものだ。

「相棒、か」

独りごとを言ってベンチに腰を戻し、額の汗をぬぐって、なんとなくため息をつく。ミケのほうはもう一心不乱、それでもがつがつした感じはないから、人間時代も育ちはよかったのだろう。

だけどなあ、断りもなくメイを同伴して、能代さんは気を悪くしないだろうか。いくら「相棒」でも部外者ではあるし、能代さんはメイの「陰ながらの協力」を、かんたんに認めるだろうか。ミケはミケで「身元の割り出し」に能代さんの協力をとか要求しているし、考えると、暑さのせいではない、冷や汗のようなものが出てくる。

「アキオねえ、ワタシ、赤レンガ倉庫へ行きたいな。あそこのバシャミチアイスって、ものすごく美味《おい》しいよ」

赤レンガ倉庫というのはショッピングモールの名称で一号館と二号館がある。一号館にはギャラリーやコンサートホールがあり、お袋のランプシェードも一号館で展示販売されている。二号館のほうは雑貨店やカフェがぎっしり。観光名所でごった返しているから、ぼくはあまり行かない。しかし今日ミケを連れ出したのは記憶にありそうな場所を見物させるためで、仕方なく二号館内を徘徊《はいかい》する。ミケはぼくの肩にのって気楽なもの、それでも人混みに委縮《いしゅく》するのか、両前足でしっかりとぼくのキャップにしがみつく。ミケに気づいた観光客にはふり返られるし、ミケにはあっちだこっちだと指図されるし、一時間も歩くともうへとへと。とりあえずバシャミチアイスとやらを買ってやってから山下公園へ戻る。日は陰ったが涼しくはなく、風もとまって、空気に海の匂《にお》いが混じってくる。ベンチ前の広場には犬を遊ばせる主婦やジョギングの年寄りも見られ、遊覧船乗り場の前にも観光客が増えている。ミケは久しぶりの人混みで疲れたのか、カゴのなかで寝息を立てている。

メイがホテル街の方向からあらわれ、自転車をとめて、チリンとベルを鳴らす。ふんわりした生成《きな》りのロングスカートに長袖《ながそで》のブラウス、そこに赤いスニーカーと赤いキャップと黄色のデイパックだから、コーディネイト的にはめちゃくちゃ。それでも不思議なことに、なぜか似合っている。

「あらーっ、ミケちゃん、ごきげんよう」

メイに声をかけられてもミケは目をあけず、欠伸をしながらカゴのなかで寝返《ねがえ》りを打つ。

メイがスカートをふんわり広げてベンチに腰をおろし、キャップの庇《ひさし》をうしろへまわして、鼻の頭をハンカチでおさえる。その鼻の頭が赤いのは上気ではなく、昨日からの自転車で日に灼《や》けたせいだろう。

「今日はミケちゃんと一緒なの？」

「事情があってさ。こいつに横浜の町を見物させている」

「事情って」

「待ってくれ。まだ心の準備ができない」

昨夜からメイには打ち明けようと決めていたし、ベンチで待っているあいだもそのつもりでいたのだが、「実は化け猫で」とは、やはり言い出しにくい。

「わたしのほうはね、アキオくんにお知らせがあるの」

スカートの下で足を組み、赤いスニーカーの先をぴくっと上向けて、メイが首をかしげる。

「聞いてみたら、わたしの母が退職婦人警察官協会の名誉《めいよ》顧問《こもん》をしているの」

「なに、それ」

「退職した婦人警官たちの親睦会《しんぼくかい》だと思う。もちろん母の役職なんて名前だけでしょうけれど、その関係で県警本部長とは懇意《こんい》らしいわ」

「退職ナントカの名誉カントカで、県警本部長と懇意か。県警本部長って、偉《えら》いのか」

「アキオくん、二時間ミステリーを見ないの」

「体質に合わなくて」

「本部長は県警察のトップ。管理職ですから、現場での捜査《そうさ》はしませんけれど」

ぼくも歓呼堂でミステリー小説を買うことはあるが、みんなアメリカかイギリスの翻訳《ほんやく》ものだから警察のシステムが違う。しかし県警のトップといえば能代さんには一番のボスで、そんなところへ直接話をもっていったら能代さんが困るだろう。

「あのなあ、お袋さんが本部長と懇意なのは素晴《すば》らしいけど、それは、まずい」

「母にはなにも話していませんよ。まず相棒と相談するのがルールですもの。でもいざとなればそういうコネクションもあるというお話」

たしかに疲《つか》れる女子だが、そのあたりの常識はあるらしい。ぼくも肚《はら》を決めて、ミケの素性《すじょう》を打ち明けることにする。

「実はなあメイ、ミケが喋るんだ」

「あら、オウムみたいに？」

「ふつうに、人間みたいに」

「わたしには喋りませんでした」

「ミケの言葉が分かるのは、どうもおれ一人らしい」

「ミケちゃんの発声器が壊れているのかしら」

「メイ、驚かないのか」

「アキオくんでさえ生きていたんですもの、喋る猫がいてもおかしくないでしょう」

やっぱりな。メイの常識は、手強《てごわ》い。

「それがさ、その喋る理由が、ちょっと変わってる」

「喋ること自体が変わっています」

「そうだけど、ミケが言うには、もともと人間だったものが何かの理由で死んで、でも死んだ理由も自分が誰なのかも分からない。それが分からないと成仏できないから、おれに身元をつきとめてくれと」

「アキオくん、そんな話を信じたの？」

「証拠《しょうこ》があるんだ」

「どんな」

「ほんの一瞬《いっしゅん》だけど、ミケは人間に変身できる」

「器用な猫ねえ」

「港の見える丘公園でメイに会ったあと、実はおれ、昔の家に寄ってみた。おまえが幽霊《ゆうれい》のことを言ったから、気になってさ。ミケはその家にいて、フィーリングの合う人間があらわれるまで十年も待っていたという」

「わたしもアキオくんが生き返るまで、十年待っていた気がする」

「とにかく、ミケはあの家に住んだ家族を幽霊になって脅《おど》かしていた。だから噂《うわさ》はただの噂ではなくて、本当のことだった」

「最初から言えばよかったのに」

「それが、ミケにも、事情があるらしくて」

メイが肩をすくめるようにぼくの顔をのぞき、それから中腰になって、カゴのなかで丸くなっているミケを両手で抱えあげる。ミケも本当は起きているのだろうが、眠ったふりで無視《シカト》しているらしい。

「人間への変身はいつでもできるの？」

「体力を消耗《しょうもう》するし、それに、ここではまずい」

「でもアキオくんにだけ話をするのは不自然すぎます」

言ったかと思うと、もうメイはこぶしを握《にぎ》り、知らん顔で目を閉じているミケの頭に、ガツンと拳骨《げんこつ》を入れる。

ミケがギャッとわめき、メイの腕から跳《と》びおりてベンチに着地し、そこからぼくの肩にジャンプして、震《ふる》えながらキャップにしがみつく。

「メイ、おまえ、どうした？」

「祖父から聞いたことがあるの。テレビが映らなくなったとき、叩《たた》いてやると直ることがあるって」

「あのなあ」

「ミケちゃん、直った？」

ぼくもバラエティー番組のコントかなにかで、そんなギャグを見た気はするが、猫の頭で試してどうする。

「おまえ、大人しそうな顔をして、乱暴なやつだな」

「だってアキオくんにだけ喋るなんて、信じられないもの」

「だから、ミケにも都合が……」

ぼくはミケを肩からおろしてやり、懐《ふところ》の内へ深く抱え込んで、ガードの態勢をとる。ミケはぼくの腕のあいだに目だけをのぞかせ、まだ躰《からだ》を震わせながら、前足で必死にシャツの裾《すそ》にしがみつく。

「そうか、なあメイ、おまえ、冬になるとミケにチャンチャンコを着せるだろう」

「あら」

「無理やりマフラーを巻いたり」

「冬ですもの、寒くては可哀《かわい》そう」

「おれがなんでそのことを知ってると思う」

「アキオくんが見ていたから」

「おれはストーカーか。ミケが話さなくては、知るはずないだろう」

「言われてみればそうよねえ。可笑しいお話」

「信じるか」

「信じます」

そういうところは、なぜか素直《すなお》だ。

「それでな、親父の問題は能代さんと相談するとして、ミケの身元もつきとめてやりたい」

「相棒、ＯＫよ」

「えーと、だから、機会があったらメイの前でも変身させるけど、見た感じは二十歳ぐらいの女性で、学生風。写真を撮《と》っても写らなかった。死んだのは十年前だという」

ぼくも子供だったから確かな記憶はないが、山手の家に住んでいたとき、ミケは見かけなかった気がする。だとすればぼくたち一家が転居したあとに化け猫が出現したはずで、人間時代のミケが死んだのは十年前の、八月から十二月の五カ月間と推定できる。

メイがキャップの庇を前に戻し、ぼくに肩を寄せてきて、腕のなかのミケをのぞき込む。化粧《けしよう》をしているようにも見えないのに、ちょっと柑橘系《かんきつけい》の、いい匂いがする。

「わたしの母は顔が広いの。いわゆるお節介焼《せつかいや》きタイプね。情報を集めてもらいましょう」

「死んだのは十年前の八月から十二月。当時は二十歳前後。話の感じでは横浜市内か、その周辺に住んでいたらしい」

「地元に土地勘《とちかん》があるわけね」

「土地勘？」

「二時間ミステリー用語です」

「ああ、そう」

「警察のホームページなんかは？」

「検索《けんさく》したけど、現在の失踪者《しっそうしゃ》しか分からなかった」

神奈川県全体でも現在の失踪者は四人で、それもみんな老人だから、認知症《にんちしょう》かなにかで行方不明になっているのだろう。警察のホームページでミケの身元が分かるぐらいなら、警察はいらない。

「ついでに調べてみたら、横浜市内だけで年間に三万人ぐらい死んでるらしい。半分が女性だとすると一万五千人。二十歳ぐらいの女性だって何十人も死んでるだろうし、そのなかからたった一人を探し出すのは難しい」

「病死や自然死を除外すれば、どうなのかしら」

「どうなのかな」

「方法はあると思うわ。病気とか交通事故とか、ふつうの死に方だったらミケちゃんだって化けて出ない。たぶん殺人事件の被害者で、この世に恨《うら》みを残しているの」

ミケの様子からして、それほどこの世に恨みがあるようにも見えない。しかしメイの言うとおり、ミケだって何かの理由があって、半分この世に留《とど》まっているのだろう。

「ミケちゃんを殺人事件の被害者と仮定すれば、人数は絞《しぼ》られるでしょう」

「それは、そうだけど」

「名前とか住んでいた場所とか学校とかアルバイト先とか、何かひとつぐらい、思い出せないのかしら」

メイがまたこぶしを握ったので、ぼくは慌《あわ》ててミケを抱《かか》え込み、腰をあげてベンチから離《はな》れる。

「無茶をするなよ。昔のテレビじゃないんだから、叩いても記憶は戻らない」

「冗談《じょうだん》ですよ。ショック療法《りょうほう》を試そうと思っただけ」

メイの口調と表情では冗談と本気の境が、どうもよく分からない。さっきは実際に、ミケの頭をガツンと叩いたのだ。

「だけどさ、そういう事情だから、ミケには優しくしてやれ」

「甘やかすとアキオくんの家に住みつくかも知れません。わたしの家へご飯を食べに来るときも、ミケちゃん、図々《ずうずう》しいの」

ミケがフニャンと鳴き、不満そうに、ごろごろと咽《のど》を鳴らす。もしかしたらミケとメイのあいだには、以前からなにかの確執《かくしつ》があったのかも知れない。

ぼくはミケをカゴに戻してやり、自分はまたベンチに腰をおろす。メイがデイパックから小形のステンレスポットをとり出して、蓋《ふた》に液体を注《つ》いでくれる。口をつけると冷えていて香りがよく、少し甘い。

「ペパーミントとレモングラスのハーブティーです。わたしが家で栽培《さいばい》しているの」

「見かけによらず、いや、ミケの身元だけどな、能代さんにも頼もうと思う。でも化け猫というのは内緒だぞ。この世に喋る猫がいるなんて、どうせおれとおまえしか信じないから」

「アキオくんのおまえという呼び方、素敵《すてき》ね」

「えーと、そうかな」

「わたしもアキオと呼ぶことにするわ」

勝手に呼べ。

「だからアキオ、情報は母にも噂を集めてもらうし、わたしもパソコンで調べてみる。ミケちゃんには早く消えてもらわないと、邪魔《じゃま》ですものね」

メイとミケのあいだには、やはりなにかの確執がある。

犬の散歩を終わらせた主婦がベンチの前を横切っていき、遊覧船でも出港するのか、ブーンと汽笛《きてき》が鳴る。山下公園から元町なんて電動アシスト自転車ならせいぜい十分。家へ寄ってミケを置いていきたいが、そこまでの時間はない。ミケもケーキとアイスクリームで満足したはずだし、今夜は大人しくしているだろう。

「メイ、そろそろ行くか」

「ＯＫです、アキオ」

ベンチから腰をあげたぼくの背中に、じんわりと、冷や汗がにじむ。

夏至《げし》のころより日は短くなったが、まだ明るい。元町のメインストリートにブティックが多い理由は、昔元町カジュアルとかいうファッションが流行《はや》った名残《なごり》だという。今はただの商店街だが裏通りにはオープンカフェもあって、山手地区が近いせいか黄金町や伊勢佐木町よりは洒落《しゃれ》ている。メイも買い物のほとんどは元町だという。

待ち合わせのカフェレストランには能代さんのほうが先についていた。席は道路側のオープンスペースで、ぼくが見つけやすいように、という配慮《はいりょ》かとも思ったが、丸テーブルにはタバコと灰皿が置かれている。保土ケ谷のマンションでタバコを吸わなかったのはぼくへの遠慮か、自室ではタバコを吸わない主義なのか。親父もお袋も詩帆さんもタバコを吸うし、もともとぼくは他人の喫煙《きつえん》に意見はない。

テーブルの前に自転車をとめ、ぼくがキャップをとり、メイも真似《まね》をする。

能代さんが腰を浮かせてぼくとメイを見くらべ、軽く唇《くちびる》をひらくように、目の表情で「彼女はだれ？」と聞いてくる。

ぼくが説明するより先に、メイのほうが腰のうしろに腕を組むお得意のポーズで「ごきげんよう」とあいさつをする。

「わたし、村崎明です。アキオとはラブラブで、探偵《たんてい》の相棒です」

能代さんが目を見開いてぼくの顔を見つめ、それからくしゃみをするように、くつくつと笑い出す。親父の血をひいているからギャグが分かる体質なのだろう。

「村崎明さんね。初めまして。私は能代早葉子です。突然《とつぜん》アキオくんの姉になって驚《おどろ》かせてしまったの」

「美人のお姉さまができてアキオは喜んでいます」

そこまで言わなくてもいいだろう。

「メイさんにアキオくん、どうする？　店内《なか》は冷房が効いているけど」

「いえ、ここで、いいです」

ぼくとメイが並んで腰をおろすと、店内からボーイが出てきて、テーブルの灰皿をとり替える。

「私は生ビールをグラスで。お二人には？」

「わたしはジンジャーエールをいただきます」

「同じものを」

ボーイがさがっていき、ミケが前カゴから顔を出して、能代さんにニャンとあいさつをする。

「あら、猫ちゃん、今夜も一緒なの。あなたたち仲良しなのねえ」

面倒くさいからミケの素性を能代さんにも、という衝動《しょうどう》はあったが、それでは話が、もっと面倒になる。

「アキオくん、お父さまのことをメイさんには、どこまで？」

「概略《がいりやく》を」

「お姉さま、ご心配なく。わたしとアキオは隠《かく》し事《ごと》をしない約束ですの」

誰がいつ、そんな約束をしたのだ。

「メイさん、村崎という お苗字《なまえ》は、もしかして山手の？」

「祖父は村崎朝日《のぼる》、父は村崎朝一《ともかず》です」

「そうなの。あなたを最初に見たときから、そんな気がしたわ」

どうせぼくとは身分が違う。

「お母さまもたしか、退職婦人警察官協会のお仕事をなさっていたわね」

「名目だけです。でも県警本部長とは懇意だそうです」

「それなら本部長に話をつけていただこうかしら」

「必要なら」

「冗談よ。私が遠野さんの事件を調べていることが知れたら、警察から追い出される」

能代さんが呆《あき》れたように笑って、タイトスカートの脚《あし》を組みかえながらタバコに火をつける。オープンスペースの壁に照明がつき、ボーイが注文の飲み物を運んでくる。能代さんもビールを飲むぐらいだから、今日の業務は終了しているのだろう。

「あなたたち、ピザでもどうかしら」

「はい、ここのマリナーラは本格的ですよ」

メイがメニューを見ずに注文し、ぼくと能代さんも同意する。買い物は元町だというし、メイはこの店も馴染《なじ》みなのだろう。

「わたしね、お姉さま」

ジンジャーエールのグラスにストローを立て、例の首をかしげるようなポーズで、メイが不気味《ぶきみ》にほほ笑《え》む。

「お姉さまが本物かどうかを見極《みきわ》めに来ましたの」

メイを連れてきたのは、やはり失敗だったか。

「まず疑うのが常識ですものね。遠野さんには財産もあるようだし。似たような話を聞けば私でも疑うと思うわ」

失礼なメイの攻撃《こうげき》を軽く受け流すあたりは、ずいぶん肚の据《す》わった人だ。もっとも歳が倍近くも離れているし、警察官なら、修羅場《しゅらば》も多く見ているか。

「能代さん、十年前の、事件当時のことを親父に自白させました」

それほど咽は渇《かわ》いていないが、ぼくもストローを使って、ジンジャーエールに口をつける。

能代さんは眉《まゆ》をあげただけで、ぼくに先をうながす。

「事件の夜、親父は酔《よ》っていて、それでエスカレータに乗ったら目の前に女子高生が。ただその女子高生は以前にも電車のなかや駅で、何度か見かけていたそうです」

「つまり、顔見知り？」

「親父のほうだけかも。スタイルがよくて可愛《かわい》くて、好みのタイプだったとか」

能代さんの頰がぴくっとひきつり、唇がにんまりと笑って、口から短い息がもれる。たぶんそれは「仕方のないオヤジねえ」というぐらいの意味だろう。

「親父に言わせると、誰でも魔《ま》が差すことはあるそうです」

「男性って、そういう部分もあるかしらねえ」

「ただ相手がブスだったら盗撮《とうさつ》はしなかったとも」

「彼のそういう率直《そっちょく》なところ、好感がもてるわ」

そうかなあ、少なくともお袋は、好感をもてなかったらしいが。

「親父はその女子高生に訴《うった》えられたのではなくて、パトロール中の私服警官に、たまたま捕《つか》まったそうです」

「問題はそこなのよねえ。警察の発表はいつもたまたまになるけれど、実際はそんなこと、まずあり得ないの」

灰皿にタバコをつぶし、ビールのグラスを口へ運びながら、能代さんが頰の髪を指で梳きあげる。

「アキオくん、この前話した二人の刑事のことを覚えている？」

「本部の控室《ひかえしつ》で、どうとか」

「一人は勝田《かつた》、もう一人は菅谷《すがや》という名前。菅谷のほうは八年前まで横浜中央署の刑事課にいたらしいの。横浜中央署というのは横浜駅を含む地域を管掌《かんしょう》する所轄《しょかつ》で、もしかしたらこの菅谷が、直接遠野さんの事件を扱《あつか》ったのかも知れない」

「た、ま、た、ま、のときの？」

「その可能性は大きい。そう思って調べてもらったら、事件の調書が見当たらないという。調書の紛失《ふんしつ》なんてどこの警察でもあることだけど、私としては非常に不愉快《ふゆかい》なの」

よくテレビで、警察が証拠品や重要書類をゴミと間違《まちが》えて処分した、とかいうニュースをやるが、それはマスコミに隠せなかった例だけだろう。能代さんが「どこの警察でもある」と言うぐらいだから、実際にはどれほどの数になるのか。

「勝田と萱谷が遠野さんを嵌《は》めたことは、まず間違いない。でもそんなことをするからには理由があるはず。遠野さんとのあいだに、トラブルや因縁《いんねん》があったとも思えないし」

親父の言い分は、テレビで官僚《かんりょう》の天下《あまくだ》りを批判していた親父を国家が社会的に抹殺《まっさつ》しようとした、というもの。そこまで大げさな陰謀論《いんぼうろん》はどうかとも思うが、あるいは少しぐらい、関連はあるのか。

「能代さん、当時親父が、天下りの批判をしていたことは？」

「もちろん知っているわ。切り口が斬新《ざんしん》で説得力があって、それでいてユーモラス。へーえこの人がねって、内心誇《ほこ》らしく思ったぐらい」

その誇らしく思っていた実父が盗撮で捕まったら、気持ちは軽蔑《けいべつ》と嫌悪《けんお》に変わる。それはお袋にしても同じだったろう。ぼくにそれほどの葛藤《かっとう》がないのは、たんに子供だったせいだ。

「テレビだけではなく、当時遠野さんは週刊誌にも、官僚の天下りやワタリの実態を暴露《ばくろ》していた。ワタリというのは分かるかしら」

「退職した高級官僚が関連団体を渡り歩いて金を稼《かせ》ぐこと」

「各省の次官クラスになると退職後に、平均で三つぐらいの団体を渡り歩くの。その間の年俸《ねんぽう》と退職金で二億円ぐらいは稼ぐ。そんなことは誰でも知っているけれど、主婦に人気のある有名な学者が毎日のようにテレビで発言したら、影響は大きかったでしょうね」

「批判された官僚の誰かが、親父を邪魔に思ったとか、恨んだとか」

「そこなのよねえ。勝田と菅谷が勝手に仕組んだことなら話は単純。でもうしろに大物官僚か、あるいは官僚機構そのものが控《ひか》えていたら、もう私の手には負えない。だからといって知らん顔をするのも情けないし、自分に腹も立つ」

「アキオ、意見を言ってもいいかしら」

ダメだと言ったところで、どうせメイは意見を言う。

「お姉さまね、事件のことは調べるだけ調べて、対応はあとで考えればよくありません？たとえ告発できなかったとしても、お姉さまとアキオの気は済むでしょう。このままではアキオの人生が、トラウマに押しつぶされてしまう。わたしはアキオを痴漢《ちかん》の子供という宿命から解放したいの」

能代さんが眉間《みけん》に皺《しわ》を寄せ、視線をぼくに向けながら、ゆっくりとビールを飲みほす。ぼくも眉間に皺をつくり、「気にしないでください」という意味で短く二度、首を左右にふる。能代さんは了解したように唇を笑わせたから、意図は通じたのだろう。このあたりが、いわゆる、血のつながりか。

注文したピザが来て、能代さんがビールを追加し、メイはナイフとフォーク、ぼくと能代さんは手で食事を始める。日は落ちきり、となりのテーブルではOLふうの二人連れが席につく。ミケも前カゴから顔を出して咽を鳴らしてきたが、無視する。

「私も立場上……」

ピザをワンカット食べてから、能代さんが指先をおしぼりの上に這《は》わせて、軽く息をつく。

「名目もなくほかの所轄へは出向けないの。本部にいる親しい刑事に頼んではいるけど、内密の調査では、なかなか進展がなくて」

能代さんの部屋でも本部に親しい刑事がいることは聞いたから、事情も打ち明けているはずで、だとすればその刑事は、カレシか。

「調書というものがないと事件の概要《がいよう》は分かりませんか」

「菅谷に直接問《と》い質《ただ》すわけには、ねえ？」

「被害者だという女子高生のことも調書に？」

「すべて書いてあるはず。さっきアキオくんの話を聞いて、それを確信したわ」

電話で親父の話を聞いたときから、ぼくは「もしかしたら」と思っていたが、警察官の能代さんなら、確信になるのか。

「わたし、状況から推理すると、その女子高生もグルだったと思います」

二時間ミステリーのファンでなくても、それぐらいの推理はできるんですよ、相棒。

「親父も女子高生の住所氏名は知らないというし、もう十年も前で、顔のことも。せいぜい制服が、セーラー服タイプではなかったことぐらい」

「菅谷か勝田が念のために調書を廃棄《はいき》したんでしょうね。でも女子高生を探し出す方法は、なにかあるはず。それは私のほうで考えるわ」

ミケが前カゴから半身をのり出し、耳のうしろを掻《か》いたり舌を出したり、落ち着きのない仕草をする。「ワタシにもピザを」という催促《さいそく》かと思ったが、そうでもないらしい。

「そうか、なあメイ、ついでだから能代さんに頼《たの》んでみろよ」

「なんのことかしら」

「夢の件」

「夢の件？」

「おまえ、最近、ヘンな夢を見ると言ったろう」

「チンパンジーの檻《おり》の中でアキオがシマウマに乗っている夢かしら」

「そうじゃなくて、ほら、若い女が出てきて、メイになにか頼むという。最近毎晩、同じ夢を見ると言ったじゃないか」

メイがストローからジンジャーエールを飲み、ぼんやりした感じの目に精いっぱいの気合いを入れて、ピザを口へ運ぶ。最初はフォークとナイフを使っていたのに、いつの間にか手摑《てづか》みになっている。

「思い出しました。能代さん、お願いしていいでしょうか」

「私にできることなら」

「アキオに話してあります。わたしとアキオは隠し事をしない関係ですから、アキオ、あなたが話して」

メイを連れてきたのは、正解だったのか、不正解だったのか。しかし今となりにいなければバカみたいな「夢」の話が、ぼく自身のことになっていた。

能代さんから表情を隠すために、ぼくはジンジャーエールのグラスをとりあげる。

「実は、最近、メイの夢というか夢枕《ゆめまくら》にというか、二十歳ぐらいの女性があらわれると。なんだか信じられないけど、こいつ、霊感《れいかん》みたいなものが強いから」

「その女性に心当たりが？」

「まるで。いえ、メイはないと言います。自分の名前も死んだ理由も分からない。それが分からないと成仏できないから、つきとめてほしいそうです」

「幽霊なのかしら、それともただの夢？」

「えーと、メイ、どっちだ」

「かぎりなく幽霊に近い夢というか、そんな感じです」

「心が疲れると幻聴《げんちょう》や幻覚《げんかく》があらわれることがあるの。メイさん、気をつけてね」

「メイの心は疲れません」

「アキオ、どういう意味？」

「だから、神経症ではないという」

「とにかくお姉さま、その女性はわたしに、殺人事件の被害者だと訴えるんです」

「あら」

「殺されたのは十年前の八月から十二月で、横浜に土地勘があるそうです」

「ずいぶん具体的な幽霊ね」

「わたし、霊感が強いから、相手も話しやすいのだと思います」

「土地勘があって、二十歳ぐらいで、殺人事件の被害者で、殺されたのは十年前の八月から十二月」

「事故死の可能性もあります」

「アキオくんも幽霊から聞いたの」

「いえ、ぼくは、メイから」

能代さんがタバコに火をつけ、ぼくとメイの顔を見くらべながら、目をほそめて、ふーっと長く煙を吹く。この幽霊話は、さすがに、まずかったか。

「ついでよければ調べてあげるけど」

「え？　ありがとう」

「でも遠野さんの件もあるし、通常の仕事もある。あまり期待はしないでね」

本気で信じたわけでもないだろうが、メイの母親は退職婦人ナントカのカントカだし、可愛い弟のカノジョでもあるし、能代さんも少しは義理を感じたか。ミケも落ち着いたらしくカゴのなかで丸くなり、裏通りも飲食店の照明で華《はな》やかになっている。

「幽霊のことはともかく、遠野さんの件に関しては女子高生が突破口《とっぱこう》ね。十年も前だから転居ぐらいはしているでしょうけど、探し出せるとは思う。あとのことはメイさんが指摘《してき》したように、その時点で考えればいい。アキオくんもそれでいいかしら」

「お姉さま、ＯＫです」

「あのなあ、いえ、はい」

「メイさん、私が本物か偽物《にせもの》か、見極めはついたかしら」

「さあ、それは……」

メイが生意気に鼻を上向け、ぼくに流し目を送ってから、口の端に力を入れる。考える必要もないだろうに、二時間ミステリーのファンは、しつこい。

「アキオのお姉さまにしては美人すぎると思います」

おまえなあ、ラブラブを解消するぞ。

「失礼ですけれど、お姉さま、警察での階級は？」

「新米の警部補《けいぶほ》よ」

「そのお歳で警部補なら準キャリアですね」

「メイさん、詳しいのね」

「学校でミステリー研究会に入っています」

ぼくは口のなかで「嘘《うそ》です」とつぶやく。

「でも印象は関係ありません。どうせＤＮＡの鑑定結果が出ますから」

「ＤＮＡの？」

「昨日アキオと、お姉さまの毛髪《もうはつ》をもって鑑定会社へ行きました。結果は一週間で知らせてきます」

良家のお嬢様《じょうさま》で、「隠し事はいけない」とでも教育されているのかも知れないが、その暴露はルール違反だろう。

能代さんが二、三秒息をとめ、タバコを消しながら、怒りを爆発させる寸前のように、頬と唇をゆがめる。

「ごめんなさい。ただの、念のためです」

また能代さんの頬がゆがみ、次の瞬間、ひきつったような唇から苦笑がこぼれる。

「私の部屋へ来たとき、髪の毛を？」

「バスローブからカーペットへ落ちました」

「言ってくれれば何本でもあげたのに」

「はい」

「私たちのようなケースはまずＤＮＡの鑑定をしてから。それぐらい常識ですものね」

「そう思ったので」

「誰でもそう思うものよ。ですから私も先月、遠野さんに会ったとき、タバコの吸《す》い殻《がら》を失敬したの」

「えーと、つまり？」

「もう鑑定の結果は出ている。間違いなく遠野銀次郎は私の父親。言葉だけで信用できなければ鑑定書を見せてあげるわ」

なんというばかばかしさ。高校生のぼくが考えることぐらい、ずっと年上の、それも警察官の能代さんなら最初に考えるだろう。

どこかでケータイが鳴り、能代さんがショルダーバッグをとりあげて席を立つ。そこから道路側へ出て十秒ほどケータイを使い、席へは戻らずに、ケータイをバッグにしまう。

「ごめんなさいね。場所を変えて食事を、と思っていたけれど、用事ができてしまったの」

本部のカレシですか、という発言を、当然ながらぼくは自重する。

「お勘定《かんじょう》を済ませてくるわ。お二人はゆっくりね」

能代さんが店の内へ入っていき、ぼくは残っていたピザを平らげておしぼりを使う。能代さんも可愛い弟とゆっくり食事を、と思っていたのかも知れないが、勝手によけいな相棒を連れてきてしまったぼくのほうが悪い。

「アキオ、これで事件も解決したようなものね」

「事件?」

「捜査の手法が決まれば、あとは結果を出すだけです」

「そんなもんかな。だけどさ、さっきの準キャリアとかいうのは、なに」

「国家公務員一般職試験に合格した人のこと。ほかの省庁ではノンキャリアですけど、警察は職員が多いので便宜的《べんぎてき》に準キャリアと呼びます」

ぼくもたまには二時間ミステリーを見よう。

「えーと、おまえの家、門限みたいなものは」

「わたしの家は全員の信頼で成り立っているの」

「でもさ、港の見える丘公園まで送っていく。山手へ戻ればミケもなにか、思い出すかも知れないし」

ぼくは家へ帰って、物干し台に寝そべりながらビールでも飲みたい気分だったが、デート相手を家まで送るのは男子の礼儀《れいぎ》だろう。能代さんには盗撮事件の経緯《けいい》を報告したし、ミケの身元調べも依頼した。実質的にはメイの言うとおり「事件も解決したようなものなのかも知れない。

「そうか、あとはエアコンか」

「なあに?」

「こっちの話。聞いてなかったけど、メイ、大学はどこへ」

「東大です」

「ああ、そう」

早く家へ帰って、ビールを飲みたい。

5章
週刊メイとアキオ

階下で物音は聞こえないから、お袋はまだ寝ているのか、あるいは「工場」の件で外出でもしたのか。ミケは物干し場伝いに出たり入ったり。昨日ケーキとアイスクリームを食べすぎて「お腹《なか》の具合が悪い」のだという。転居以来ピラフや焼きそばを食べつづけているし、昨日の繁華街見物で疲れたこともあるのだろう。ただそのぶん大人しくしてくれるので、勉強ははかどる。

ぼくのほうは世界史の年代暗記を終了させ、さて、数学にでも手をつけるかと、問題集をひらく。数学とは子供のころから相性が悪いが、進学が現実的になった以上、好き嫌《きら》いは言えない。

パソコンがメールの受信音を鳴らし、鉛筆をおいて画面をひらく。ケータイでもメールの送受信はできるが、いわゆるガラケーなのでふだんは使わない。

送られてきたメールは能代さんからのもの。昨日は「期待はしないで」と言ったし、「部外秘」とはなっているものの、ちゃんと依頼した「幽霊リスト」が添付《てんぷ》されている。警察にはデータベースのようなものがあって、検索に時間はかからないらしい。

そのリストによると、十年前の八月から十二月に限定すれば殺人事件の被害者が十一人。年齢《ねんれい》と性別で当てはまるのはたったの一人。これが交通事故や火事での死亡者まで含めると総計で七人になる。それとは別に自殺と事故死で処理はされているが、事件性の疑われる死亡者が一人ずつ。メイの推理に同調するつもりもないけれど、ミケだってたぶん、病死や自然死では化け猫にならない。

能代さんには礼のメールを送り、メイのパソコンにも幽霊リストを転送する。昨日「わたしもパソコンで調べてみる」と言っていたから、「部外秘」のリストがなにかの役に立つだろう。

それにしても殺人事件の被害者は、たった一人。十年も前だから当然記憶にないし、近《ちか》石美鳥《いしみどり》という名前にも心当たりはない。死亡時の住所は金沢区《かなざわく》だから、もう横須賀《よこすか》に近いあたり。赤レンガ倉庫やケーキ屋に「土地勘」があるかどうか。しかしこの近石美鳥という女性がミケの正体だったら、少なくともぼくは、幽霊探しから解放される。

「ミドリ」

声をかけてみたが、ミケは窓枠《まどわく》の上で丸くなったまま目を開かず、耳だけを軽くふるわせる。

「おい、ミドリ」

それでも目をあけないので、腕をのばしてミケの額を指先で突く。

「うるさいわね。猫の睡眠《すいみん》時間は一日の三分の二なんだよ」

「どうでもいいけど、おまえ、ミドリか」

「なによ、それ」

「おまえの名前さ」

「ミドリ……あんたのフグじゃない」

「そうか、でも」

ミケが大きく欠伸をし、何度か首をかしげて、たたんだ前足に顎《あご》をのせる。

「なにも思い出せない。それよりさ、少し寝かせて」

「宮西架純《みやにしかすみ》」

「フニャン」

「柴田優麻《しばたゆま》」

「フニャン、フニャン」

「おまえなあ、自分のことなんだぞ」

「今日はね、アイスクリーム、いらないよ」

ミケがまた欠伸をしてそっぽを向き、尾を尻《しり》の下に丸めて、わざとらしく寝息《ねいき》を立てる。

カスミとユマというのはそれぞれ事件性も考えられる事故死者と自殺者の名前だが、事件性があるのに、なぜ警察は事故や自殺で処理しているのか。そのあたりは二時間ミステリーの専門家にでも聞いてみよう。

ぼくはまた数学の問題集をひらき、三角関数の数式を解きはじめたが、集中力が三十分もつづかず、カーペットに両腕をつっ張って天井を見上げる。蟬《せみ》の声は相変わらずやかましく、よどんだ色の空に雨の気配になく、首ふり機能にした扇風機が生暖かい風を飛ばしてくる。勉強に集中できないのはミケや能代さんのせいもあるけれど、核心はやはり、環境問題か。手持ちの金は約三万円、インターネットでは四万円ぐらいのエアコンもあるが、工事費まではまかなえない。DNA鑑定に使った二万円がつくづく悔《く》やまれ、十八万円もする電動アシスト自転車を衝動買いできるメイにも、ちょっと腹が立つ。夏場は「配達」のアルバイトも少ないし、そうか、そういえば、軽井沢の件もあったか。

なんだか面倒くさくなって、ごろんと横になり、両足を勉強机の上に投げ出す。

お袋に臨時のボーナスを頼んでみようかな。でもランプシェード用の工場をつくるとなれば、そちらにも金はいる。親父に無心するにしてももう少し能代さんの調査を待ちたいし、どこか海の家あたりに、一週間ぐらいのアルバイトはないものか。

インターネットで検索してみようかと、身を起こしたとき、ケータイが鳴る。

「アキオ、ごきげんよう。今はお部屋にいるでしょう」

「またテレパシーか」

「いえ、お宅の前に来ているの」

朱塗《しゅぬ》りの山門《さんもん》から仁王門《におうもん》への参道沿いに植えられた桜《さくら》は、みんなかなりの古木。盛大《せいだい》に葉を茂らせて蟬に合唱場を提供し、ぼくとメイには木陰を提供する。

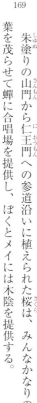

称名寺《しょうみょうじ》のある金沢町は横須賀街道の近くにあって、ぼくも「配達」で来たことはある。伊勢佐木町あたりから電動アシスト自転車で一時間、交通量の多い国道だからサイクリングには不適でも、メイに「捜査はまず金沢町から」と宣言されればつき合うより仕方ない。

参道には軽食も出す売店があって、そこのおばさんには専門家のメイが尋問《じんもん》した。十年前、たしかに近所で殺人事件はあった。おばさんは「近石美鳥」という名前までは知らなかったが、被害者は短大生だったという。しかしその家は事件直後に転居し、今はアパートになっていた。ぼくとメイはアパートの周囲を捜査し、付近の写真を撮って称名寺へひき返した。ミケはメイの顔を見て物干し台へ逃亡したから、今日はぼくとメイの二人だけ。もしミケがミドリなら写真の風景を見て、何か思い出すかも知れない。

参道を仁王門まですすみ、日陰の部分に自転車をとめる。最初から風景に見覚えがある気がしていたのは、近くに金沢文庫があるせいだろう。幼稚園の遠足かなにかで連れてこられた記憶がある。

仁王門の石段が腰掛けにちょうどよく、そこに腰をおろす。メイの服装は半袖のシャツに二の腕まで覆《おお》う長い手袋《てぶくろ》、ロングのフレアスカートにお気に入りのキャップにUVカット機能のある黒縁《くろぶち》メガネ。知らなければ「ヘンな女子」なのだろうが、ぼくはもう慣れている。

メイが手袋とメガネをはずして額の汗をおさえ、ぼくもタオルで顔と首筋をふく。いくら平坦《へいたん》な道で電動アシスト自転車でも、この季節に一時間も走れば汗をかく。

「金沢はね、昔はカネサワで、金沢北条氏《かねさわほうじょうし》の本拠地《ほんきょち》だったの。称名寺の建物は江戸時代に再建されたものです」

どうせメイは学校で「歴史研究会」にでも入っている。

「名前と住所だけでは、やっぱり無理だよな。十年も前のことだし」

「お姉さまも中途半端《ちゅうとはんぱ》ですね。もう少し詳しい情報をいただけないのかしら」

メイがデイパックからステンレスポットと紙袋をとり出し、昨日と同じように、冷たいハーブティーをサービスしてくれる。

「クッキーも召《め》しあがれ？　今朝わたしが焼いたの」

「庭のハーブ入りか」

「アキオ、見ていたの」

まさか。

ぼくの膝にクッキーの紙袋を置き、今度はタブレット端末《たんまつ》をとり出して、メイがスイッチを入れる。呼び出したのは横浜新聞という地元紙のサイトで、メイはその細くて長い指で軽やかに画面を操作する。口調も表情もぼんやりした感じなのに、指の動きは啞然《あぜん》とするほど早い。

「ありましたよ、十年前の記事」

メイがタブレットの画面をさし出し、ぼくもクッキーをつまんでとなりから画面をのぞく。意図したわけではないけれど、体勢的に、肩が触《ふ》れてしまう。

アーカイブ記事の日付は十年前の九月。被害者は金沢町在住の近石美鳥二十歳。死因は絞殺《こうさつ》。遺体の発見者は母親。外部から自宅に押し入った痕跡《こんせき》はなく、犯人は顔見知りと思われる。記事では「美鳥さんは近所でも評判の美人で、明るく素直な性格。パティシエを目指して市内の調理師学校へ通っていた」と書いてある。売店のおばさんは短大生と言ったが、調理師学校も似たようなものだろう。

「顔見知り、か。犯人は捕《つか》まっているのかな」

メイが首をかしげるポーズでしばらくタブレット端末を操作し、ため息をついて、珍しく、頬《ほお》をふくらませる。

「出ていませんね。近所でも評判の美人だったのならストーカーでしょう。横浜新聞に問い合わせれば分かります」

「おれたちが問い合わせても……」

「もちろん母に頼みます。母の実家が横浜新聞の大株主なの」

皮肉のひとつも言いたいところだが、ミケの身元調べに村崎家のコネクションを利用しようと考えたのは、ぼくのほうなのだ。

「でもミケちゃんのことはついでにしましょう。十年も待ったのなら、半年や一年遅くなっても同じです」

その発言は「捜査はまず金沢町から」と矛盾《むじゅん》しないか。朝からクッキーまで焼いて、要するにメイは最初から、ぼくをサイクリングに連れ出す魂胆《こんたん》だったのか。

「あのさあ、大きなお世話だけど、おまえ、いつ勉強をするんだ」

「ちゃんと学校でやりますよ」

「学習塾《がくしゅうじゅく》とかは？」

「行きません」

「家庭教師か」

「必要ないの。わたし、ＩＱが百三十五ですから」

クッキーが咽に詰まって、ぼくは本気で咳《せ》き込み、慌ててハーブティーを飲む。今はもうメイの「嘘です」と「本当です」の区別はつくから、ＩＱ百三十五は「本当です」のほうだろう。ＩＱが百三十五もあれば、なるほど、東大ぐらい目をつぶっていても入れる。どうも頭のバランスがヘンだと思っていたが、原因は、高すぎるＩＱか。

「このデータはアキオのパソコンへも転送しますね」

メイがまた端末を操作し、それからクッキーをつまんで、思い出したように画面を切り替える。

「ミケちゃんのことはともかく、昨夜からわたし、お父さまが週刊誌に書かれた昔の記事を読んでいたの。アキオは？」

「テレビに出ていたころのことに興味はない。今も興味はないけど」

「適切で論理的で軽快な文章で、失礼ですけど、見直しましたわ」

「そのうち変態官能小説も読むといい」

「もう読みました」

「前は『嘘です』と言ったろう」

「あのあとよ。アキオのお父さまが書いた小説ぐらい、読むのが礼儀ですもの」

その小説の感想は、などと、もちろんぼくは、聞かない。

「それでね、当時の記事を読んでいたら、容疑者が二人浮かんだの」

「容疑者は勝田と菅谷という刑事だろう」

「それは実行犯。お姉さまもおっしゃっていたでしょう、背後には大物官僚がいるかも知れないと」

「そのことが親父の記事に？」

「二人の名前を特に強調されている。一人は九十四歳までワタリをつづけていた旧大蔵官僚、もう一人は文科省の局長だった女性官僚。このデータもアキオのパソコンへ転送します」

メイが肩をすくめてハーブティーを飲み、コップ代わりの蓋につぎ足して、ぼくに渡してくれる。一般的には間接キスになってしまうが、ＩＱ百三十五の女子にはどうせ別な価値観がある。

「九十四歳のワタリ屋さんは、ねえ、たしかに卑劣《ひれつ》ですけど、どこか滑稽《こっけい》な感じもあるでしょう。ですから本命は女性局長のほうだと思うの。アキオ、この坂本《さかもと》という女性官僚が絡《から》んだ冤罪《えんざい》事件は覚えている？」

「いつのこと」

「わたしたちが生まれたぐらいのとき」

「あのなあ」

「わたしも覚えていなかったから調べてみたの。かんたんに言うと坂本さんが障害者団体への便宜《べんぎ》供与《きょうよ》のために、公文書を偽造したというもの。それを大阪地検が告発・逮捕したの。でもそのあとの裁判では無罪に。理由は検察のほうが証拠を改竄《かいざん》していたから。結果的に担当検事とその上司が処分されて坂本さんは無罪放免、裏では文科省と検察庁の面子《メンツ》をかけたバトルがあったはず。坂本さんが文科省の高級官僚でなかったら、そのまま冤罪で泣き寝入りだったでしょうね」

　今でも政治家や官僚の収賄《しゅうわい》だの汚職《おしょく》だの、毎日のようにニュースでやるから聞き飽きている し、それは十数年前でも同じだろう。

「なあ、坂本という官僚も無罪になったのなら、問題はないだろう」

「そこがお父さまの才能なの。切り口の斬新さというか、発想のユニークさというか」

「今はただの、いや、それで」

「坂本さんが逮捕されたときから無罪が確定するまでに、一年半。その間当然、お仕事はしなかったわけ」

「そうだろうな」

「でも年俸は二千万円。それだけの年俸を受ける官僚が一年半もお仕事をしなかったのに、文科省の業務に支障はなかった。お父さまはその点を問題にされたの」

「つまり？」

「事件そのものではなくて、いてもいなくても業務に支障のない高級官僚に、税金から二千万円もの年俸が支払われる。その理屈《りくつ》は文科省だけではなく、ほかの省庁も同じこと。年間で何十億円という無駄なお金が高級官僚たちに、延々と支給されつづける。ですからお父さまは日本の官僚機構そのものに挑戦《ちょうせん》されていたわけね。お茶の間で人気があったのは当然です」

　今の親父からは想像もつかないが、昔はそんな気概《きがい》もあったのか。あるいはタレント学者として人気が出て調子にのったのか。たぶん後者だろう。

「坂本さんはその後事務次官にまで昇進して、退官後は大手企業へ天下り。文科省も検察庁も早く忘れたい事件なのに、お父さまは執拗《しつよう》に追及しつづける。官僚機構にとっては目の上の瘤《こぶ》、ええい、殺してしまえ」

「おいおい」

「冗談です」

「でもたしかに、社会的には、抹殺されたんだよな」

桜の古木ではニイニイ蟬が合唱をつづけ、中学生ぐらいのグループが仁王門から境内《けいだい》へ入っていく。隣接《りんせつ》した墓地にも人が出入りするのは、来月に控えた盂蘭盆《うらぼん》のせいか。

メイの言う「官僚陰謀説」は親父の主張でもあるし、能代さんの懸念《けねん》でもある。ぼく自身はいくらなんでも大げさすぎ、と思っていたが、メイの推理を聞かされると「あるいは」とも思えてくる。

「かりになあ、メイ、盗撮事件の裏に坂本という女性官僚がいたとしても、刑事たちとのつながりは証明できないだろう。能代さんも立場上、自由には動けないし」

「そこはアキオ、わたしに抜《ぬ》かりはありません」

メイが肩を寄せてきて、顎の先を上向け、目をほそめながら口の端を笑わせる。基本的には憂《うれ》いのあるうりざね顔なのに、意味不明な表情でにやっと笑われると、不気味だ。

「もうタイフ協に話をつけました」

「タイフ協?」

「退職婦人警察官協会。そこの横浜支部長が今朝、わたしの家へ見えて」

「偶然《ぐうぜん》に?」

「母に呼ばれて」

「どうせおまえがお袋さんを」

「アキオ、わたしたち以心伝心ね」

「ラブラブだものな。それで？」

「週刊誌を動かすことにしました」

「どこへ」

「警察へ」

「なんという週刊誌」

「週刊メイとアキオ」

「週刊……あのなあ、おまえの顔はギャグが分かりにくい。言うときは合図をしてくれ」

メイが顎の先で髪をゆらし、ぼくの肩をぽんと叩いてから、その指でＯＫサインをつくる。「了解」という意味なのだろうが、ギャグを言う前にいちいち「これはギャグです」と断られても、ぼくが困る。

「アキオ、今、怒ったでしょう」

「なにを」

「アキオの了解を得ずに、わたしが勝手に捜査の手配をしたこと」

「まあ、いくらか」

「ここでアキオは立ちあがり、わたしを指さしたり帽子《ぼうし》をたたきつけたりして、激《はげ》しくののしるの」

「どうして」

「おバカな学園ドラマはみんなそうだから」

「おまえ、おバカな学園ドラマも見るのか」

「高校生の恋愛心理を研究しています」

「ふーん、そう」

「アキオにののしられてね、わたしのほうも反発して、それでアキオはもっと怒って、わたしは『あなたのためにしたのに』と泣き出して、アキオの前から去っていく。そのうしろ姿が美しくて可憐《かれん》で、アキオは『言い過ぎたな』と反省する。でも反省しても手遅《ておく》れ、わたしはどんどん山門のほうへ遠ざかり、呆気《あっけ》なく姿を消してしまう」

「それから？」

「当然二人のラブラブ関係は消滅」

「そうだろうな」

「でもご心配なく。もともと深く愛し合っている二人だから、最後はアキオのほうが謝《あやま》って、わたしたちのラブラブは復活する」

「どうしておれのほうが？」

「男子が謝ることに決まっているの。それが学園ドラマのルールなの」

「ヘンなルール」

「仲直りをすることに決まっているのなら、喧嘩《けんか》をしても無意味でしょう。ですからアキオ、怒らないで」

よくは分からないが、たぶんメイのＩＱは、空回りしている。

「えーと、それで、本題は？」

「週刊誌の名前は冗談だということ」

「それぐらいは分かる」

「怒っていない？」

「夏休みは怒らないことに決めている」

「アキオ、大人ね」

「本題を」

「ですから、横浜支部長が警察に、『週刊誌が十年前の盗撮事件を調べ直している』という情報を流すの。そうやって勝田と菅谷にゆ、さ、ぶ、りをかける作戦です」

「乱暴な……」

「お姉さまの名前も、お姉さまとお父さまの関係も表には出さない。警察内にいるタイフ協に協力的な現職女性警官に監視《かんし》させれば、勝田と菅谷もボロを出します」

「そうかなあ」

「二時間ミステリーではそうなの」

「だけど、文科省の高級官僚と地方の警察官では、つながりがなさすぎる」

「調べれば関連性も見つかるはず。親戚だとか家が近所だったとか学校の先輩後輩だとか。そのあたりは母が興信所《こうしんじょ》を手配します」

「メイのお袋さん、おまえに似ていないか」

「一卵性母娘《おやこ》かと言われます」

「そんな気がした。だけどさ、タイフ協のどうとかだって、もともとは警察官だろう」

「警察の内部には派閥《はばつ》があります。派閥間の嫉妬《しっと》や確執はもうドロドロ。だから勝田や菅谷とは別派閥の警察官なら、逆に足をひっ張ろうとする」

「そんなもんかな」

「特に女性警察官は男社会の警察に、みんな不満を持っているの。最近は女性のキャリアもいるようですけど、それでも昇進《しょうしん》は不平等。内心ではひと泡吹《あわふ》かせたいと思っています」

どうせ二時間ミステリーの知識なのだろうが、そのあたりは専門家に任せるより仕方ない。勝田と菅谷だって、十年前の盗撮事件なんかすっかり過去のこと、と安心しているから、親父の小説を読みながらニヤついていたのだ。そこに「週刊誌が再調査」とかいう噂が流れたら、確実に動揺《どうよう》する。動揺した結果がどうなるのか、それは答えを見なくては分からないが、突破口にはなるだろう。問題は当事者の親父が「忘れたい」「蒸《む》し返《かえ》すな」

と言っていることで、その折り合いをどうするか。能代さんにだってメイの作戦を説明しなくてはならず、たかが夏休みの暇《ひま》つぶしだったはずなのに、いつの間にか、面倒な状《じょう》況《きょう》になっている。

「それにね、母が言うには……」

メイがキャップの庇を向こうへまわし、クッキーを口に放《ほう》り込んで、ぼくのほうへ首をかしげる。

「神奈川県警は不《ふ》祥《しょう》事《じ》つづきで、今の本部長はその改革のために送り込まれた人だそうです」

「だから？」

「刑事たちの不正が発覚しても隠《いん》蔽《ぺい》はしないだろうと」

「期待しよう」

「わたしたちの仕事はまず、被害者女子高生がグルだったことの証明です」

「わたしたちの、な」

「お姉さまも含《ふく》めましょう」

「女子高生は能代さんが探している。当時十七歳だったとすると、今は二十七歳。結婚でもして……」

二十七歳で、結婚して東京で暮らして離《り》婚《こん》だか別居だかして、今は横浜に戻って家業の古書店を継《つ》いでいる。まさか。

「ねえアキオ、お姉さまの調査ははかどらないのかしら」

「えーと、あとで、聞いてみる」

詩帆さんは今でも奇麗《きれい》だし、十年前なら酔った親父が盗撮したくなるような、タ、イ、プ、の女子高生だったろう。表情や仕草が投げやりなのは十年という時間のせいで、当時はたぶん、人目をひくような美少女だったはず。それはそうだろうが、あの事件の被害者が詩帆さんだったら、それこそ、テレビの二時間ミステリーになってしまう。

「ねえアキオ、横浜駅疑惑《ぎわく》の真相事件には作戦《て》を打ったし、あとは結果を待つだけでしょう」

「横浜駅疑惑の真相事件？」

「わたしが命名しました」

「ああ、そう」

「シーパラダイスへ行かない？」

「シーパラ、八景島《はっけいじま》か」

「電動アシスト自転車ならかんたんよ」

「おまえ、最初からそのつもりで？」

「そんなふうにジーッと見つめられると、顔が赤くなります」

どうでもいいけれど、能代さんが送ってくれた幽霊リストのうち、事件性も考えられる事故死者の「宮西架純」という女性は能見台《のうけんだい》に住んでいた。横須賀街道からは少し外れるが、ぼくのほうはそのアパートも調べておきたい。

「メイ、幽霊リストのなかに、事件性も考えられる事故死者と自殺者というのがあったろう。あれは、どういう意味だ」

「どういう意味って」

「事件性があるのなら、事故や自殺ではないだろう」

「アキオは素人《しろうと》ね」

「悪かったな」

「警察ってね、変死者が出たとき、できれば病死とか自殺で処理したがるの」

「どうして」

「捜査が面倒くさいから」

「まさか」

「本当よ。警察官もただのお役人でしょう。なるべく仕事を少なくしたいと思うのはお役人の習性です」

「だけど」

「保険金連続殺人のような例があるでしょう。犯人を捕まえてみたら、もうその前に四人か五人殺していて、その四、五人はみんな事故と病死で処理していたようなこと」

「極端《きょくたん》な例だろう」

「でも最初の事件をていねいに調べていれば、あとの人は殺されずに済んだでしょう。統計上の殺人は年間に千件ぐらいですけど、実際はその五倍といわれています」

単純には信じられないが、確かにぼくは素人でメイは専門家。保険金殺人の例は極端にしても、警察官がただの役人であることは事実で、仕事に手抜きもするだろう。それなら明らかに殺人事件の被害者である近石美鳥より、事故死か自殺で処理されてしまった柴田優麻か宮西架純のほうが、化け猫に相応《ふさわ》しい。

「事故死で処理された宮西架純という人、能見台のアパートに住んでいた。ついでだからそのアパートへまわらないか」

「階段から落ちて亡くなった方ね。でも十年も前ですから、結果はここと同じでしょう」

「そうかも知れないけど」

「わたしはシーパラダイスに賛成です」

「自分で勝手に……」

「アキオ、喧嘩をしても最後は仲直りするの。怒っても無駄よ」

メイが腰をあげ、キャップの庇をもとに戻して、タブレット端末やステンレスポットをしまい始める。ぼくのほうはケータイをとり出し、とりあえず能代さんのケータイに週刊誌云々の作戦をメールする。ケータイでのメールは苦手だが、もうメイの作戦は始まっているし、いくら冷静な能代さんでも寝耳に水では困るだろう。いつの間にかぼくの人生はすっかりメイのペース。癪《しゃく》にさわる感じもあるけれど、どうせ「怒っても無駄」なのだ。

　メールを打ち終わり、ぼくも腰をあげて、ニイニイ蟬が合唱をつづける桜並木に目をやりながら、肩で息をつく。


　いくら寂《さび》れていても一応は繁華《はんか》街《がい》だから、窓から街灯の明かりはさし込む。道の向こう側には居酒屋もあって、白い街灯の明かりに少し赤が混じる。歓呼堂の二階にある事務所はもともと照明が暗く、それがかえって気分を落ち着かせる。詩帆さんはエアコンの性能に苦情を言うが、ふだん扇風機でしのいでいるぼくには心地いい。だからってもちろん、歓呼堂に入《い》り浸《びた》って勉強はできない。

　事務所のドアがあいて詩帆さんがビールを運んでくる。テーブルには近所で調達した寿《す》司《し》折《お》りがあって、梅酒のボトルや氷も出ている。詩帆さんとはたまに外で食事をするし、ホテルも使う。ただぼくはそういうホテルに馴染《なじ》めず、外での食事も近所では居心地《いごこち》が悪い。上の階では坂寄のおじさんが寝ているわけで、考えるとこの事務所も居心地は悪いはずだが、罪の意識は麻痺《まひ》している。

　古書店の営業は八時まで。それから詩帆さんは父親に食事をさせたり風呂《ふろ》に入れたり、すべて片付くのは九時過ぎ。そんな生活を二年もつづければうんざりするだろうし、おじさんを短期介護の施設に「放り込んで」休暇もとりたくなる。ぼくとの関係も詩帆さんにとってはたんなる気晴らしでしかないことぐらい、ぼくにも分かっている。

「アキオくん、軽井沢のこと」

ソファのとなりに座り、缶ビールのプルタブをあけながら、詩帆さんが膝を寄せてくる。

「お盆前の一週間でどう？　お盆の期間中は持ち主が使うというし」

「うん、いいよ」

返事はしたものの、盆前まではあと十日ぐらい、それまでに「横浜駅疑惑の真相事件」や化け猫事件が片付くものなのか。ミケの件はともかく、盗撮事件の解明はまだ先のことだろう。そうか、一週間も家を空けるとなると、その間ミケの食事をどうする。お袋は当てにならないからアルバイトの美大生にでも頼むか。メイに頼むという方法もあるけれど、それでは一週間の空白を、どう説明する。いずれにしても軽井沢行きには資金も必要で、当分エアコンはおあずけになる。今朝は海の家あたりでアルバイトを、と思ったはずなのに、今は気力が失《う》せている。

「場所は旧軽井沢だから夜も遊べるわ」

「詩帆さん、前にも？」

「一度だけね。昔よ」

詩帆さんが缶ビールのプルタブをあけ、コップに注いで、ぼくに渡してくれる。

「アキオくん、この前、ビルを建て替える話をしたっけ」

「エアコンも古いから、とか」

「あの話ね、実現しそうなの」

「でもおじさんが、まだ」

「死ぬまで待っていたら私がお婆《ばあ》さんになってしまう。両隣も建て替えに賛成みたいだから、話をすすめてみるつもり」

両隣は花屋と寝具店《しんぐてん》で、同じように古くてせまいビル。詩帆さんの話は三軒をまとめて新しいビルに、という構想らしいが、おじさんが存命のうちに話をすすめてしまうのも強引な気はする。しかしぼくが意見を言う問題ではない。

「それで、歓呼堂は？」

「もちろん廃業《はいぎょう》、一般書店でもばたばた潰《つぶ》れるのに、古本屋なんか時代遅《じだいおく》れよ。DVDもね、昔のビニ本とか裏本とかの関係からつづけているだけで、それもどうせ廃《すた》れる。ここは一応イセザキ・モールだし、新しいビルならテナントも集まると思う」

ビニ本とか裏本とか、具体的には知らないが、たぶん猥褻《わいせつ》関係の本だろう。詩帆さんは子供のころから家業を嫌っていて、おじさんとの仲が悪いのはそのせいかも知れない。ぼくだって自分の父親が変態官能小説の大御所《おおごしょ》ですとは、ちょっと言いにくい。

詩帆さんがグラスに梅酒のロックをつくり、軽くあおって、深く息をつく。歓呼堂が廃業ならぼくのアルバイトも廃業、そしてたぶんぼくと詩帆さんの関係も、終わる。

でも、それでいいんだよな。軽井沢だって「うん」と言ってしまったから約束を守るだけで、この夏休み、メイと一緒に電動アシスト自転車を乗りまわしているほうが、どれほど楽しいか。

「詩帆さん、おれの親父のこと、話していないよね」

「亡くなられたんでしょう」

「それが、生きてる」

「離婚だったの」

「離婚は十年前。言ったら笑うだろうけど、おれの親父、遠野銀次郎なんだ」

タバコをくわえかけていた詩帆さんの手がとまり、肩が向こう側へ離れて、切れ長の目が天井の蛍光灯《けいこうとう》を暗く反射させる。仕方なく継いだ古書店でも一応は書籍販売業、ぼくも外のワゴンで親父の本を見たことはある。

詩帆さんが吹き出《ふ　だ》し、その笑いが静まってから、タバコに火をつける。

「やっぱり笑うよな」

「だって、今までなぜ言わなかったの」

「笑われるから」

「ごめんなさい。でも隠すようなことではないでしょう」

「宣伝することでもないさ」

「アキオくん、神経質だものね。気持ちは分かるけど」

ビールをひと口咽に流し、かっぱ巻きをつまんで、ぽいと口に放り込む。シーパラダイスから戻ってメイと明太子《めんたいこ》スパゲティーを食べてから、もう三時間が過ぎている。

「親父がテレビのタレント学者だったことは、知ってる？」

「たまには見ていたもの。でも、そうなの、あの遠野銀次郎がアキオくんのお父さまなの」

「親父の盗撮事件は？」

「もちろん知っているわ。もう大笑いで、いえ、ごめんなさい」

「詩帆さん、高校生だったろう」

「当時は学校中が大騒ぎ。盗撮された子ってどこの誰だとか、みんなで噂し合ったものよ。週刊誌やテレビ局も学校の周りをうろついていた。ほかの学校も同じだったらしいわ」

「けっきょく、被害者の女子高生は？」

「みんな噂だけで、どうなのかしら、そのうち騒ぎはおさまったけど。それが？」

「もしかしたら詩帆さんの知り合いか、とか」

「もしかしたら私自身が、とか？」

「そんな偶然があったら笑える」

「そんな偶然があったら有料のブログで大もうけよ」

そうだよな。盗撮事件から一年半後に親父は変態官能小説家として復活したのだから、女子高生だってインターネットに書き込みぐらいはしていたろう。その気配がないことは女子高生と警察がグルだったことの、間接的な証明になる。そしてもちろん、一瞬でも、あのときの女子高生が詩帆さんではと疑ったぼくは、発想が安易すぎる。

「だけどアキオくん、今になってなぜ、お父さまのことを？」

詩帆さんが親父や能代さんに会うことはないし、メイの作戦も、もう実行されている。

「十年前のあの盗撮事件、警察の陰謀だったかも知れないと」

「警察の陰謀？」

「その可能性が出てきた。親父は最初から、そう言ってたけど」

「具体的には？」

「親父を『嵌めてやった』とか漏らした刑事がいるらしい。盗撮事件の調書というのも消えている」

「冤罪だったわけ？」

「というより、仕組まれた陰謀に、親父がぴったり嵌まってしまった」

「よくは分からないけど」

詩帆さんがタバコの煙を長く吹き、梅酒のグラスを口に運びながら、またぼくに膝を寄せる。

「その話が本当だとすると、大スキャンダルじゃない」

「そうなんだけどさ」

「それでさっきの女子高生ね」

「その女子高生が警察とグルだった。ちょうど詩帆さんと同い年ぐらい」

「でも……」

詩帆さんの眉間《みけん》に皺《しわ》が寄り、グラスの縁がその前歯に、こつこつと打ちつけられる。

「どうかしら、あのとき女子高生が特定されていれば、私も聞いていたと思う。学校だけでも分からないの」

「調書が紛失して」

「制服は？」

「セーラー服タイプではなかった、というだけ」

「制服が分かればねえ。でも『なんちゃって制服』だった可能性もあるかな」

「なに、それ」

「制服のない学校の子が、自分の好みに合わせて勝手な制服を着るの。いつの時代にもバカはいるわ」

「まあ、そうかな」

「横浜の子ではなかったかもね。私の同級生には静岡から、一時間もかけて通学していた子がいた。フェリスなら東京からも通ってくるし」

横浜だけでも人口は三百何十万、そこに県外からの通勤者や通学者がいる。能代さんは当時の女子高生を「探し出せると思う」と言ったけれど、果たして、どうか。フェリスはセーラー服だから除外できるが、メイのセーラー服姿を想像すると、なんとなく可笑しい。

詩帆さんがタバコを消し、梅酒と氷を足して、ころんとグラスを鳴らす。

「要するにアキオくんは、遠野銀次郎の汚名を晴らしたいわけ」

「なんというか」

「あのスキャンダルを蒸し返せばまた本も売れるし」

「そうかなあ」

「遠野銀次郎もね、最近刷り部数が落ちているらしいわ」

「興味はないけど、メイが……」

「メイ？」

「えーと、ちょっとした、知り合い」

詩帆さんの眉があがり、口の端が曲がって、右手がぼくの頭にのびる。ぼくは髪の毛を掻《か》きまわされ、決まりの悪さをビールでごまかす。

「アキオくん、嘘がヘタねえ」

「べつに」

「メイという子、カノジョ？」

「そういうんじゃなくて、いろいろ」

「ヤキモチなんか焼かないわよ。それとも、焼かせたい？」

「おれは詩帆さんの旦那《だんな》さんに、焼いたことはない」

「子供のくせに大人なのよねえ。アキオくんのそういうクールなところ、好きよ」

詩帆さんの手がぼくの腰へまわり、強くひかれて、唇がぼくの唇に重なる。事務所へ来たときからこうなることは分かっていたが、それでも気持ちのどこかにわだかまりはある。

「アキオくん、汗臭《あせくさ》いわね」

「ずっと自転車に乗っていたから」

「シャワーを浴びる？」

「三階《うえ》へは行きたくない」

「それなら久しぶりに、ホテルへ」

気分にわだかまりを残したまま、ぼくは「うん」と返事をし、詩帆さんの肩を抱《だ》きよせながら、残ったビールを口へ運ぶ。

「タイフ協を動かすなんて、メイさんも乱暴なことを考えるわねえ」

「見かけより暴走するタイプだから」

「アキオくんはそういうところが好きなんでしょう」

「そんなことは、ないけど」

「あなたとは正反対ですものね。アキオくんは物事をジーッと観察するタイプだし」

「それほどでも」

「でもね、乱暴ではあるけれど、週刊誌を名目にして勝田たちに揺さぶりをかけるというのは、いいアイデアかも知れない。明日は私もそのつもりでいたから」

「明日？」

「例の女子高生、住所や氏名が分かったの」

「えーと、よかった」

「名前は谷田希代美《たにだきよみ》。当時は川崎市《かわさきし》にある星園《せいえん》学園の二年に在籍。住所は横浜市の南区《みなみく》。警察ではなくて、横浜駅に記録が残っていたの。遠野さんのようなケースではふつう、まず駅員室に連行される。遠野さんは有名人だから当時の騒動を覚えている駅員もいたわ」

「プロですね」

「たんなる仕事よ。それでね、遠野さんは菅谷ともう一人の所轄刑事に捕まって、駅員室へ連行された。そのときは女子高生も一緒。そこになぜか本部の勝田が登場して事情聴《じじようちよう》取《しゅ》を。ケータイには画像が残っていたから遠野さんも言い逃れはできず、所轄へ身柄《みがら》を移されたけれど、女子高生のほうはその場で解放されたという」

「明日というのは？」

「非番だから、南区の榎町《えのきちょう》という住所を訪ねてみる。でも身分は明かせないし、私も週刊誌の記者を名乗るつもりでいたの。かりに転居していたとしても、もう捕まえたようなものよ」

「メイも、能代さんの名前は、出さないようにすると」

「バレてしまったらそれはそれ。横浜駅では身分を明かすしかなかったし、勝田たちに気づかれる可能性はある。だから私も肚《はら》をくくったの」

「警察の内部には派閥があるでしょう」

「詳しいわねえ」

「詳しいやつが言ってました」

「メイさんね。でも、それが？」

「大きなお世話だけど、あらかじめ勝田や菅谷と反目する派閥に、働きかけてはと。そのほうがあとあと、能代さんの立場が有利になるかも知れないし」

「それもメイさんが？」

「いえ、それはぼく」

「アキオくん、けっこう策略家じゃない」

「血筋かな」

「私もね、ある程度は考えている。警察の男社会を生き抜くには保身が必要だから。それにこの事件は私個人の怨恨《えんこん》を超えて、大きなスキャンダルになる可能性もある」

「文科省の女性官僚ですか」

「あら」

「それはメイが」

「彼女、すごいわねえ」

「ＩＱが百三十五だから」

「あの顔で？　いえ、失礼」

「失礼はメイの顔です」

「とにかくね、私も坂本という元文科省事務次官には目をつけている。勝田か菅谷、可能性としては勝田のほうが大きいと思うけど、そのどちらかが坂本とつながっている気がする。もしそれが証明できれば大手柄《おおてがら》、私も本部への道がひらける」

「ぜひ本部へ」

「賭《か》けてみるのも人生ですものね。でもアキオくん、メイさんが暴走しすぎないように、しっかりあなたが、手綱《たづな》をね」

「なるべく、はい」

「女子高生の件はまた連絡する。それからアキオくんのパソコンに、勝田と菅谷の顔写真を送っておくわ。父親を罠《わな》に嵌めた人間の顔を、あなたも見ておきたいでしょう」

「えーと、はい」

「それじゃあお寝《やす》み」

「お寝みなさい」

電話を切り、居間の電気も消して自分の部屋へ戻る。能代さんは「明日」と言ったが、もう十二時を過ぎている。

本棚の上で寝ていたミケがおりてきて、ぼくの肩にのる。布団《ふとん》は敷《し》いてあるし、網戸を閉めてミドリちゃんにも「お寝み」を言い、水槽《すいそう》の照明を切る。ミケに金沢町のアパートと能見台の写真を見せるのは明日でいいだろう。

6章
負け犬の遺伝子

しばらく晴天がつづいたから、そろそろ雨になるのか。伊勢佐木町方向の空は鉛色《なまりいろ》で空気が重く、蟬も大人しい。窓枠にのったミケが毛づくろいをしているのも湿度《しつど》のせいだろう。昨日一日休養して腹も治ったらしく、今朝は猫缶を一個平らげ、さっきは階下の美大生からシュークリームをゲットしたという。居ついて幾日《いくにち》もたっていないのにもう何年もこの家に飼われているような顔をしているのだから、ミケには適応力がある。逆にそのあたりの「図々しさ」がメイの癇《かん》にさわるのかも知れないが。

ぼくのほうは今日も苦手の数学、そして今日も集中力がつづかず、ついインターネットの画面に目をやってしまう。画面はメイが転送してくれた週刊誌の過去記事で、なるほど親父は官僚利権の理不尽《りふじん》さを鋭《するど》くてユーモラスな文章で追及している。ヒステリックにののしられるのならまだしも、ユーモラスに揶揄《やゆ》されたら非難される側はかえって腹が立つだろう。紙面を多く割《さ》いているのは九十四歳のワタリ屋や文科省関係のスキャンダルだが、記事は連載らしく、薬品業界と政界・官界・学会の利権構造からパチンコ業界と警察の癒《ゆ》着《ちゃく》まで、テーマは多岐《たき》にわたっている。

面白いのは「日本の官僚誕生物語」という記事で、一般的に官僚システムの成立は明治以降とされているが、親父の見解は徳川《とくがわ》時代。関《せき》ケ原《はら》までは戦闘員だった家臣も平和時は「兵隊」としての仕事がなくなり、かといって解雇《かいこ》するわけにもいかず、徳川も他藩《たはん》も兵隊をそのまま雇いつづけた。雇っているからには名目が必要で、そこで用もない役職や仕事が量産された。幕府を例にとれば役職のある旗本《はたもと》も御家人《ごけにん》も出仕は一日置き、出仕しても仕事は居眠《いねむ》りをするぐらい。そのシステムが現在までつづいているのだから、無駄な「お役所仕事」が多いのは当たり前で、日本の官僚システムは仕事のために人員を確保するのではなく、人員のために役職や仕事を無理やりつくり出したものだという。

もちろん日本史のテストでそんな答えを書いたらバツになるだろうが、能代さんが「切り口が斬新」と言ったのも、そのあたりか。

画面をスクロールすると能代さんが送ってくれた顔写真が出てきて、左が勝田正義《まさよし》で右が萱谷貞造《ていぞう》。勝田は五十九歳で目や鼻がすべて大きい肉厚顔、萱谷のほうは五十五歳だから勝田より四歳若いが、こちらは痩《や》せ形《がた》で髪も薄くなっている。風貌《ふうぼう》や年齢からも「罠」の主犯は勝田のように思えるけれど、だからって顔に「悪人です」と書いてあるわけでもない。キャプションに「善良で真面目《まじめ》な警察官」とついていれば、そのようにも見える。

この顔写真を親父のパソコンに転送してやるか。当時の怒りがよみがえって、「よし、昔の恨みを晴らしてやるぞ」と闘志《とうし》を燃やす気になるか。まず無理だろう。能代さんが谷田希代美という女子高生の住所氏名をつきとめたのだから、真相はどうせそこから判明する。相棒の言ったとおり、「横浜駅疑惑の真相事件」はもう、結果を待つだけなのだ。

ミケが毛づくろいを終わらせ、一度背中を大きくふくらませてから、机伝いにぼくの肩へ移動する。階下でもらい食いしたシュークリームのせいか、その口が甘ったるく匂《にお》う。

「おまえなあ、今、勉強中なんだぞ」

「パソコンを見てたくせに」

「そういう勉強なんだ。どこかへ遊びにいけよ」

「だってこのご近所、下品なんだもの」

「そういう町さ」

「散歩に出てもね、見るものが何もないんだよ。ただシャッターが並んでいるだけ、人だって通らないんだから」

警察のクリーン作戦とやらが完了したのがもう十年以上も前。売春窟《ばいしゅんくつ》は一掃《いっそう》されてところどころにラーメン屋や赤ちょうちんが残っているだけ。戦前からの土地や建物の権利関係が複雑らしく、空き家への入居者はほとんどないという。だからこそお袋も格安で工房を開けたのだろうが、ぼくの家は大岡川に面しているし、物干し台に出れば山手方向の空も見渡せる。人間なんか寝て起きるだけだが猫にしてみれば半径五百メートルが全居住空間のわけで、シャッターと廃屋だらけの町では物足りないか。

「それにねえ、外へ出るとゴン太が、ちょっかい出すの」

「ゴン太？」

「このへんのボス」

「ああ、猫か」

家の周辺でも何匹か猫を見かけるが、飼い猫か野良かは分からない。一匹だけシャムが混じっているような大柄《おおがら》の猫がいるから、たぶんそれがゴン太だろう。

「ワタシね、山手でも近所づきあいはあったけど、みんな上品だったよ」

「悪かったな」

「それよりさあ、ワタシの身元、分かりそう？」

「手配はしてある。だけど自分のことなんだから、もっと協力しろよ」

昨日ケータイに撮ってきた金沢町と能見台の写真を見せたときも、ミケは無反応。相変らず「なにも思い出せない」と言うばかり。ぼく個人としては自殺とされている柴田優麻が気になるけれど、根拠も、理由もない。

「なあ、ミケ、思ったんだけどさ。おまえ、このままここで暮らしても不自由はないだろう」

「ワタシの問題もそこなんだよ。アキオに会う前は早く成仏しなくては、とか思ってたのに、なんだかね、このままでもいいような気がするの」

「おまえがよければおれは構わないぞ」

「でもねえ、猫のままでいるのも、いろいろ不自由があるんだよ」

「不自由って」

「あんただってさあ、年頃《としごろ》なんだし、エッチもしたいでしょう」

「えーと、それが？」

「ワタシが人間に戻って、ずっとそのままでいられればエッチもしてやれるけど、できないじゃない」

「そこまで考えてくれなくても」

「それにさ、アキオとメイがいちゃいちゃするのも、見ていて腹が立つんだよ」

「べつに」

「どうして人間は猫の繊細《せんさい》な気持ちを理解しないんだろうね。それを思うと悲しくなるの」

そう言われてもなあ。いくら可愛くてももともとは人間だとしても、今のミケは猫。セックスがどうとかなんて、対処のしようがないだろう。しかしミケの立場になってみれば、心境も複雑か。それが猫としての立場なのか、幽霊としての立場なのかは分からないけれど。

階段に足音がして、お袋がなにか唸《うな》りながら居間に入ってくる。階下にはトイレがないから美大生たちもお袋も、一日に何度か上へ来る。

お袋がちらっとぼくとミケに目をやり、トイレへは向かわず、ちゃぶ台の前に腰をおろす。だぶだぶの短パンにTシャツは定番のスタイルだが、なぜか髪は短くなっている。

「今日は二日酔いで調子が出ない。ひと休みするわ」

二日酔いはいつものことだから、その発言は「いつもよりひどい二日酔い」という意味だろう。ランプシェードも小品なら、デザイン図だけでアルバイトが作れるという。

「アキオ、ビールをお願い」

冷蔵庫なら自分のほうが近いのに、ちゃぶ台の前に座ったら、もうお袋は動かない。

ぼくは仕方なくミケを肩からおろし、居間を通って台所へ向かう。ビールには「なにかつまみを」と言ってくるのは分かっているので、キュウリをぶつ切りにして包丁の腹で押しつぶし、ショウガの千切りを和《あ》えて醤油《しょうゆ》をたらす。製作時間はせいぜい二分。家事や料理は重労働、とかいう主婦もいるらしいが、嘘に決まっている。

缶ビールとキュウリ和えをちゃぶ台に出し、居間の扇風機をつけてやってから自分の部屋へ戻る。お袋のほうは足を投げ出して壁に寄りかかり、頭からバンダナをはずして顔の汗をふく。

「アキオ、気づかなかったけど、その猫、いつから家《うち》にいるんだっけ」

「いつからかな。知らないうちに居ついていた」

「ちょっと図々しいわね。アルバイトの子たちは喜んでるけど」

「それならいいだろう。おれも迷惑ではないし」

ミケがごろごろと咽を鳴らし、肩をすくめるような仕草で本棚の上に避難《ひなん》する。メイと同様に、どうやらミケはお袋が苦手らしい。

「この前話した工場のこと……」

お袋がタバコに火をつけ、肩凝《かたこ》りをほぐすように首をまわして、天井に長く煙を吹く。

「上大岡《かみおおおか》に廃業《つぶ》れた電器店があってね、そこが借りられそうなの。建物も古くないし空調も完備してる。最近の若い子は暑いとか寒いとか、みんな贅沢《ぜいたく》だからねえ」

上大岡というのは京急線《けいきゅうせん》の黄金町から四つめの駅。もう郊外になるが、市街地にも出やすい。だけど母さん、ぼくだって、最近の若い子だよ。

「それで、移転は、いつ」

「不動産屋は知り合いだから契約《けいやく》はかんたん。向こうの在庫が整理されれば、こっちはいつでも移れる」

「よかった。美大生たちも夏は涼しいところで仕事をしたいものね。作業の効率もあがるさ」

「だけどあまり事業《て》を広げると、自分がランプ屋になってしまう気がしてねえ。それを思うと複雑なのよ」

木製のランプシェードだって立派な工芸品で、だからこそ人気が出たのだろうに、お袋はあくまでも彫像にこだわる。

「そうか、廃業する電器店なら……」

「アキオ、ビールをもう一本」

面倒なことではあるが、ここは素直にサービスしよう。

居間を横切って台所へ行き、冷蔵庫からお袋の缶ビールと自分の炭酸水をとり出す。

「母さんさ、その電器屋さんに、エアコンはないかな」

「そりゃエアコンぐらいあるだろうね。そういうものが売れないから廃業《つぶ》れるんだろうけど」

「格安で売ってもらえれば」

「エアコンを？」

「母さんだって階下《した》の工房にエアコンを入れれば、芸術に集中できるよ」

「私はべつに……」

「おれの勉強もはかどる。夜もぐっすり寝られて、お互い、健康にもいいよ」

お袋が新しいビールのプルタブをあけ、居間とぼくの部屋を見くらべながら、ビールを口へ運ぶ。

「あんた、エアコンがほしいわけ」

「できれば」

「最初から言えばいいのに」

言わなくても、それぐらい、息子への愛ではないか。

「そうだねえ、考えたら世間はみんなエアコンを入れてるわねえ。電器屋も在庫処分をしたいだろうから、聞いてみるわ」

「うん、ぜひ」

なんという展開。お袋も学資保険の解約を忘れていて、親父も財産を考えてくれて、電器店も都合よく廃業してくれる。この夏休みはぼくにとって、幸運のピークか。

居間と自室の境目あたりに腰をおろし、炭酸水を飲みながらお袋の様子を観察する。髪は短くなったが今度はザンギリ頭風で、二日酔いのせいか目蓋《まぶた》もたれている。そのお袋のなかに、ふと昔のスーツ姿がよみがえる。髪をセットして化粧をしてブランド品らしいハンドバッグを抱えて、背後に桜の花びらが散っているから季節は幼稚園《ようちえん》の卒園式ぐらいか。

「母さん、実は……」

意味もなく、理由もなく、十年前の事件について話してみる気になる。今が幸運のピークなら雑事は早く片付けたい。

「昔の、父さんの盗撮事件がさ、陰謀だった可能性が出てきた」

お袋がキュウリ和えを口に運び、左手で缶ビールをとりあげながら顔をしかめる。

「それが、どうかしたの?」

「べつに。ただ、またちょっと、騒ぎになるかも知れない」

親父は「忘れたい」「蒸し返すな」と言うけれど、メイの週刊誌作戦は実行されているし、能代さんも当時の女子高生を発見して、もう無風では済まされない。

「陰謀だとか嵌められたとか、あの人、最初から言ってたわよ」

「それが事実だとしたら？」

「今さらどうでもいいじゃない。私に関係ある？」

「夫婦だったことの義理はあるさ」

「夫婦なんて別れてしまえば義理も義務もなくなるの。そのための離婚なんだから」

「そういうもんかな」

「もともとね、結婚自体が間違いだったのよ。私にも打算があったし、彼にも焦《あせ》りがあった。だからお互《たが》い、落ち着くところに落ち着いただけのこと」

　またタバコをくわえ、投げ出していた足を胡坐《あぐら》に組んで、お袋がちゃぶ台に片肘をつく。

「打算」とか「焦り」とか意味は分からないが、口調にも表情にも特別な感情はない。結婚も盗撮騒動も離婚も、もうお袋のなかでは完全消化されているのだろう。それなら能代さんの存在を明かしたところで、不都合はない。

「母さん、父さんに、隠し子がいたよ」

「隠し子？」

「隠していたわけでもないらしいけどね。学生時代にできた子供だってさ」

「学生時代に……」

　お袋の口がへの字に曲がり、たれていた目蓋がもちあがって、タバコの煙が、ふっと短く吹かれる。

「どうしてあんたが？」

「父さんに聞いた」

「あんたたち、仲がいいのねえ」

「一応は親子だもの」

「でも学生時代の子供なら、もう三十歳を過ぎてるでしょう」

「そうだね」

「男？　女？」

「女の人」

「それでその隠し子が、トラブルでも？」

「まるで。だけどおれとは姉弟《きょうだい》だし、母さんはおれの母親だし、どこかで義理も出てくるさ」

「そうかしらねえ。トラブルさえもち込んでくれなければ、私はどうでもいいわ」

「興味は？」

「それこそ、興味なんかもってやる義理はないでしょう。私もそこまで暇ではないもの」

いくらなんでも、爽《さわ》やかに割り切りすぎ、という気もするけれど、お袋がよければそれでいい。能代さんもぼくには姉弟だが、お袋にとっては他人なのだ。

「その隠し子がさ、父さんの汚名を雪《そそ》ぎたがっている」

「どうして」

「盗撮犯の子供では気分が悪いんだろうね」

「神経質な人ねえ。私、そういう人には会いたくないわ」

「会わなくていいし会う必要もないさ。だけど母さん、あの盗撮事件について、なにか思い出さない？」

「なにかって」

「あの当時、父さんや母さんの周囲で、不審《おか》しかったようなこと」

「あのときはすべてが……」

お袋がタバコを消しながら胡坐の足を組みかえ、短くなった髪を何度か梳きあげる。

「オリンピックの取材でもないだろうに、マスコミが山のように押しかけてね。ひどい騒ぎだったわ。あの人は東京のホテルに隠れてしまうし、対応は私がするしかなかった。でもね、お陰で、ああ、人間はこれぐらいのことでは死なないんだなって、勉強もさせてもらったわ」

ぼくにも少しだけ、家の周りを大勢の人間にとり囲まれた情景の記憶はある。そのあとはすぐお袋の実家にあずけられたから具体的なことは知らないが、当時がどれほどの混乱だったかの想像はつく。しかし親父が東京のホテルに隠れたことは初耳で、これはいつか脅迫《きょうはく》のネタにしてやろう。

「それでさ、母さん、思い出すのはマスコミのことだけ？」

「ご近所にも迷惑になるから警察を呼んでやったわ。それでもしつこくて……」

ビールを軽くあおり、ちっと舌を鳴らしてから、お袋がまたタバコに火をつける。

「アキオねえ、不審なことって、具体的に心当たりが？」

「そういうわけではないけど、盗撮の被害者とされていた女子高生が警察官とグルだった」

「女子高生が。へーえ、そうなの」

お袋がタバコの煙を長く吹き、天井に向かって顔をしかめてから、視線をぼくに戻す。

「そういえばね、マスコミの騒動がおさまったころ、ヘンな女の子を見かけたわ」

「ヘンな女の子？」

「二十歳か、もう少し若いか。夜遅くなってから門のほうに音がして、マスコミなら水でもかけてやろうと玄関《げんかん》に出てみたら、その女の子が」

「ふーん」

「でも私の顔を見て逃げていったの。あのときはただの野次馬《やじうま》かと思ったけど、あとで考えると、ちょっとヘンだったわ」

「ちょっと、どんなふうに」

「一度は逃げ出したのにね、立ちどまって、戻ろうかと迷っていたような。でもけっきょく戻らずに代官坂通りのほうへ走っていった」

「二十歳ぐらいの、どんな」

「夜中に近い時間よ。それに十年も前だし」

「背が高いとか低いとか、髪型とか」

「覚えているはずないでしょう。あの当時そういう女の子がいたという、それだけのこと」

「その女の子は一度だけ?」

「見かけたのはね。あのあと離婚の話がまとまって、私はここへ移ってきた。あとのことは知らないわ」

　二十歳かもう少し若いというその女性は、お袋の思ったとおり、ただの野次馬だったのか。親父もタレント学者の有名人だったから、顔を見てやろうというもの好きも、たしかにいたろう。しかし夜中に近い時間に、それも一人で、わざわざ盗撮犯の見物に来るものか。状況的には能代さんが発見した谷田希代美という女子高生かも知れないが、それでは逆に、警察とグルだった希代美がなぜ山手の家に、という疑問が出てしまう。だがそれも、能代さんが二十七歳になった希代美に会えば分かることだ。

　お袋がビールを飲みほして横になり、肘枕をつきながら、ぽりぽりと尻を掻く。

「アキオ、お酒はある？」

「冷蔵庫にカップ酒が」

「それでいいわ、お願い」

まだ正午《ひる》を過ぎたばかりだというのに、今日のお袋は、もう終業を決めたらしい。このまま夕方まで眠って、夜は観音像でも彫るのだろう。

ぼくは立っていって冷蔵庫からカップ酒をとり出し、それをちゃぶ台に置いて自分の部屋へ戻る。

「このキュウリ和え、上手ねえ。どこで覚えたの」

「それぐらい、誰でも、自然に覚えるさ」

「あんたは人間嫌いみたいだから、料理人にでもなるといいわ」

「その前に大学」

「そうか、カタツムリがどうとかね。それにしても村崎さんのお嬢さんは、笑えるわねえ」

「どこが」

「あんたとは不似合いすぎるでしょう」

「まあ、そうかな」

「口出しはしたいけど、社会には目に見えない階級の壁《かべ》があるのよ。それだけは忘れないように。あの人だって……」

　左腕で肘枕をしながら、右手で箸《はし》を使ったりカップ酒を口に運んだりするのだから、お袋も器用だ。

「けっきょくは階級の壁に跳《は》ね返されたわけ。現象的には盗撮という結果になったけど、その前提には劣等感《れっとうかん》や焦りやストレスや、階級との葛藤《かっとう》があったのね。そんなことはもちろん、離婚のあとで理解できたことではあるけれど」

　分かるような、分からないような。

「あの人もねえ、高学歴で能弁で見かけもちょっと良くて、知り合ったときはもう大学の助教授。将来的にも有望に見えたし、私も自分の夢なんか、捨ててもいいと思ったものよ」

「ふーん、そう」

「知り合ったのは一般公開の心理学ゼミ。私もデザイン事務所には勤めていたけれど、将来は彫刻家にと。それで、彫刻には人間心理の探求も必要とか、生意気なことを考えていたわけね。若いときって、そういうものなのよ」

　今さら聞いても仕方ないが、お袋も二日酔いの迎《むか》え酒で、いくらか気分が朦朧《もうろう》としているのだろう。

「それにねえ、あの人、女性に優しいというか、口がうまいというか、『君のきれいな手が彫刻で荒《あ》れてしまったら、僕は一生、鑿や鉋《かんな》を恨むことになる』とか言われて、そこまで言われたら、私だってねえ」

なーんだ、のろけか。

「でもねえアキオ、人生にはやっぱり、社会の壁があるものなの。有能で高学歴ではあっても、彼はしょせん岩手の田舎者《いなかもの》。私も才能に自惚《うぬぼ》れがあっただけの、岐阜の田舎者。二人で無理をして無理をして、山手なんかにローンを組んで、世間的には順風満帆《じゅんぷうまんぱん》に見えたかも知れないけれど、精神的にはギリギリだったわけよ」

「そういうものかな」

「負け犬の遺伝子から勝ち犬は生まれない。そんな当たり前のことを学ぶために、あの人も私も、高い授業料を払ったもんだわ」

芸術家というのは、面白い考え方をする。

お袋はもう半眼《はんがん》になっていて、自分の発言をどこまで自覚しているのか。しかし趣旨《しゅし》だけは明確で、ぼくとメイのあいだにある階級の壁を忘れないように、ということだろう。お袋に言われなくてもそれぐらいのことは分かっている。メイにしてみれば夏休みの初めに港の見える丘公園で「ぼく」という面白そうな玩具《おもちゃ》を見つけて、今はちょっとはしゃいでいるだけ。そしてこの夏休みが終わればまたフェリスの制服を着て、メイは自分の階級へ戻っていく。

お袋の肘枕がくずれてカップ酒が畳にこぼれ、ぼくは着ていたTシャツを脱いでこぼれた酒をぬぐう。それから座布団を二つ折りにしてお袋の頭をのせ、洗濯機に濡《ぬ》れたTシャツを放り込む。だいぶ洗濯物もたまっているが、時間的にも天候的にも今日の洗濯は無理だろう。

　お袋の言った「十年前に見かけたヘンな女の子」の件を、能代さんに報告しようと思ったとき、勉強机の上でケータイが鳴る。

　まだ雨は降っていないが、自転車は使わず、京急線に乗って仲木戸《なかきど》という駅に出る。黄金町からは東京方面へ五つめの駅で、近くにはＪＲの東神奈川《ひがしかながわ》駅もある。「配達」がないから付近に来たことはないけれど、大昔は仲木戸に上無川という小川があって、それが神奈川県全体の地名になったという。今でもこの辺りは横浜市神奈川区だから、歴史的には由緒《ゆいしょ》のある町なのだろう。

　歴史的にはともかく、駅舎を出ると周囲はまるで場末。横浜駅側の路地を入っていくと雰囲気《ふんいき》は黄金町に似ていて、路地に面して庭のない小住宅がぎっしりと並んでいる。建物の造作《つくり》も古い二階家が多く、所どころに建具屋や酒屋が点在する。この町に来たのは柴田優麻という女性が住んでいた家があるからで、金沢町と能見台を捜査して仲木戸だけをパスしては失礼になる。

広くもない一画を徘徊《はいかい》し、「柴田」の表札が出ている二階家を見つける。構造的にはぼくの家と似ていてもちろん庭はなく、路地に面して直接化粧合板《けしょうごうはん》のドアがついている。表札が「柴田」だからまだ優麻の家族は住んでいるはず、とは思うものの、それではどうするか。金沢町の近石美鳥や能見台の宮西架純より、自殺とされている優麻のほうが「可能性が高い」と思うのは、たんなるぼくの勘《かん》で、そしてぼくは自分の勘を信じない。

柴田家の前に立って建物や周囲を見渡し、「やっぱり無駄足《むだあし》だったな」と、思わず独りごとを言う。風景が黄金町に似ていて、写真に撮ったところで二つの町が見分けられるか。モルタルだのトタン張りだのの家屋が密集しているだけで、笑えるほど黄金町に似ている。いゝ、生前のミケがこの町に住んでいたとしたら、山手から黄金町に転居してきたとき記憶の琴線《きんせん》に触れるような、なにかの感慨はあったろう。

それでも、と思い直し、ケータイをとり出して柴田家や両隣、向かいの家々、それから路地を往復して周辺の風景を写真に撮る。ミケが黄金町を「下品」と言い放ったのは、あるいは逆に、この仲木戸が記憶をかすめたからという可能性も、なくはない。

もう一度柴田家に戻り、二階の窓、表札、ドアにズームしてシャッターを切ったとき、突然、そのドアがあく。顔を見せたのはぼくより何歳《いくつ》か年上の女性で、躰を半分ほどおもてに出し、ドアに片手をかけたまま目を吊《つ》りあげてくる。ぼくのほうはケータイを構えたままだったので、その女性に向けて、思わずシャッターを切ってしまう。

「あなた、さっきから家《うち》のまえをうろついてるけど、なんの用？」

「ごめんなさい」

逃げ出そうと思えば逃げ出せたが、この町に来たのは逃げ出すためではない。

「ぼく、ＮＰＯでボランティアをしている、桐布といいます」

「ＮＰＯのボランティア？」

「家族を自殺でなくされた方々の心理ケアをしている……実は、ぼくの姉も三年前に自殺していいます。ですから、もしできれば、柴田優麻さんのご家族にお話が聞ければと」

我ながら、よくもまあ、そんなデタラメが言えるものだ。もしかしたらぼくにも変態官能小説の才能があるのかも知れない。

女の人がしばらく眉間に皺を寄せて唇を結び、それから肩の力を抜くように、首を横にふりながらため息をつく。年齢は二十歳かもう少し上、水色のワンピースを着て首が長く、頭頂にまとめた髪を赤いバレッタでとめている。もしその髪をおろせばセミロングになるはずで、ふとぼくの頭に、一瞬だけ人間に変身したミケの面影《おもかげ》がよぎる。

「失礼ですが、優麻さんの？」

「優麻は私の姉。でも十年も昔のことよ。今さら心理的なケアなんかされても、逆に迷惑だわ」

「ケアをされたいのはぼくのほうです。どういう風に気持ちの整理をしたらいいのか、ほかのご家族はどうのり越《こ》えてこられたのか、そういうことを、知りたくて」

「時間がたてば自然に……桐布くんといった？」

「はい」

「どこでこの住所を」

「ＮＰＯのデータベースで」

「高校生？」

「二年です」

「それならお姉さんは……そうね、優麻の自殺も私が中学生のとき。だから気持ちは分かるわ。せまい家だけど、入る？」

「お邪魔《じゃま》でなければ」

「いいわよ。ストーカーにも見えないしね。でもドアはあけておいて」

優麻の妹が顔をひっ込め、ぼくはドアを路地側に全開させて、その本当にせまい靴脱《くつぬ》ぎに足を入れる。上り口のすぐ横には二階への階段があり、その向こうにはもう台所が見えている。スペース的にはぼくの家の半分ぐらいだろう。

「そこに掛けて。水ぐらいしかないけど、飲む？」

「いえ、お構いなく」

「姉妹《きょうだい》に自殺されると……」

台所側にぼくから離れて腰をおろし、ワンピースの裾をととのえながら優麻の妹が肩をすくめる。年齢はちょうど自殺時の優麻と同じぐらいだから、容姿《ようし》が優麻に似ている可能性はある。

「自殺には理由があるにしても、残されたほうもつらいのよねえ。なぜその前に気づかなかったのかって」

「はい。ぼくも、悔やまれます」

「うちの父なんか口には出さないけど、今でも内心は優麻の自殺を認めていない。あのころは毎日のように警察へ行って、調べ直すようにと頼んでいたわ」

「自殺ではない、という心当たりが?」

「逆よ。自殺に対して心当たりがないの。友達の死とかボーイフレンドとの喧嘩《けんか》とか、それぐらいのことはあったらしい。でも遺書はなかったし、特別に変わった様子も見えなかった。もっとも私は中学生で優麻のほうは専門学校。歳が離れているせいで、気づかなかったのかも知れないけど」

「自殺の具体的な様子は」

「投身よ、三浦半島で」

「はあ?　三浦半島?」

「それが、なにか」

「偶然ですけど、ぼくの姉も三浦半島でした」

「不思議な偶然ねえ。でも考えることは同じなのかな。私も自殺するとしたら首なんかつらないと思うし」

メイに言わせるとぼくとお袋も三浦半島で身を投げたそうだから、人間の考えることは、同じか。

「お姉さんは横浜屋のストロベリータルトとか、赤レンガ倉庫のバシャミチアイスが好きでしたか」

優麻の妹が眉をあげ、怪訝そうに、顎がしゃくられる。

「ごめんなさい。ぼくの姉が好きだったものだから」

「女の子は誰でもスィーツは好きよ。でもね、うちはご覧のとおりの経済状態、優麻も横浜屋までの贅沢はしなかったと思うけど」

そうはいっても当時の妹は中学生、優麻のほうは二十歳だから妹に内緒で贅沢をしていたかも知れない。ミケは焼きそばやアイスクリームが好きで下品な町が嫌いで、しかしほかに、どんな嗜好《しこう》がある。この場面で「お姉さんの容姿は」と聞くのは、いくらなんでも失礼だろう。妹の写真は撮ったからそれをミケに見せれば何かを思い出す可能性もある。あるいはミケを人間に変身させてぼくが写真と見くらべれば、見当もつくか。

「桐布くん、あなたのお姉さんは、なんで自殺を」

「受験ノイローゼと言われました。それが納得できなくて」

「残されたほうはみんな納得できないのよ。思いつくことがあったとしてもあとになってから。優麻だってちょっとした失恋とか将来への不安とか、いくつかの要素が重なっただけかも知れない。誰にだってなんとなく生きているのがイヤになるようなこと、あるものね」

「そうですね」

「あれからもう十年。いつの間にかあのときの優麻より、年上になってしまった」

「そうですか」

「来年は大学を卒業して就職も決まっているの。これからは父にも楽をさせてやれるわ」

話のなかに母親が出てこないのは、柴田家にも何かの事情があるのだろう。

「だからね、最初にも言ったけど、時間がたてば自然に気持ちの整理はつくものなの。完全には忘れないし、無理に忘れようとする必要もないの。肝心《かんじん》なのは自分を責めすぎないことだと思う」

「はい。そのお話を聞けただけでも、伺《うかが》った甲斐《かい》がありました」

自分で思っているより、ぼくはずっと無神経で、欺瞞《ぎまん》的《てき》だ。そうはいってもこれ以上デタラメを並べるのは、さすがに、心が痛い。

「突然お邪魔をして、失礼しました」

腰をあげ、路地側へ出てから、ドアのノブに手をかけようとして、ふと思い出す。

「さっき、お姉さんは、専門学校へ通っていたと」

「調理師学校よ」

「市内の？」

「もちろん。横浜はレストランが多いから、就職にも有利という理由で」

「もしかしてその調理師学校に、近石美鳥という女性は？」

優麻の妹が口を開きかけ、膝立ちになって、そのまま何秒かぼくの顔を見つめる。

「いたわよ。はっきり覚えている。優麻と仲がよくてこの家にも遊びに来たことがある。でもそのことを、なぜ桐布くんが？」


思っていたとおり雨になって、窓からみなとみらいの観覧車がかすんで見える。店は桜木町駅に近いビルの四階で港方向に窓が開け、そこにカウンターが並んでいる。六時を過ぎたばかりなのに窓の外が夜景に見えるのは、雨のせいだろう。

横長の店内に客は半分ほど。入っていくと能代さんはもう席についていて、そしてとなりにはなぜか、茶系の夏背広を着た男の人が座っている。一昨日《おととい》はぼくが勝手にメイを同《どう》伴《はん》したから文句は言えないが、能代さん一人と思っていたので、少し戸惑《とまど》う。店も焼き鳥バー風のしゃれた雰囲気だし、七分丈のワークパンツにデイパックのぼくでは浮いてしまう。

「お待たせしました」

「私たちも今来たところよ。アキオくん、こちらは前にも話したことがある、県警本部の真《ま》岡《おか》さん」

真岡という人が「やあ」というように口を開き、珍しそうにぼくの顔を眺めながら、縁無しのメガネを押しあげる。痩せ形で歳は三十五、六。細めのネクタイをきっちり結び、髪は無造作に分けている。

ぼくはおろしたデイパックを足元に置き、能代さんのとなりに腰を掛ける。

「彼ね、こう見えても警視正《けいしせい》なのよ」

「えーと、はい」

よくは分からないが、警部の上が警視で、そこに「正」がついているのなら相当の階級か。歳も能代さんより上で階級的にも上司、しかし「彼」というぐらいだから私生活ではカレシなのだろう。一昨日はぼくがメイを紹介したので、能代さんもカレシを紹介する気になったのか。なんだか神経質そうで生真面目《きまじめ》な感じの人ではあるけれど、姉のカレシとしてはチャランポランな人間より、真面目な人がいいに決まっている。

「アキオくん、生ビールを飲む？」

能代さん一人ならともかく、警視正が一緒では憚《はばか》られる。

メニューに「横浜サイダー」があったのでそれを注文し、能代さんは焼き鳥のお任せセットを注文する。能代さんと真岡さんの前にはすでに生ビールのグラスと塩茹《しおゆ》での落花生《らっかせい》が置かれている。

「電話でも話したけど……」

能代さんが落花生の殻をはずして口に入れ、指先をおしぼりでぬぐう。

「念のために調べ直してはみたのよ。でもやはり、谷田という家は見つからなかった」

昼間の電話で聞いたのは、被害者とされている谷田希代美という女子高生は偽名《ぎめい》らしいということ。横浜駅で記録された南区榎町の住所に谷田という家はなく、周辺の住民に聞き込みをしても、十年前からそんな家はなかったという。

「それにね、彼女が在籍《ざいせき》していたとされる川崎の星園学園は、制服がセーラー服タイプなの。学校も名前も住所もすべてが偽物、勝田たちもずいぶん込み入った細工をしたものだわ」

昨日は横浜駅で女子高生の住所氏名をつきとめ、「もう捕まえたようなもの」だったはずが、一転して振り出し。能代さんの化粧が少し剝《は》げているように見えるのも、落胆《らくたん》のせいだろう。

「しかしまあ、ものは考えようだよ。これで勝田たちの謀略《ぼうりゃく》が、決定的になったわけだから」

真岡さんがグラスを口に運び、右の目尻をゆがめて、ほっと息をつく。あまり迫力の感じられない口調で、警視正というのがどれほど偉いのかは知らないが、この人、頼りになるのか。

「それはそうだけど、勝田や菅谷を拷問《ごうもん》にかけるわけにはいかないでしょう」

「方法は見つかるさ。谷田という女子高生の姓名《なまえ》も、勝田と菅谷から一字ずつ採《と》ったものかも知れない。そこまで周到《しゅうとう》ならその女子高生は、二人のどちらかと親密だったと思える」

「もしかしたら、どちらかの娘か何かだったと？」

「その可能性もあるだろう。あれだけの謀略に気心の知れない人間は使わなかったはずだよ」

「せめて顔写真だけでも残っていれば」

「勝田と菅谷の家族構成は、明日にでも調べてみるが」

サイダーが来て、口をつけ、差し出がましいとは思いながら、一応言ってみる。

「盗撮に使った親父のケータイは、没収されたまま、返却《へんきゃく》されていないそうです」

能代さんと真岡さんの視線がぼくに向けられ、能代さんのほうが、頬の髪を指先で梳きあげる。

「ケータイか。そうね、事件の証拠物件だから、通常なら所轄の証拠保管室に収蔵されているはずよね」

「でも、親父が顔まで撮ったかどうかは」

「遠野さんのように緻密《ちみつ》な人は、あとでスカートのなかと顔を見くらべられるように、記録したかも知れないわ」

「どうかなあ、酔っていたというし」

「いずれにしても証拠保管室は調べられるよ。ただ、調書を廃棄したぐらいに用心している二人なら、ケータイも、たぶん」

「処分している可能性が大きいわね。でも人間には油断もある。こちらとしては連中の油断に期待しましょう」

親父が盗撮事件のとき、女子高生の顔写真まで撮ったかどうか。事件の前にも何度か見かけた、と言っているから、あるいはそのときにでも撮っているか。そのことはあとで確認するとしても、ケータイ自体が処分されていれば意味がない。

「それからね、アキオくん」

能代さんがビールを飲みほし、真岡さんに目で合図をして、二人分のビールを追加させる。どうやら二人の力関係は能代さんのほうが上らしい。いいことだ。

「メイさんの週刊誌作戦、もう県警本部でも噂になっているそうよ」

「そうですか」

「ただねえ、あまり無茶をすると、かえって勝田と菅谷を用心させてしまうかも。そのあたりの駆《か》け引《ひ》きは難しいのよ」

追加のビールが来て、真岡さんが口をつけ、能代さんの向こうからぼくのほうに眉をひそめる。

「私も突然だったので、少し驚いたんだけどね。村崎家のお嬢さんを関《かか》わらせるのは、政治的に、まずい気がする」

言っている意味は分かる気がするし、真岡さんと能代さんの立場も分かる。しかしあれだけ張り切ってしまったメイを、どうやって抑《おさ》える。

「大人の社会には、特に警察のような組織には、いわゆる根回しが必要なんだよ。たんに勝田と菅谷の犯罪を暴《あば》けばいいかというと、そういうわけにもいかない」

「そうでしょうね」

「事件としては神奈川県警全体のスキャンダル。遠野銀次郎は有名人だから、またテレビも騒ぐ。その影響まで見極めておく必要があるんだ」

それぐらいのことは高校生のぼくにだって、理解できる。だからこそ親父も「蒸し返すな」と言うわけで、しかし現実にはもう、蒸し返した鍋《なべ》が沸騰《ふっとう》しかかっている。すべては十年前、酔っていたとはいえ、親父が盗撮を自制すれば済んだことなのだ。そうはいっても勝田と菅谷がここまで周到に計画していたのなら、別のどこかで、やはり罠に嵌まったか。

「ですからね、アキオくん、昨夜も電話で言ったけど、メイさんの手綱はあなたが、しっかりとね」

「はい。言い聞かせます」

返事はしてみたものの、なにをどう、言い聞かせるのだ。能代さんも真岡さんもメイの手強さを知らないから、勝手なことを言う。

大皿に焼き鳥のお任せセットが来て、とりあえず会議は中断。しばらく小皿や箸がカウンターの上でやりとりされる。能代さんと真岡さんの仕草や雰囲気は、たんなる恋愛関係というより、結婚の約束ぐらいはしている感じに見える。

「それにね、アキオくん、メイさんが推理した文科省の元事務次官のこと。あれは以前から私たちも調べているの。でもなかなか、証拠が出てこない」

メイは坂本という元女性官僚に関して、勝田か菅谷とどこかでつながっているはず、と推理した。能代さんや真岡さんは捜査のプロ、たんなる二時間ミステリーファンより詳しいに決まっている。

「この件についてもなあ、アキオくん、君のカノジョには深入りさせないでくれ。実は東京地検に大学時代の同期がいて、それとなく耳打ちをしてある。東京と大阪で管掌は違うが、同じ検察同士。前回文科省に煮え湯《にゆ》を飲まされたからリベンジもしたいだろう。そんなところに村崎家の名前でも出てきたら、非常に具合が悪い」

「はい、言い聞かせます」

「いずれにしても、十年前の女子高生を、なんとか押さえたい。当時君のお母さんが山手の家で見かけた若い女性というのも、その女子高生だった可能性が高い。見つけ出しさえすれば、必ず自供がとれる。そのあとで本部長に、私から事情を報告するつもりだ」

県警本部長はメイのお袋さんとも懇意。県警改革のために赴任《ふにん》してきた人だというから、証拠がそろえば勝田と菅谷を処分してくれるか。しかしその処分が警察内部での秘密処分か、公《おおやけ》にしての処分かは分からない。能代さんと真岡さんにしたってここで対応を間違えば、警察官人生に影響がでる。事件の当事者は親父ではあるけれど、すでに問題は二人の手に移っている。そして当然ながら、ぼくとメイは、探偵ごっこをやめるべき。「言い聞かせて」どこまで聞いてくれるかは知らないが、とにかく今度会ったとき、「お願い」だけはしてみよう。

盗撮事件の始末は能代さんたちに任せるとして、もうひとつ残っているのはミケの件だ。夏休みの高校生としてはこちらのほうが大事件で、これをどうするか。能代さんだって「メイの夢枕に」なんていうお伽噺《とぎばなし》は信じていないだろうが、真岡さんはどうせ、もっと信じない。しかし自殺した柴田優麻と金沢の自宅で殺害された近石美鳥が、同じ調理師学校に通っていてしかも仲がよかったという事実を、たんなる偶然で済ませられるのか。美鳥が殺害されたのは十年前の九月、優麻の自殺はその二カ月後。優麻の妹は金沢町の事件で「たしかに姉は落ち込んでいた」と言ったが、それが自殺の理由になったとは思えない、とも証言した。「たぶん複数の理由が重なって、心が不安定になっていたのだろう」と。ぼくが美鳥の存在を知っているのは「たまたま美鳥の母親が同じＮＰＯにいたので」と言い逃れてきたけれど、二人のどちらかがミケの幽霊である可能性が、あるのかどうか。かりにミケの件とは無関係だったとして、それでも柴田優麻は自殺ではなく、他殺だった可能性が、あるのかどうか。

柴田優麻と近石美鳥が同じ調理師学校に通っていた事実を、能代さんに報告するべきか。盗撮事件が山場を迎えようとしているときに、「実はうちに化け猫がいて」とは、いくらなんでも、非常識か。そういえば金沢町の家をひき払った美鳥の家族は、どうなったのか。美鳥の殺害犯は捕まっているのか。メイは横浜新聞に問い合わせて、とか言っていたが、あまり気合いが入っていなかったから、あるいは、忘れているか。

いずれにしても、幽霊の身元調べなんかをプロの警察官に頼むのは、失礼だよな。ミケも黄金町の家で居心地がよさそうだし、夏休みも始まったばかりだし、放っておいても、そのうち、なんとかなるか。

能代さんと真岡さんがドリンクを冷酒にかえ、ぼくのほうは横浜サイダーを飲みほす。邪魔にされている感じはなくても、アダルトな店で二人の大人が相手では居心地が悪い。能代さんがぼくを呼び出した理由も真岡さんを紹介するためだけではなく、ぼくとメイに「もう事件には関わるな」と釘《くぎ》を刺《さ》す意味があったのだろう。じゅうぶん釘は刺されたし、メイにも「言い聞かせます」と約束したし、焼き鳥を平らげたら、今夜は早めに退散しよう。

「そうだ、忘れないうちに……」

能代さんが膝の上でショルダーバッグを開き、水色の封筒をとり出してぼくに渡す。

「コピーだけど、ＤＮＡの鑑定書よ。警察の鑑識《かんしき》を使うわけにはいかないから、民間の鑑定会社に頼んだの」

内容なんか見なくても分かっているが、一応うけとってデイパックのサイドポケットに収める。

そうか、そういえば今日一日、メイからのテレパシーがなかったな。天気のせいで電動アシスト自転車の調子でも悪かったのか。家へ帰ってシャワーでも浴びたら、ぼくのほうからしっかり、メールで釘を刺してやろう。

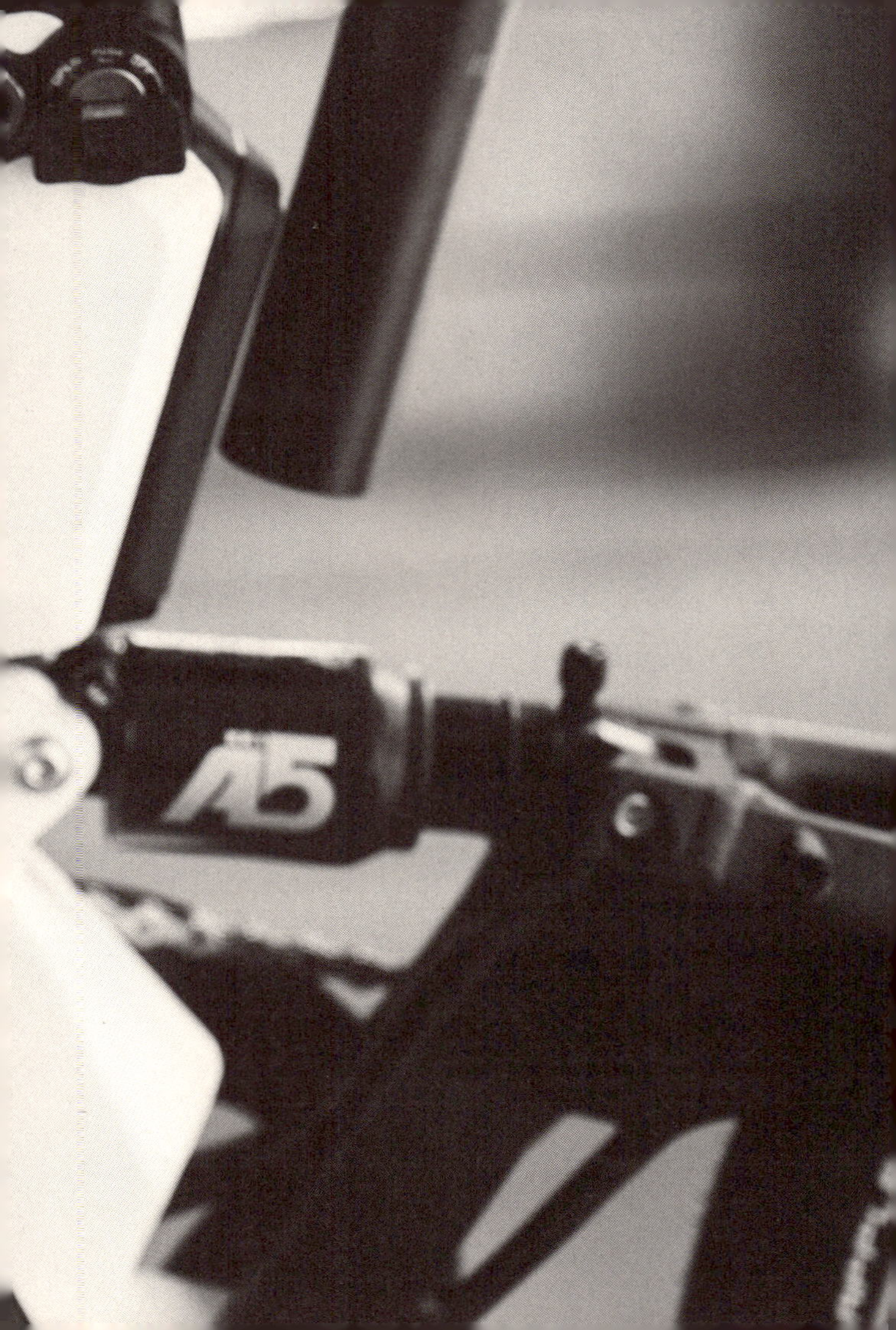

7章
幽霊の正体

二日間の雨で溜《た》まった洗濯物《せんたくもの》を片付け、それからフレンチトーストと目玉焼きで自分とミケの朝飯を済ませて、今はアブラ蟬《ぜみ》の声を聞きながら机に向かっている。まだ十時だというのに気温は三十度以上、街路から露《つゆ》が消えていないせいか、窓からの風にも湿度《しつど》が感じられる。家内《いえうち》にミケの気配はなく、階下からは鉋《かんな》や鑢《やすり》の機械音が聞こえてくる。ランプシェード工場新設の話はすすんでいるらしいけれど、エアコンの件は不調。廃業《はいぎょう》した電器店にエアコンの在庫はなかったという。あまりにも話がうますぎたよな、と思う反面、この夏も扇風機《せんぷうき》だけかと考えるとうんざりする。

ぼくが眺《なが》めているのはパソコンの画面で、それはメイが送ってくれた「近石美鳥事件」に関する経過と概要。三日前に能代さんと真岡さんに会ったあと、メイのパソコンに「釘」を送信した。以降の二日間応答がなく、返信が来たのはやっと一時間前。予想したとおり横浜新聞への問い合わせを忘れていたのだろう。

返信の内容は称名寺の仁王門で見たものとたいして変わっていないが、補足《ほそく》されているのは美鳥の父親が事件の二年前に、すでに死亡していたこと。母親は看護師《かんごし》で夜勤明けだったため、遺体の発見が翌朝になってしまったこと。犯人はまだ捕《つか》まっておらず、母親は実家のある熊谷市《くまがやし》へ戻《もど》っていること。熊谷市というのが分からなかったので検索《けんさく》してみたら、埼玉県の北部にある地方都市らしい。そういえば何年か前、日本での最高気温を記録したとかいうのが、熊谷だったか。可笑《おか》しいのは母親の住所が熊谷市桜木町となっていることで、これは横浜の桜木町と同じ。もっとも熊谷のほうはサクラギマチと読む可能性もある。

　埼玉県のずっと北なんて、ずいぶん遠いが、どうしたものか。ミケに柴田優麻の妹や仲木戸の写真を見せても相変らず、「なにも思い出せない」と言うばかり。美鳥の母親に連《れん》絡《らく》をして、娘の顔写真でも送ってもらうか。それとも久しぶりの晴天だから、散歩がてらに遠出をしてみるか。どうせ東京を経由するわけだし、行きか帰りに親父《おやじ》のところへ寄れば学費の確認もできる。一瞬《いっしゅん》「メイも誘《さそ》って」と思いかけたが、親父にメイを会わせると話が面倒になる。近石良子《よしこ》という美鳥の母親にも熊谷まで出かけて会えなければ意味はなく、いずれにしてもアポイントが必要だ。優麻の妹にも会ってしまえば口からデタラメが出たから、美鳥の母親のほうも、なんとかなるだろう。不本意ではあるけれど、どうせぼくには変態官能小説の才能がある。

　埼玉県なんて東京都をはさんだ向こう側、と思っていたが、黄金町から熊谷へ着くまでには京急線と東海道線《とうかいどうせん》と高崎線《たかさきせん》を乗り継いで、なんと三時間。東京駅から新幹線もあったけれど、貧乏《びんぼう》な高校生は乗らない。時間は三時を過ぎて暑さもピークらしく、コンクリートの熱気が埃《ほこり》と一緒《いっしょ》に押し寄せる。横浜より二、三度気温が高く感じられるのは海がないせいか。熊谷へ来てから気づいたのはここに秩父鉄道《ちちぶてつどう》が通っていることで、その鉄道で長瀞《ながとろ》や奥秩父《おくちちぶ》まで行けるらしい。長瀞へは小学校の遠足で行ったことがある。

ＪＲの駅を南口に出て荒川《あらかわ》方向に歩くとそこがもう桜木町。暑さがピークで時間が中途半端《ちゅうとはんぱ》で、それに夏休みだから下校する小・中学生さえ通らない。ニイニイ蟬だけがやかましく、デイパックを背負ったぼくの背中に汗が流れる。

閑散《かんさん》とした住宅街のなかに『メゾン荒川』という四階建てのマンションを見つける。模造《もぞう》タイル張りのしゃれた建物で、玄関の左右には駐輪場と駐車場が完備している。

ガラスのスイングドアから建物内へ入るとすぐに郵便受けスペース、その裏側にエレベータがあって、四階へあがる。美鳥の母親、近石良子が住んでいるのは４０３号室で、深呼吸をしてからインターホンのボタンを押す。すぐに応答があり、待つまでもなくドアがあく。

「桐布くんね。わざわざ横浜から来てくれて、ありがとう」

顔を出した母親は六十歳ぐらい。小柄《こがら》で痩《や》せているが貧弱《ひんじゃく》な感じはなく、半分以上白くなった髪《かみ》をおかっぱ風にカットしている。電話では「ナイトシフトで六時には出勤する」と言われたけれど、そこまでの手間はとらないだろう。今日の名目もＮＰＯのボランティアだが、母親のほうから「ありがとう」と言われると、罪の意識を感じる。

通されたのは広めのダイニングルームで、廊下《ろうか》の途中にもうひとつドアがあったから寝室部分は別になっているらしい。エアコンがきいてコーヒーの匂《にお》いがただよい、ベランダにはミニトマトのプランターが置かれている。

ぼくにアジアンテイストの座卓《ざたく》をすすめ、母親がキッチンから受け皿つきのカップを運んでくる。皿にはスプーンと二個の角砂糖《かくざとう》がのせてある。

「お忙《いそが》しいところを申し訳ありません」

「いいのよ。横浜からと言われたときは少し驚《おどろ》いたけど、私も懐《なつ》かしかったから」

「事情を知らなかったので、初めは金沢町のお宅へ伺《うかが》いました」

「あの家で暮らすのは、さすがにねえ。主人もいないし美鳥もあんなことに……それで、こちらにね」

事故や病死ならともかく、夜勤明けに帰宅したらそこに娘の遺体。それも他殺では、たしかに、金沢町の家で暮らすのは辛《つら》かったか。まだ現役《げんえき》の看護師で動作に衰《おとろ》えも見られず、精神的にも気丈《きじょう》さが感じられる。

「私もこういう仕事ですからねえ、人の死には何度も立ち会ったけれど」

母親が小皺《こじわ》に囲まれた目をほそめ、首を横にふりながら、自分のマグカップに手をのばす。

「桐布くん、コーヒーをどうぞ。それともアイスコーヒーにする?」

「いえ、いただきます」

「あなたのお姉さまは自殺だったのよね」

「受験ノイローゼ……」

言いかけ、自分の愚《おろ》かさと安易さに、突然《とつぜん》、嫌悪《けんお》を感じる。三時間もかけてぼくはわざわざ、熊谷までデタラメを並べに来たのか。いくら変態官能小説家の息子でも、状況《じょうきょう》によっては誠意が必要なときもある。

「近石さん、嘘《うそ》をついていました。ごめんなさい」

「嘘を？」

「姉の自殺も、NPOもボランティアも、嘘でした」

「でも……」

母親の目が大きく見開かれ、座卓の前から、躰《からだ》が一メートルほど離《はな》れる。まさか強姦魔《ごうかんま》とは思わないだろうが、世の中には悪趣味《あくしゅみ》な人間もいる。

ぼくはパンツの尻《しり》ポケットから学生証をとり出し、座卓に置いて、母親に示す。

「横浜から来たことも高校生であることも事実です。そしてたぶん、精神に異常もありません」

「わざわざ、だって」

母親が一分ほど学生証を凝視《ぎょうし》し、おかっぱの髪をふり払うように、その学生証をぼくの前に押し返す。

「いったい、どういうことなの？」

「ぼくの家に幽霊《ゆうれい》が出ます」

「あなた、いえ、これ以上悪ふざけをすると、警察を呼ぶわよ」

「ぼくの姉は警察官です。もちろん、横浜の」

「桐布くんねえ。突然電話をしてきて、突然あらわれて。私は美鳥に関係があると思ったから」

「ぼくの家に出る幽霊が美鳥さんかどうか、そのことを、確かめに来ました」

「幽霊が美鳥……」

一度押し返した学生証を、母親がまた凝視し、ぼくの顔と学生証を何度か見くらべる。いくら気丈で現役の看護師だったとしても、幽霊の話は、さすがに無理だったか。しかし化け猫はもっと無理だろう。

母親が肩で大きく息をつき、マグカップをとりあげて、ぼくの顔に視線を向けたままコーヒーをすする。

「確かにね、精神科関係には私も経験がありますよ。だからあなたが病気でないことは分かる。でも話は、まるで分からない」

「実は、ぼくにも、分かりません」

母親のショックが治まったようなので、ぼくはカップに角砂糖を入れ、自分の気分を落ち着かせるためにコーヒーを飲む。

「その幽霊は二十歳ぐらいの女性で、自分が死んだ理由も、名前も、なにも覚えていません。それが分からないと成仏《じょうぶつ》できないから、ぼくに調べてくれと」

母親が口を開きかけたが、言葉は出さず、表情で先をうながす。

「分かっているのは、その死が十年前の八月から十二月までのあいだらしいこと。ぼくの姉が警察官なので、該当《がいとう》する女性をリストにしてもらいました。候補は三人いましたが、そのなかに美鳥さんが」

「美鳥の事件があったのは、確かに」

「近石さん、柴田優麻という女性を知っていますか」

「柴田……」

「美鳥さんと同じ調理師学校へ通っていて、そしてやはり十年前の十一月に亡くなっています」

「美鳥と同じ調理師学校に」

「美鳥さんと優麻さんは仲がよかったそうです。美鳥さんは仲木戸にある優麻さんの家にも、遊びに行っていたと聞きました」

「あのころ金沢の家にもお友達が。でも、仕事が忙《いそが》しくてねえ。名前までは覚えていないけれど」

「奇妙《きみよう》に聞こえるでしょうが、幽霊を成仏させるために、身元を調べています」

「それでわざわざ、横浜から」

どこまでぼくの話が信じられるのか、母親も頭のなかで検証しているのだろうが、少なくともぼくの精神が破綻《はたん》していないことだけは認めてくれたらしい。

「それで桐布くんは、その幽霊が美鳥か柴田優麻さんではないかと？」

「はい。美鳥さんの写真を見せていただければ」

「本当に奇妙なお話。信じろと言われても、誰《だれ》も信じないでしょうね」

メイだけは喜んで信じたが、それを母親に言っても意味はない。

「私もあなたの話を信じたわけではありませんよ。でも桐布くんに悪意がないことぐらいは分かるわ。なにしろ看護師というのは、不特定多数の、多くの人に接する仕事ですから」

母親がため息をつくようにうなずき、マグカップを置いて腰《こし》をあげる。それからドアのついている別の部屋へ歩いていき、二、三分で戻ってくる。手には大判の白いアルバムを持っているが、その母親のあとから茶っぽいむくむくした感じの猫が顔を出す。このマンションはペットの飼育が可能らしい。

母親が「あらあら」とか言いながら猫をとなりの部屋へ戻し、元の場所に腰をおろす。母親も猫好きらしいけれど、化け猫の趣味まではないだろう。

「今は写真もデジタルになって、あまり残っていませんけどね」

渡されたアルバムはせいぜい十ページ。開いてみると小・中学校の入学式や卒業式のものがほとんどで、スナップはほんの何枚か。最後は成人式の記念に撮《と》ったものらしく、母親と若い女性が正装で写っている。もちろんそれが美鳥なのだろうが、振袖《ふりそで》で髪をアップしているから、セミロングで半袖《はんそで》シャツの幽霊とはイメージが重ならない。顔自体は似ているような気もするし、しかしそれなら優麻の妹も雰囲気《ふんいき》は似ている。

「どうかしら。なにか感じる？」

「なにしろ幽霊ですから、ぼんやりしていて。このアルバムを写真に撮っても？」

母親がうなずき、ぼくはケータイをとり出して、アルバムのすべてのページを写真におさめる。ミケが美鳥なら入学式や卒業式の写真で記憶がよみがえるかも知れない。

アルバムを母親に返し、けっきょく今日はこのためだけに三時間も電車に乗ってきたのかと、自分に呆《あき》れる。

「美鳥さんの、ケータイなんかは？」

「なくなっていましたよ。警察では犯人が処分したんだろうと。せめてボイスレコーダーだけでも残っていれば、今でも声が聞けたでしょうにねえ」

「ボイスレコーダー？」

「調理師学校の授業を録音したり、日記代わりに使ったり、私の声を録音して悪戯《いたずら》をしたり。そういうところは要領のいい子でしたよ」

美鳥の声が残っていれば幽霊の声と比較《ひかく》もできたろうが、ケータイを処分した犯人は当然、ボイスレコーダーも処分しているだろう。

「美鳥さんはケーキなんか、たとえば横浜屋のストロベリータルトや、赤レンガ倉庫のバシャミチアイスを」

膝《ひざ》の上でアルバムを開いていた母親が、ふと顔をあげ、小皺に囲まれた目を大きく見開く。

「もちろん両方とも大好きでしたよ。美鳥がパティシエを目指したのも、もともと自分がスィーツ好きだったからなの」

「そうですか」

「私もねえ、本当は四年制の大学に……」

アルバムを膝から座卓に置き替え、過ぎていった時間を懐《なつ》かしむように、母親がゆっくりとページをめくり始める。美鳥はもともとスィーツ好きで、横浜屋のストロベリータルトと赤レンガ倉庫のバシャミチアイスが大好き。これはかなりの確度で、ミケの身元に近づいたか。

「でも桐布くん、なぜスィーツのことを?」

「幽霊も大好きだと」

「不思議な幽霊ねえ。あら、なんだか、あなたの話を信じてきたみたい」

「美鳥さんの趣味とか特徴《とくちょう》とかは？」

「幽霊と話し合うわけ」

「あいつは、いえ、はい」

「その幽霊とは仲良し？」

「ですからこうやって、時間もかけています」

「まだ納得はできないけれど……」

母親がおかっぱの髪を両手で梳《す》きあげ、少し身をのり出して座卓に片肘《かたひじ》をかける。

「いいわ。信じてはいないけれど、信じたい気持ちはある。なんだかあなたが、美鳥のお友達のような気がしますよ」

「はい」

「美鳥は遅《おそ》くなってからできた子供なので、主人も私も、甘やかしすぎてね。ですから少し我儘《わがまま》な部分はありましたけど、でも活発で頭もよくて、言ってはナンですけど、本当にいい娘でしたよ」

「当時の新聞にも『近所でも評判の美人』と書いてありました」

「そこまでは大げさでしょうけど、でも、ね、親の私から見ても可愛《かわい》い子でしたよ。四年制の大学へやりたかったのに、主人が亡くなっていることもあって、本人が、調理師学校へと」

「ひとつ腑《ふ》に落ちないのは……」

事件のことを思い出させるのも酷《こく》な気はするが、ミケの身元を特定するためには仕方ない。

「事件から十年もたっているのに、なぜ犯人が捕まらないのでしょう」

「それはこちらが聞きたいわ。今でも担当の刑事さんに問い合わせるし、あちらから連絡してくれることも。でも捜査《そうさ》自体が行き詰っているらしくてね。当初はストーカーの犯行だろうから、犯人はすぐ捕まると思っていたのに」

「ストーカーでは、なかった？」

「それはもう、警察がちゃんと調べてくれましたよ。社交的な子だったので、一方的な思い込みをする男もいたろうと。確かに何人か候補はいて、そういう人たちを徹底的《てっていてき》に調べてくれました。でもみんなアリバイがあったり、証拠《しょうこ》がなかったりね。美鳥が殺されるほど誰かに恨《うら》まれていたようなことも、まるでなかったのよ」

それなら強盗《ごうとう》が居直《いなお》って、とも考えられるが、十年前の新聞には「外部から自宅に押し入った痕跡《こんせき》はなく」と書いてあった気がする。ただ金沢町は黄金町と違って治安がいいから、美鳥も窓をあけて寝ていた可能性はある。

「戸締《とじま》りなんかは……」

「桐布くん、女の二人暮らしですよ。それはもう神経質なぐらいに。とくに私が夜勤の日なんかはね。それに亡《な》くなった主人が警察官だったから、昔から戸締りには気をつけていましたよ」

「亡くなったご主人は、警察官？」

「もうすぐ定年というときにねえ。お酒が好きな人だったので、脳内出血《のうないしゅっけつ》に。そういえば二、三日体調が悪かったかな、とは思ったけれど、みんなあとになって気づくこと。看護師の私がついていながら、情けないことでしたよ」

脳内出血も気の毒で、その兆候に気づかなかった母親も無念ではあったろうが、まさか美鳥の父親が、警察官だったとは。

「失礼ですが、ご主人は警察で、どんなお仕事を」

「詳しいことはねえ。警察官は仕事の内容を、家へは持ち込まない習慣らしいから。でも勤務は派出所《はしゅつじょ》や所轄《しょかつ》ではなくて、県警の本部でしたよ」

「まさか」

「まさかって？」

「いえ、ぼくの姉も、警察官なので」

「そうだったわねえ、これもご縁《えん》なのかしら。ですからね、警察もなかば身内の事件なので、それはもう、一生懸命《いっしょうけんめい》捜査をしてくれましたよ。手抜《てぬ》きなんかしていないことは私にも分かります。それなのになぜ犯人が捕まらないのか、まったく、見当もつきませんよ」

背中に悪寒《おかん》がするのは、エアコンで汗が冷たくなったせいか。指先まで冷たくなってくる気がして、ぼくは両手で、コーヒーのカップを包《つつ》み込む。

「桐布くん、コーヒーのおかわりは？」

「いえ、もう。ですが、もしかしたらご主人は県警本部の、二課では？」

「ニカ？」

「一課、二課、三課の」

「どうでしたか。私はあまり、でも、そうそう、言われてみれば、確かに二課でしたかねえ」

受け皿の上でコーヒーカップが音を立てたのは、悪寒が突き抜けて、ぼくの指が震《ふる》えたせいだろう。横浜に何人の警察官がいるのかは知らないが、ぼくの周りには県警本部二課の刑事が多すぎる。

「近石さん、勝田さんか菅谷さんという刑事を知りませんか」

母親が一瞬唇《くちびる》を結び、ぼくの顔を遠くからのぞき込むような表情で、ほっと息をつく。

「菅谷という人は知らないけど、勝田さんは懇意《こんい》でしたよ。主人の部下だった刑事さんで、主人が亡くなったあともよく金沢の家を訪ねてくれましたねえ。桐布くんも、勝田さんを？」

「姉の関係で、一度、見かけたような」

能代さんがパソコンに送ってくれた肉の厚い勝田の顔が、熟知している人間のように、目に浮かぶ。親父を罠《わな》に嵌《は》めた警察官が勝田と菅谷、その勝田は美鳥の父親と懇意で、死後も金沢町の家を訪ねていた。そして美鳥は何者かに殺害され、犯人の捜査は行き詰っている。世の中に偶然《ぐうぜん》なんかいくらでもあるだろうが、こういう偶然は、嫌いだ。

「桐布くん、体調でも?」

「いえ、冷房《れいぼう》が苦手なので」

「温かいコーヒーを、もう一杯《いっぱい》どう?」

「もうお暇《いとま》します。お仕事の前にお邪魔《じゃま》をして、失礼しました」

「なんだか物足りないわねえ。幽霊さんの話を、もっと聞きたかったのに」

「でも、ぼくの家に出る幽霊が、美鳥さんと決まったわけではないし」

「それもそうね。美鳥も幽霊になって出てくるのなら、私のところへ来るはずですものね」

「はい。奇妙な話につき合わせて、ごめんなさい」

座卓から尻を遠ざけ、デイパックをひき寄せながら、念のために、聞いてみる。

「もしかして金沢町のお宅でも、猫を?」

「猫?」

「メスの三毛猫ですが」

「メスの……それって、おとなりのミケちゃんのことかしら」

「となりの、ですか」

「飼っていたのはおとなりですけど、美鳥と仲良しでねえ。ほとんど家《うち》に来ていて、でもそのミケちゃんが？」

「金沢町のアパートで見かけました」

「そうなの。ミケちゃん、まだ元気なの」

「ものすごく、元気そうでした」

「懐かしいわねえ。でもちょっと図々《ずうずう》しいところがあってね、おとなりの猫なのに、ご飯はいつも家で食べていましたよ」

　そうか、そういうことだったのか。なぜミケが山手の家で十年間もぼくを待ちつづけていたのか。親父の盗撮事件とミケの出現に関連があるなんて、思ってもみなかった。しかしミケが美鳥と分かってみれば、もう偶然などあり得ない。当初の記憶はなくなっているにしても、ミケがぼくの顔を見て「ああ、こいつだな」と思った理由は、ただのフィーリングではなかったのだ。

　ぼくはデイパックを抱《かか》え、膝立ちになって、母親に暇《いとま》のあいさつをする。背中の悪寒がずっとつづいているのは、もちろん、冷房のせいではない。

蚊取《かと》り線香の煙《けむり》にラベンダーの香りが混じっている。目黒川《めぐろがわ》沿いの遊歩道にテーブルを出している店だから、蚊取り線香は客へのサービスだろう。遊歩道に桜《さくら》が植わっている風景は大岡川に似ているが、黄金町とは違ってこちらには夕涼《ゆうすず》みらしい散歩者の姿が見える。孫の手をひいていく年寄り、買い物カートに子供をのせている主婦、緊張した感じで手をつないでいく中学生ぐらいのカップル。横浜だって山下公園でいくらでも見られる光景だが、目黒が暑いのは内陸のせいだろう。こんな暮れはじめた時間でもニイニイ蝉が鳴いている。

親父を待っていたのは五分ほど、目黒川の下流方向からからんころんと下駄《げた》を鳴らしてくる。江戸小紋《こもん》風の藍染浴衣《あいぞめゆかた》に銀鼠《ぎんねず》の三尺帯《さんじやくおび》、けっこう小説家らしい雰囲気《ふんいき》だが、腰にさげた縮緬《ちりめん》の巾着袋《きんちやくぶくろ》が気障《きざ》っぽい。中目黒の駅から電話をしたとき「マンションまで来い」と言われたけれど、再婚相手のいるところでは話しにくい。

おう、と手をあげ、テーブルの向かいに腰をおろして、親父が巾着袋からタバコをとり出す。店から顔を出した女性に注文したのは生ビール。そのやりとりからすると、どうやら馴染《なじ》みの店らしい。

「おまえも遠慮《えんりよ》っぽいやつだなあ。愛美も顔を見せろと言ってたぞ」

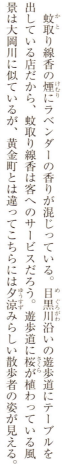

「新婚家庭に遠慮するのは礼儀《れいぎ》だよ」

「新婚といっても、まあ、とにかく、愛美や生まれてくる子供とは仲良くやってくれ」

「父さん、DNAのことだけどね。もう能代さんに調べられていたよ」

「うん？　なんだそれは」

「それはそういう話。父さんと会ったとき、能代さんはタバコの吸い殻を失敬したんだってさ」

ビールが来て、親父が知らん顔で呼吸をととのえ、遊歩道へ向かってふーっと、長くタバコの煙を吹く。

「それで結果は」

「鑑定書《かんていしょ》を見せてもらった。九十八・八パーセント以上の確率で、父さんと能代さんは父《おや》娘《こ》だってさ」

「そうか、まあ、そうだろうな。あれぐらいの美人なら当然、俺《おれ》の娘だろう」

気楽な人だ。

「だけど今日はその話じゃないよ」

「分かってる。七世から電話があった」

「はあ？」

「おまえの大学がどうとかで、入学金がどうとか」

る」

「父さん、母さんと、連絡をとり合っているの」

「とり合っているわけじゃない。用があったときだけ、向こうが一方的に電話をかけてくる」

「大変だね」

「俺と七世は他人だが、アキオにとっては二人とも親だからな。おまえに関する問題があれば仕方ない。親子の義理というのは面倒《めんどう》なものだ」

面倒にしたのは親父のほうだろうに、とりあえず今は、入学金の問題がある。

「それで、父さん、頼《たの》めるの」

「当たり前だろう。今の時代、大学ぐらい行かなくてどうする。ホームレスをやるにしたって学歴は必要だ」

「ありがとう」

「だが本当にホームレスになられては、困る」

「父さんの小説じゃないんだからさ。ぼくには常識があるよ」

「どんなもんだか。おまえは子供のころから、なにを考えているのか分からん部分があった」

もう一度長く煙を吹き、ビールのジョッキをとりあげて、親父が呆れたように首を横にふる。夏休み前までは困難かと思っていた大学への進学が、もう確実。東大は無理にしてもぼくだって二流の私立ぐらいなら、なんとかなる。でもこれからは一流半まで努力しよう。

「だからなあアキオ、つまらん遠慮はしないで、ちゃんとマンションへ顔を見せろ」

「父さん、わざわざ呼び出したのは、そのことじゃないんだよ」

「そのことではない？　ということは、まさか、おまえ」

親父がビールのグラスを顎に押しつけ、尻を椅子《いす》の上でずらしながら、くっと咽を鳴らす。

「まさか、例の、昔の話を？」

「蒸《む》し返《かえ》すなと言われても手遅《ておく》れになった」

「おいおいおい、電話であれほど釘を刺したじゃないか。俺自身はともかく、愛美や生まれてくる子供のことは、どうなる」

「父さんが学生時代に生み捨てた子供や、その婚約者はどうなるの」

「生み捨てたなんて、おまえなあ、いくらなんでも、人聞きが悪い」

「結果的にはそういうことだよ。能代さんには県警本部に婚約者がいて、その人は警視正だとかで、能代さんが遠野銀次郎の娘だということも知っている。父さんには義理の息子、真岡さんという警視正には義理の父親になる。その父親が盗撮《とうさつ》犯人のままでは気持ちの整理がつかないよ」

能代さんと真岡さんが婚約しているのかどうか。そんなことは知らないが、今はそういうことにしておく。

「面倒なことになったなあ。早葉子が名乗ってきたときから、イヤな予感はしていたが」

「それにね、もう十年前の盗撮事件だけでは済まなくなっている。あのときの女子高生が殺されているんだ」

親父の眉間《みけん》に皺が寄り、目まで真ん中に寄って、ビールのジョッキががつんと、テーブルに音をたてる。十年前の女子高生が近石美鳥であること。その美鳥は盗撮事件後の九月に金沢町の自宅で殺害されていること。そして美鳥の家族と勝田刑事は親しい関係にあったこと。それらの事実は熊谷からもう能代さんにも伝えてある。

パンツのサイドポケットからケータイをとり出し、熊谷のマンションで撮影してきたアルバムの写真を親父の前で再生させる。

「父さん、十年前、女子高生の顔も写した？」

「さあ、いや、顔までは」

「その女性を女子高生と思った理由は制服を着ていたからだろう。私服だったら女子高生とは思わなかった」

「しかし……」

「この高校の卒業写真のなかに、そのときの女性がいる。父さん、分かる？」

親父がぼくのケータイをとりあげ、首を店の内へ巡《めぐ》らせてビールを追加する。それから巾着袋を探って縁《ふち》なしのメガネをとり出し、顔にのせて、ケータイを操作する。高校の卒業写真に写っているのは四十人前後、その半数ぐらいは女子だが、二十人のなかから親父が美鳥を、見分けられるかどうか。

「なにしろ十年も前で、それにこの小さい、いや、待て、制服は確かに……それに上から二列目の右から三番目。これは、もしかしたら」

「名簿《めいぼ》と見くらべてみなよ」

「名簿、おう、近石美鳥か」

「最後の写真は成人式のもの。その顔を、よく見て」

追加のビールが来て、親父がケータイの画面を見つめたまま、黙《だま》って、しばらく、成人式の写真を見つめる。

「うん、間違いない。それにしても当時から俺は、女の趣味がよかった」

父さん父さん、そういう問題ではないよ。

「しかしアキオ、さっき、もう殺されていると言わなかったか」

「言ったよ」

「この女子高生が殺されている？」

「あの年の九月。実際には高校を卒業していたけど、父さんを罠に嵌めるために制服を着ていた」

のは俺だと？」

「罠に？　そうか、やっぱり、思っていたとおりか。しかし、おいおい、まさか、殺した

「二時間ミステリーならそうなるね」

「俺の小説よりくだらん」

「勝田と菅谷という刑事は覚えている？」

「あのときの、か。いやあ、そう言われても、まるで」

「とにかくね。なにかの思惑《おもわく》があって、勝田と菅谷が父さんを罠に嵌めた。加担《かたん》したのが近石美鳥。今分かっているのは、それだけ」

本当はそれだけではないけれど、まさか勝田に殺された美鳥が化け猫になってぼくの家にいる、とは言えない。メイなら勝田の動機を「口封《くちふう》じ」とでも表現するのだろうが、その捜査は能代さんと真岡さんに任せるより仕方ない。

「ふーん、そういう仕組みか。もしそうだとすると、アキオ、これは大事《おおごと》だなあ」

新しいタバコに火をつけ、額に浮いている汗を、親父が首にかけたタオルでおさえる。今はお気楽な変態官能小説家でも、元は親父だって気鋭《きえい》の社会評論家だったのだ。

「だからさ、もう『忘れたい』とか『蒸し返すな』とか、そういう次元ではなくなっている。捜査がすすめば、父さんにも女子高生が近石美鳥だったことの証言を求められる。そういうことの覚悟《かくご》がね、必要だと思うんだ」

「覚悟がなあ」

タバコを吸ってビールを飲んで汗をふいて、ごほごほと、親父が空咳《からせき》をする。

「俺もミステリーまがいの小説を書くから、事件の構図に見当はつく。要するに二人の警察官が俺を罠に嵌めるために、美鳥という女を利用したと？」

「たぶんね」

「そしてその美鳥が邪魔になったので、殺してしまった。しかしなぜ俺を罠に？」

「それは警察が調べてくれる」

「だがアキオ、警察が警察官の犯罪を、本気で暴《あば》くと思うか」

「父さんが週刊誌に書いていたように、警察がぜんぶ腐敗《ふはい》しているわけでもないさ。いい刑事もいれば悪い刑事もいる。強欲《ごうよく》な官僚もいれば清廉《せいれん》な官僚もいる。拝金主義の政治家もいれば理想主義の政治家もいる。理屈《りくつ》は同じだよ」

「高校生のくせに……」

タバコを灰皿につぶし、二杯目のビールも飲みほして、肩凝りでもほぐすように、親父がぐるぐると首をまわす。

「それで、どうだ、早葉子はいいほうの刑事なのか」

「常識的な範囲《はんい》でね。少なくとも父さんの側には立っている。婚約者の真岡さんはちょっと神経質な感じだけど、正義感は強い人だと思う」

「おまえがジーッと観察してそう思うなら、そうなんだろうな」

「だから父さん、覚悟だよ」

「分かってる。十年前の俺は失《な》くすものが多かったが、今はまあ、見てのとおりだ」

「ホテルに隠《かく》れる必要もないだろうね」

「うん？　ああ、いや、七世に聞いたのか」

「母さんも勉強になったってさ」

「あのときは、しかし、まったく、思い出すだけでも胃が痛くなる」

親父が空になったビールのジョッキを指ではじき、顔をしかめながら、店の内に合図をする。

「アキオ、おまえはなにを飲んでるんだ」

「ジンジャーエール」

「ビールをつき合え」

「父さんさあ」

「もうすぐ暗くなる。それにまさか、横浜から自転車で来たわけでもないだろう」

ぼくの返事は聞かず、親父は店の人に、生ビールを二つ注文してしまう。中目黒駅から東横線に乗れば帰りはかんたん、親父も覚悟を決めたようだから、ぼくのほうもビールぐらいつき合う義理はある。

「あのときは俺も、さすがに混乱して……」

ビールが来て、そのときだけ口をつぐみ、女の人が店内へ戻ってから、親父とぼくはジョッキを合わせる。

「おまえが大学生になったら、もっとアダルトな店に連れていってやる」

「愛美さん公認で？」

「そんなことは、いやまあ、とにかくあのときは俺も混乱して、醜態《しゅうたい》を見せてしまった。それを最後まで、七世は許してくれなかった」

「今はもう、どうでもいいってさ」

「分かるもんか。彼女はあれでなかなか、執念《しゅうねん》深い」

「最近はすべてに寛容《かんよう》で、本職と副業の区別もつけているよ」

「歳《とし》をとっただけだろう。あの当時だってな、確かに七世を矢面《やおもて》に立たせてしまったが、俺なりに収拾《しゅうしゅう》策《さく》は考えていたんだ。それをあいつは、断じて、受け入れなかった」

親父への用件はＤＮＡの件と学費の件と事件に対する「覚悟」の件。十年前親父とお袋《ふくろ》がどうとかなんて、どうでもいいが、ぼくにも学費の問題で借りがある。

親父がまたタオルで額の汗をふき、川風をよけながらタバコに火をつける。

「俺には権力機構の強大さがよく分かっていた。だからあの盗撮事件のとき、悪あがきをすればするほど泥沼《どろぬま》が深くなると判断した。テレビからおろされて大学へ辞表を出して、だがそのときにはすでに、出版社と小説の構想をすすめていたんだ。そのことは七世にも話していた」

「ふーん、そう」

「俺には気負いがあったし、田舎者《いなかもの》の僻《ひが》みもあった。大学だって学界のボスにコネをつけられなければ学閥《がくばつ》の主流に入れない。政治も行政も理屈は同じだ。権力機構というのは一般人の手の届かないところで、みんなつながっている。野党も政権党も高級官僚も財閥《ざいばつ》も、嫁《よめ》をもらったり養子になったり、そうやって何代も何代も、血縁関係を構築してきた。今ごろになって格差社会とか騒《さわ》いでみても、そんなものは明治からつづいている。たんにその格差が目に見えるようになったという、それだけのことだ」

週刊誌の記事もそういう論調だったし、たぶん親父の意見も、正しい。

「若かったし、気負っていたし、テレビに出て人気が出て、俺も調子にのりすぎた。だが俺としてはそういう閉塞《へいそく》した権力構造に、少しでも風穴をあけたかった。私利私欲がなかったとは言わんが、気持ちとしては、純粋だった」

もう酔《よ》っているのか、「覚悟」を決めて気が楽になったのか。それとも横浜から訪ねてきた息子を相手に、愚痴《ぐち》を言いたいだけなのか。

「だが結果的には、あのとおり、権力機構側に潰《つぶ》されたわけだ。負け犬の遺伝子から勝ち犬は生まれない、そういうことだ。だがその理屈を悟《さと》って、逆に俺は、気が楽になった」

負け犬の遺伝子から勝ち犬は生まれない。同じせりふをお袋も言ったから、それが二人の、離婚時における共通認識なのだろう。お袋も親父も気づいていないらしいが、それは両親が息子に向かって「はい、あんたは負け犬遺伝子」と明言しているわけで、もう少し子供の気持ちを考慮しては、いかがなものか。

親父がタバコの煙を長く吹き、ビールを口に運んでから、肩で息をつく。

「だからなあ、今さらおまえに言っても仕方ないが、俺のほうは離婚まで考えていなかった。出版社と小説の話はすすめていたし、たとえ山手には住めなくなっても生活は立て直せる。東京にマンションでも借りて、七世とおまえと親子三人、人生をやり直そうと」

お袋はこの十年間、事件のことも離婚の経緯《けいい》も話さなかったから、ぼくには初耳。親父にしてみればお袋の薄情さを責めたい気持ちもあるのだろうが、結果的には変態官能小説で成功して元アイドルと再婚して来春には子供も生まれて、文句はないだろう。お袋だって今はランプシェードの「先生」になって上大岡に工場もつくって、好きなときに寝て好きなときに酒を飲んで、好きなときに観音像《かんのんぞう》を彫《ほ》れる。ぼくにしても進学に目処《めど》がついたし、もともと人生に高望みはしていない。

でも、そうか、エアコンか。親父も酔っているようだから、一気にエアコンも頼んでしまうか。だが、しかし。人間、調子にのると碌《ろく》なことはないという親父の例もあるし、ここは自重しよう。

気がついたら店の内から明かりがこぼれていて、遊歩道にも遠く、ぽつんぽつんと街灯がともっている。

「たかが十年というが、考えたらこの十年は過酷《かこく》だったなあ」

「考えたら、そうかもね」

「岩手から東京へ出てきて以降、ずっと過酷だった。人間も五十を過ぎると、静かに暮らしたくなる」

「そういうものかな」

「なあアキオ、今回のトラブルが一段落したら、四人で温泉にでも行かないか」

「四人？」

「俺と愛美とおまえと早葉子。一席設けて、正式に家族であることを確認し合って、今後は穏《おだ》やかに、仲良く暮らそう」

「うん、まあ、そうだね」

「熱海《あたみ》か伊香保《いかほ》か、近場の温泉でいい。とにかく事件に進展があったらまた報告してくれ。愛美にもこれからひと騒動《そうどう》あると、言い聞かせておく」

親父の覚悟が、どの程度のものなのか。テレビや週刊誌で十年前の盗撮事件が蒸し返され、それが警察の罠だったと暴かれて、しかも関連して殺人事件まで発生した。日本史上に残る大スキャンダルとまではいかないにしても、身辺は騒がしくなる。でも今の親父なら、詩帆さんの言ったとおり、騒動自体を小説にするか。ぼくとお袋は苗字が変わっているから、被害も最小限。親父にしてみれば昔の汚名が雪《そそ》がれて新作がベストセラーになって、能代さんも晴れて真岡さんと結婚できて、ぼく自身は四年間、優雅《ゆうが》な大学生活を送れる。

なんだかなあ、話がうますぎるよなあ。

「アキオ、ビールをもう一杯どうだ」

「父さん、ぼくは高校生なんだよ」

「俺が高校生のときは酒もタバコもやっていた」

「よく東大に入れたね」

「ＩＱが高かったからな。残念ながらおまえのＩＱは、母親からの遺伝だろう」

ＩＱか。そういえばＩＱ百三十五の相棒に、ミケが近石美鳥だったことや十年前の偽女子高生だったこと、そして美鳥は口封じで勝田に殺されたらしいことを、報告しなくては。もうひとつ気になるのは美鳥の死後、同じ調理師学校に通っていた柴田優麻が自殺をしていること。これが本当に自殺だったのか、あるいはどこかで一連の事件に関係しているのか。しかしそれをメイに告げてしまうとまた「二人で調べましょう」と言い出すかも知れず、いくらなんでも、そこまでは手に負えない。

四日間も顔を見ていないから、なんとなく懐かしい気はするけれど、考えれば考えるほど、面倒な女子だ。

「アキオ、ビールはどうする」

「いらない。家へ帰って勉強するよ」

「つき合いの悪い男だなあ。人間、まじめなだけでは社会に通用しないぞ。俺は久しぶりにキャバクラへくり出そう」

気楽な人だ。


横浜駅で東急線を京急線に乗りかえて黄金町に戻る。横浜も野毛山や山手の高台なら風も涼しくなるが、低湿地《ていしっち》を埋《う》め立《た》てた黄金町では八時を過ぎても気温はさがらない。昔は映画の舞台《ぶたい》にもなったという歓楽街《かんらくがい》にもネオンはなく、立て込んだ小店もすべてシャッターをおろしている。

駅を出て大岡川方向へ向かい、路地に身をひそめている猫と目が合って足がとまる。色目の分からない雑種で首まわりの毛が長く、図体《ずうたい》はミケの倍ほど。人間を見ても動じる様子はなく、もうその面構《つらがま》えがふてぶてしい。たまに近所で見かけるから、これがミケの言っていたボス猫のゴン太だろう。

それにしてもなあと、足をすすめながら、またミケのことを考える。ミケにとり憑《つ》いている幽霊が近石美鳥であることは、まず確実。しかしその事実を、ミケに告げていいものなのか。熊谷で撮ってきた写真を見せて死の経緯を説明してやれば、たぶんミケの記憶は戻る。それで幽霊は成仏してあとは動物としてのミケが残る。本来はそれが美鳥の望みだったはずだし、そのために幽霊にまでなって十年間も山手の家でぼくを待っていたのだ。

それはそうなのだが、だが、しかし。

自分が近石美鳥であることを思い出せば、偽女子高生として勝田たちに加担したことも思い出す。その当時美鳥がどんな心境だったのか、見当はつく。勝田は死亡している父親の部下で、その死後も金沢町の家に出入りするほど親しい刑事。ぼくの親父は週刊誌で警察とパチンコ業界の癒着《ゆちゃく》も糾弾《きゅうだん》していたから、美鳥も反感をもっていた。そこに勝田から「あの目障《めざわ》りなタレント学者にひと泡《あわ》吹かせてやろう」ともち掛けられれば、提案にものったろう。だからといってそれほどの悪意はなく、いわば面白半分《おもしろはんぶん》。しかし結果は予想以上の大スキャンダルになって親父は大学教授の地位を失った。美鳥にしてみればそこまでの大事件はさすがに本意でなく、親父に謝罪して、真相も公表しようと思った。十年前、お袋が深夜に家の前で見かけた女性は間違いなく美鳥。見かけたのは一度だったが、あるいは二度か三度かは山手の家に足を運んだのかも知れない。当然勝田にも「公表すべき」と話していたはずで、勝田も美鳥の様子には気づいていた。その結果が殺人事件にまで発展したわけで、面白半分のつけが大きすぎたのだ。

それらの事実を認識すれば、たぶん美鳥は成仏する。だけどなあと、またぼくは考える。

事件の経緯は能代さんに報告したし、盗撮事件と殺人事件の真相は警察が捜査する。美鳥が「ワタシを殺したのは勝田」と証言したところで、ぼくも「幽霊がそう言いました」とは言えない。言ったところで、そして能代さんが信じたところで証拠にはならない。それに親父も「偽女子高生は美鳥」と証言するだろうから、警察も盗撮事件と殺人事件の関連は追及できる。十年前の殺人事件をどうやって証明するのか、物的証拠のようなものが残っているのか、勝田か菅谷を自白に追い込めるのか。ぼくには見当もつかないし、プロのメイにも分からないだろう。

もう事件の捜査は警察の仕事。美鳥の証言も使えないのだから、ミケに真相を伝える必要がどこにある。黄金町は下品とかいうけれど、けっこう気楽に暮らしている。猫としての寿命《じゅみょう》だってせいぜいあと二、三年。好きなだけケーキやアイスクリームを食べさせて、ぼくの食事を分けてやって、蛇口《じゃぐち》からの水は水素が豊富とかいう蘊蓄《うんちく》を聞いてやって、それからメイにヤキモチを焼かせてやって、どこに不都合がある。

どうしたものかと考えているうちに家へ着く。ガラス戸は開け放されていてアルバイトの姿はなく、お袋が観音像の前に片膝を立てている。問題はその家の前にメイの自転車がとまっていることで、当然メイが、階段ののぼり口に腰を掛けている。

お袋の木槌《きづち》がとまり、メイが腰をあげ、そのロングスカートが妙《みょう》に決然と、ぼくのほうへ歩いてくる。いつもはぼんやりした感じの目が、今夜はぼくの顔に焦点《しょうてん》を結んでいて、なんだか、怖《こわ》い。

「やあ、来ていたのか」

「来てはいけないの」

「この辺り、夜は物騒《ぶっそう》だから」

「自転車ならひゅっと通れます」

「それは、そうだけど」

「わたし、アキオに隠していたことがあるの」

「知っている」

「本当に？」

「自転車はずっと前から乗れていた」

「そんなことはいいの」

「ああ、そう」

「わたしね、男子に人気があるんです」

「えーと、それが？」

「高校生になってから四人の男子とデートしました」

「おまえ、見かけは美人だものな」

「どういう意味？」

「だから、男子に人気があるのは、当然という」

「でも一度デートすると、誰も二度目を誘《さそ》ってこないの。なぜでしょう」

なぜでしょう、と言われても、なぜなのか。ぼくに聞かれても困るが、一度だけデートして二度目を誘わないという男子たちの気持ちは、非常に、よく分かる。

「今夜わたしが来なかったら、アキオも電話しないつもりだったの？」

「まさか。それに、いつだったか、ちゃんとメールしたろう」

「アキオはあんな大事な用件を、メールだけで済ませるの」

「大事なことだから、文章で伝えたほうが、いいかと」

「大事なことは会って話すべきです。それがラブラブの礼儀よ」

「そういうものかな」

「そういうものです。だからわたしは、ずっと待っていたの」

「四人の男子とデートしたことを話すためだけに？」

「ばか」

能代さんと真岡さんに会った夜、メイのパソコンに「もう事件には関《かか》わらないように」と太い釘を送信した。しかしそれは電話で言うより明確に意図が伝わるだろうと思ったからで、ほかに理由はない。

「おまえ、もしかして、怒っているのか」

「顔を見れば分かるでしょう」

「うん、分かる」

「わたしはアキオのために事件を解決したかったの。アキオを痴漢《ちかん》の子供というトラウマから救い出して、明るい豊かな人生を送らせたかったの。それを、メールで『もう用はない』みたいな」

「あのなあ、そんなつもりは」

「アキオもほかの男子と同じで、わたしのこと、面倒な女子だと思ってる？」

「なーんだ、自覚があるのか」

「それぐらい分かります。アキオが絶交だというのなら、わたしも絶交です」

むむっと、音が聞こえるほどの視線でぼくの顔をにらみ、それから大きく息をついて、メイが自転車のハンドルに手をかける。ぼくは口のなかで「でも」とか「ちょっと」とか言ったような気はしたが、メイのほうはもう自転車をこぎ出し、大岡川沿いの道を太田橋の方向へ姿を消してしまう。ぼくは呆気《あつけ》にとられて、メイの自転車が消えていった暗みを、立ったまましばらく眺める。

あれ、今のストーリーは、どこかで聞いたような。そうか、金沢町の称名寺か。あのときはおバカな学園ドラマがどうとかで、ぼくとメイが喧嘩《けんか》をし、メイのほうが美しくて可《か》憐《れん》なうしろ姿を見せて去っていく、だったか。電動アシスト自転車で去っていったうしろ姿は、どうだったか、美しくて可憐だったか。こういう場面ではやはり、徒歩のほうがいいだろう。

それにしてもなあ、学園ドラマはなぜ男子のほうが謝る決まりなのか。決まりだからという理由だけで謝罪させられたら、いくらぼくでも腹が立つ。

お袋が観音像の前から腰をあげ、手の甲で首筋の汗をふきながら、となりへ歩いてくる。

「彼女ねえ、二時間も待っていたわよ」

「暇《ひま》なんだろう」

「用があるのなら電話をすれば、と言ってやったけど、どうしても、帰るまで待つって」

「頑固《がんこ》なやつ」

「頑固さはアキオも負けないでしょう」

「おれ、柔軟《じゅうなん》思考だよ」

「そうかしらねえ、誰に似たんだか。だけどね、村崎さん家《ち》の居間に私のランプシェードをつけたいって」

「本当なら大仕事だね」

「その仕事が受けられれば工場の移転費用も出るし、あんたの部屋にエアコンも入れてやれるわ。でもオーダーメードだとその居間とやらを見なくては」

「見てくればいいさ」

「拘《こだわ》るわけじゃないけど、山手へは行きたくないのよ。アキオが行って部屋の写真を撮ってきてくれない？」

「おれ、今、絶交された」

「どうせ明日は仲直りでしょう」

「どうだかな。もしかしたらおれは母さんに似て、執念深いかも知れないしさ」

お袋がまた首の汗をふきながら、ふんと鼻を鳴らし、工房内へ戻ってタバコに火をつける。お袋にランプシェードを注文しておきながらぼくと絶交するメイも矛盾《むじゅん》しているが、メイは存在自体が矛盾している。

「母さん、ミケはいる？」

「猫の番なんかしていないわよ」

「洗濯物《せんたくもの》は？」

「ちゃんととり込んでおいた」

それは言葉どおり「とり込んだだけ」という意味で、どうせたたんだり仕分けたりはしていない。いつものことだ。

メイが学園ドラマのストーリーを「女子のほうが謝ってもいい」と修正してくれないか。そんな期待で太田橋の方向へ目をやったとき、暗みから白っぽいパンツスーツがあらわれる。そのスーツがゆっくり歩いてきて五メートルほど手前で足をとめ、軽く肩をすくめて、唇をほほ笑ませる。

「ああ、えーと、今晩は」

能代さんは前にも工房を訪ねているから、お袋とも顔を合わせている。本人は親父との関係をお袋には告げない、と言ったが、ぼくのほうが話してしまった。

お袋が怪訝《けげん》そうに首をのばし、ふっとタバコの煙を吹いて、眉をひそめる。お袋だってたぶん、能代さんの顔は覚えている。そのお袋に能代さんが会釈《えしゃく》をしてから、二歩ほどぼくのほうへ近寄る。

「アキオくん、ちょっと顔を貸してくれないかしら」

「逮捕《たいほ》ですか」

「逮捕?」

「親父とビールを飲んできたから」

くすっと声に出して笑い、またぼくのほうへ寄って、鼻先をぼくの口に近づける。

「だいじょうぶ、息は匂《にお》わない。顔にも出ていないわ。でもこれから会う人たちには、ビールのこと、内緒《ないしょ》にしてね」

8章
猫の幸せ

書棚《しょだな》の空きスペースなんかせいぜい二十センチ。昼も近くなってこの暑さで寝るのなら窓枠《まどわく》か物干し台のほうが快適だろうに、ミケはそのせまい隙間《すきま》に入りたがる。躰《からだ》はねじれたように丸まってうしろ足がはみ出し、顔は天井《てんじょう》を向いている。猫がせまい場所を好むのは防衛本能という説もあるらしいが、たまに棚から落ちることもあるからかえって危険だろう。

机に向かったまま頰杖《ほおづえ》をついて、ミケに身元を告げるべきかと相変らずぼくは迷っている。

昨夜能代さんに連れていかれたのは馬車道にあるホテルの一室で、待っていたのは四人の警察関係者。一人は真岡さん、あとの三人は県警本部の刑事部長、監察官室長、刑事一課長と紹介された。三人とも五十歳前後で刑事部長と監察官室長は官僚風、一課長だけは港湾労働者が無理やり背広を着ているような、いかつい感じの人だった。

最初に宣告されたのは「この会合は完全極秘」であること。村崎家へは本部長を通じて「令嬢《れいじょう》を関与させないように」と申し入れてあること。その他ぼくへの質問や対応のほとんどは一課長がおこなった。

そんな極秘会議が三時間以上もつづき、能代さんにタクシーで黄金町まで送られたときは夜中になっていた。会議の結論としては、「神奈川県警は全力をあげて勝田と菅谷の犯罪を立件する」というもの。すでに二人の刑事は監視下《かんしか》におかれていて、その挙動は逐一《ちくいち》監察官室に報告される。この十年間、近石美鳥殺害事件に進展がなかった理由は、父親の元部下である勝田を完璧《かんぺき》に捜査対象から外していたこと。翻訳《ほんやく》ミステリーなんかに主人公が犯人とかいうストーリーがあって、ぼくもそれはズルだろうと思っていたが、美鳥の事件はそのズルだったのだ。

勝田が美鳥の父親と親しかったのは周知の事実、一課と二課で管掌は別だが、事件発生直後から勝田は捜査に協力的だった。一課の刑事たちも「まさか勝田が」という先入観からその関与を疑いもしなかったし、「横浜駅疑惑の真相事件」との関連など、考えもしなかった。

能代さんと真岡さんの告発を受けて刑事一課が調べ直したところによると、美鳥の父親は定年後、横浜遊技場組合というパチンコ屋団体の専務理事に天下《あまくだ》る予定だった。専務理事といっても年俸《ねんぽう》三百万程度の閑職《かんしょく》で、それでも警察のパチンコ利権であることは変わらない。警察は他省庁にくらべて天下り先が少なく、逆に職員は多い。ワタリをつづける高級官僚の報酬《ほうしゅう》とは比較にもならないものの、この横浜遊技場組合は県警二課の係長クラスにとって貴重な天下り先なのだという。そして勝田本人も来年は定年、退官後は専務理事への就任が予定されている。

勝田と菅谷が親父を嵌めた動機は、まさにそれ。元文科省の女性官僚が関与している形跡は見つからず、こちらは空振り。盗撮事件そのものは年俸三百万円という些細《ささい》なパチンコ利権と、勝田たちの個人的な鬱憤《うっぷん》晴らしだった。

もう一件の、柴田優麻の自殺に関しては解剖も証拠採取もされてなく、美鳥が盗撮事件の真相を親しかった優麻に打ち明けている可能性を懸念《けねん》して勝田か菅谷が殺害したとしても、立件は難しいという。私利私欲のために人間を二人殺せば死刑になる確率が高いことぐらい、警察官の勝田たちは知っている。追及したところで勝田も菅谷も、それだけは自供しないだろうと。

ただ不幸中の幸いは、いまだに美鳥殺害事件の捜査は継続されていて、家はアパートに建て替えられたとはいえ、事前に室内の証拠採取は厳密におこなわれていること。指紋《しもん》、生体片、微量繊維《せんい》、土などの微量鉱物、それらの物的証拠も保管されている。それに親父が「偽女子高生は美鳥」と証言すれば、それが事件解決の突破口《とっぱこう》になる。

苦しかったのは、なぜぼくが偽女子高生と美鳥が同一人物だと気づいたのか、という部分を問われたことで、まさか能代さんに送ってもらった部外秘の幽霊候補を調べているうちに、とは言えず、「インターネットで偽女子高生を探した」を押しとおした。能代さんも自分が遠野銀次郎の娘であることは打ち明けてあるらしく、偽女子高生探しをぼくに依頼した、と証言した。県警本部へ出向いたとき、ふと勝田と菅谷の会話を耳にしたことも報告済み。メイの夢枕に立つ女性幽霊の件は、さすがに四人とも信じないようだったが、ぼくは「メイならあり得る」と主張しつづけ、刑事部長が「とりあえずそういうことにしておこう」と妥協《だきょう》した。その発端《ほったん》が幽霊でもなんでも、盗撮事件と美鳥殺害事件が解決できれば、警察もぼくも、それでいいのだ。

しかしぼくと美鳥にとって最重要の情報は、殺害時に美鳥がレイプされていたことだった。正確にはレイプ未遂《みすい》らしいが、この情報は捜査上の必要からも母親への配慮からも、完璧に極秘扱《ごくひあつか》いされていた。遺体の服装が整えられていたからこそ警察は顔見知りの犯行と断定し、美鳥と交友のあった男性を高校時代の同級生まで含めて、三十人以上も取り調べたという。その交友関係から勝田を除外したことは、刑事一課長に言わせると「痛恨《つうこん》のミス」だった。

勝田は若いころから近石家に出入りし、会うたびに美しくなっていく美鳥を見て、どうせ殺すならと、レイプに及《およ》んだものか。あるいは盗撮事件の真相を公表しようという美鳥にレイプでもなんでも、性的関係をもってしまえば口を封じられると判断したのか。しかし美鳥は抵抗し、レイプ未遂のまま絞殺《こうさつ》してしまった。たぶんそれが、事件の顚末《てんまつ》だったのだろう。

そして今の問題は、本棚の隙間で丸まっているミケに、身元を告げるべきか否《いな》か。身元を告げれば事件当時の記憶はよみがえるだろうし、盗撮事件への関与も勝田の犯行も思い出す。殺害されたことさえ悲惨《ひさん》なのに、未遂とはいえ、レイプまでされたのだ。そんなことまで思い出して美鳥は成仏できるのか。逆にこの世に対して、恨みが残らないか。

美鳥の母親が言ったとおり多少我儘なところはあるけれど、まあまあ、性格もいいし毛並みも美しい。なによりも毎日が平和そうでぼくにも懐いている。そんな美鳥を無理やり成仏させる必要が、あるのかどうか。幽霊の証言がなくても殺人事件の捜査は進行し、勝田と萱谷は逮捕される。それなら猫としての寿命が尽きるまで、このままこの家で、気楽に暮らさせてもいいのではないか。

だけどなあ、最初にミケは物干し台で「人間は死んだあと、無になるべき」と言ったはずで、理屈としては、そちらが正しいのか。

メイに相談すれば即「成仏させましょう」と言うに決まっているし、ミケ本人に「おまえの身元が分かったけど、聞きたいか」と問うわけにもいかない。こういう問題に詳しい専門家といっても、どうせこの世にぼく一人。ぼくが判断するより仕方ないのだけれど、さて、どうしたものか。警察の捜査が進捗《しんちょく》するまで、とりあえず、ペンディングにしておくか。

微妙《びみょう》な物音でも聞き分けたのか、ミケが突然首をもたげ、体勢をととのえながら大欠伸《おおあくび》をする。

「アキオ、またワタシの足のあいだを、ジーッと見てたでしょう」

「おれは変態か」

「視線を感じたよ」

「そんな格好でよく寝られるなと、感心してただけ」

「バランス感覚が人間とは違うの。それにね、猫の睡眠《すいみん》は人間でいうレム睡眠みたいなもので、熟睡《じゅくすい》はしていないの」

「おまえにつき合うと勉強になる」

「それよりね、今日はワタシ、アントワーヌのチーズケーキを食べたいな」

「また腹をこわすぞ」

「今度はだいじょうぶ。あのときはアイスクリームを食べすぎたの」

「贅沢《ぜいたく》は言わないと……でも、夏休みだから、まあいいか」

「いいと思うよ。アキオのそういう適当なところ、ワタシ、大好き」

猫に惚《ほ》れられても嬉《うれ》しくはないが、美鳥が過ごしてきた過酷な十年を思うと、ケーキぐらいはサービスしてやりたくなる。それにしてもミケのこのお気楽な性格は美鳥のものなのか、猫としてのミケのものなのか、あるいは両者がコラボしたものなのか。写真の美鳥はかなりの美人だし、ミケの性格で人間によみがえったら、デートぐらいしてもいいか。でもなあ、考えたら美鳥は、十三歳も年上なんだよなあ。

ミケが寝返りをうち、その拍子に体勢がくずれて、書棚から足を滑《すべ》らせる。だがすぐ空中で身をひねり、まるで忍者《にんじゃ》のようにすとんと、見事に着地する。

「本当におまえ、運動神経がいいな」

「中学のとき体操部だったの」

「なるほど、うん？」

ミケが本棚の前から、台所のほうへとことこと歩き出す。

「どこへ行くんだ」

「オシッコ。女性にいちいち、そういうことを聞かないでよ」

「だけどおまえ、今、中学のとき体操部だったと言わなかったか」

「そうかなあ、言ったかなあ」

「ちゃんと聞こえた。つまり、記憶が？」

大きく背伸びをしてから、尾を二、三度左右にふり、ぼくのほうをふり返って、ミケが首をかしげる。

「アキオ、今日はアントワーヌのチーズケーキだよ」

「うん、でも」

「物干し台の下にね、なにか足場をつけてくれない？　そのほうが出入りしやすくなるから」

また尾をふって歩き出し、居間から台所を抜けて、ミケが物干し台へ姿を消す。「中学のとき体操部」と聞こえたのは幻聴《げんちょう》でもないし、ミケも一瞬、困惑《こんわく》の表情をした。体操部だったかどうかなんて、熊谷の母親に問い合わせれば確認できる。しかしもう正体が判明している以上、その必要はない。

問題はミケの記憶が戻りかけているのかどうか。この家に来て以来ずっとお喋《しゃべ》りをしているから、脳が活性化されたのか。あるいはもともと記憶なんか喪失《そうしつ》してなく、ミケはぼくを介して、勝田たちの犯罪を告発しているのか。でもそれなら、山手の家で会ったとき、最初から説明していたろう。

水槽《すいそう》のフグがガラス面へ寄ってきて、相変らずにこにこ笑いながら胸鰭《むなびれ》をふるわせる。ミケが家に来てからミドリちゃんの相手がおろそかになっていて、フグなりに、嫉妬でもしているのか。フグがミドリちゃんでミケが美鳥、メイなら「なにかの暗号です」と推理するかも知れないが、さすがにそれは偶然だろう。

男子のほうが謝る決まり、か。

おバカな学園ドラマなんかに興味はないけれど、後学のために、そのうちインターネットで検索《けんさく》してみよう。

机に向かっていたところで勉強に集中できるはずもなく、ケータイをとりあげて、メイの番号をプッシュする。

大岡川沿いから太田橋を渡ってイセザキ・モールへ入る。なにかのイベントでもあるのか、こんな時間から「伊勢佐木町ブルース」が流れている。ただ相変らず人出はなく、その一方通行の道を通って歓呼堂へつく。もう商品棚は歩道側へ出されていて、なぜか中学生ぐらいの少年が安売り本を物色している。そういえば夏休みだし、読書離れがどうとか言われているけれど、たまには本を読む中学生もいる。その中学生の横顔に、ふと四年前の自分が重なる。

自転車をとめると、詩帆さんはカウンターの内にいて、左手の指に火のついたタバコをはさんで新聞を開いている。壁掛《かべか》けの扇風機がタバコの煙を攪拌《かくはん》し、新聞の端をひらひらとはためかす。

中学生がぼくの横を通って店内《みせうち》へ入り、詩帆さんが顔をあげる。ぼくと目が合ったが、とりあえず詩帆さんは中学生の相手をし、売価三百円の漫画本を紙袋に始末する。

中学生が出ていってから、ぼくはカウンターの前へ進んで、軽く手をふる。

「この店で本が売れるところを初めて見た」

「アニメオタクだか漫画《まんが》オタクだか、そういう子が結構いるのよ。たまにはレア本もあるらしいわ。私にはどうでもいいけれど」

この少し投げやりな感じに魅力《みりょく》を感じたこともあるけれど、今は違和感《いわかん》がある。

「二階のほうがいくらか涼しいわ。行きましょう」

「ううん、ここで」

カウンターには事務所への呼び出しブザーがあるから、店番なんかしなくても構わないらしいが、ぼくはもう二階へはあがらない。

「詩帆さん、悪いけど、軽井沢へは行けなくなった」

「あら」

「ごめんなさい」

「お母さまにとめられたとか？」

「そうじゃなくて、勉強がさ。大学の受験が可能になったから」

詩帆さんがゆっくりと新聞をたたみ、新しいタバコに火をつけて、目をほそめながら煙を吹く。

「アキオくん、この前も言ったけど、嘘《うそ》がヘタねえ」

「そうかな」

「カノジョができたからでしょう」

「あいつは、べつに、カノジョではないけど」

メイが「ラブラブ」とかいうのは独特のユーモアで、実際は手も握《にぎ》っていないし、キスもしていない。それでもさっきメイに「会ってくれ」と電話をしたのは事実。たんに「決まり」に従っただけのことではあるけれど、考えたらぼくのほうから女子に電話をしたのは、この十七年間で初めてだった。メイのほうは夏休みの暇つぶしに、ぼくという玩具《おもちゃ》で遊んでいるだけ。たぶんそうなのだろうが、それぐらいのことは最初から覚悟している。

「いいじゃないの。アキオくんにカノジョができたって、私は平気よ」

「だからさ、カノジョではないけど、気分の問題なんだ」

「罪の意識？」

「どうかな。でもこのまま詩帆さんとつき合うのはルール違反《いはん》な気がする」

「神経質な少年ねえ。私とのこと、カノジョに話したの？」

「まさか」

「それなら問題はないでしょう。私だってアキオくんに、結婚してくれと言ってるわけではないし」

「そういう大人のつき合いみたいなことが、ルール違反だと思うんだ」

詩帆さんの口が開かれたままとまり、肩が遠ざかって、眉間に皺が寄る。

「要するに、別れ話？」

「ごめんなさい」

「この前の夜から、なんとなく、感じてはいたけれど」

「突然で、一方的で、本当に、ごめんなさい」

「気を遣《つか》わなくていいわよ。高校生に捨てられたぐらいで自殺はしないから」

「うん」

「配達のアルバイトはどうする？」

「それも」

「そうか、そうよね。なにもかも潮時かも知れないわね。私もビルの建て替えを急ぐわ」

「おじさんにも、よろしく」

「旦那《だんな》もアキオくんみたいに、あっさり別れてくれればいいのにねえ。あいつ、なかなか、離婚届に判を押さないの」

「そうですか。長いあいだ、いろいろ、ありがとう」

　詩帆さんと性的関係をもってから一年四カ月、一応は男女の関係で、お互いに躰の匂いを知り尽くしている。それでも男と女は、こんなふうに、かんたんに別れられる。未練が残るかどうかは知らないが、ぼくには、そしてたぶん詩帆さんにも、わだかまりは残らない。

　もう歓呼堂へ寄ることはないだろうなと思いながら、タバコの煙を長く吹いた詩帆さんに、ぼくはていねいに頭をさげる。


　港の見える丘公園には今日も観光バスがとまっていて、ローズガーデン方向にも外国人墓地の方向にも二、三人から四、五人連れの観光客がひっそりと散っている。人は多くても喧騒感《けんそうかん》がないのは中国人客がいないせいだろう。

公園の敷地前《しきちまえ》で自転車をおり、バッテリーの電源をオフにしてから自転車を敷地に入れる。遠くのベンチ横にはもうメイの自転車が見えていて、肩から上のうしろ姿も見えている。あのベンチで幽霊のぼくが発見されてから八日しかたっていないことに、奇妙《きみょう》な感慨《かんがい》がある。夏休みだって、考えたら、まだ始まったばかりなのだ。

ベンチのうしろまで自転車を押していき、チリンと、ベルを鳴らしてやる。メイがわざとらしくゆっくりとふり向き、腰をあげて、その腰の向こう側に腕を組む。

「アキオ、ごきげんよう」

首をかしげながらぼくの顔をのぞくポーズも八日前と同じだが、今日はその表情をキャップの庇《ひさし》が蔽《おお》っている。ただ口の形は、なんだか知らないが、にんまりと笑っている。

「ねえアキオ、どうせ謝るんですから、怒っても無駄《むだ》だったでしょう」

怒って帰っていったのは自分のほうだろうに。昨夜の「美しくて可憐なうしろ姿」は演技だったのかな、という疑念もわいたが、そうだったとしても今さら腹は立たない。ベンチにはロングの手袋《てぶくろ》とUVカットのメガネが置かれているから、あるいは今日も、遠出のサイクリングを企《たくら》んでいるのか。

「おまえに大事な話がある」

「愛の告白ね」

「えーと、それはまたいつか、暇なときに」

自転車のスタンドをおろしてベンチの前へまわり、海に向かって腰をおろす。遠い水平線はもやっていて波はなく、大型のクルーズ船が外洋から進んでくる。蝉の声が聞こえないのは近くに高木がないせいだろう。

メイもとなりに腰をおろし、デイパックから例のステンレスポットをとり出して、蓋《ふた》に中味を注《つ》いでくれる。今回は妙に色が濃いから、ハーブティーではないらしい。

「召しあがれ？　沖縄からとり寄せた黒糖のジュースです」

「おまえ、見かけによらず、勤勉《マメ》だよなあ」

「いい主婦になれると言われます」

「相手次第だろうけど」

そのドロッとした感じのジュースは息がとまるほど甘く、たとえ青酸カリが混入されていても気づかない。

ひと口だけ飲んで蓋をメイに返し、残りはメイが、当然のような顔で飲みほす。ミケもそうだが、女子はどうして、こんなふうに甘いものが好きなのだろう。

「実はさ、昨夜あのあと、馬車道のホテルへ連れていかれた」

「誰に？」

「能代さん」

「姉弟でそういうことはいけないでしょう」

「あのなあ、いや、とにかく、ホテルには警察の偉い人がいて、質問されたり、報告されたり。それで事件は、もうすべて警察に任せろと」

「家《うち》にも昨夜、県警の本部長さんが見えました」

「ああ、そうか」

「父や母と話をしていて、わたしも呼ばれて、もう探偵《たんてい》ごっこはやめるように、ですって」

「それで？」

「素直《すなお》に『分かりました』とご返事しましたよ。ご返事ぐらいかんたんですもの」

「そうだろうけど、事件の具体的な内容は、聞いたか」

「なにも話してくれないの。捜査はわたしとアキオがしたのに、警察もズルいですよね」

「うん、でも、もうすべての経緯が判明した。あとは犯人を逮捕するだけ。だから警察としても慎重《しんちょう》になったし、外部に情報を漏《も》らしたくないんだろう。おれも部外者には口外するなと、約束させられた」

「それならわたしに話すことも約束違反でしょう」

「おまえは部内者だから、約束違反にはならない」

メイがぼんやりした目の焦点を、何秒かぼくの顔にむすび、それからフレアスカートの下で足を組みかえて肩をすくめる。そのぼんやりした顔が八日前より何倍も可愛く見えるのだから、慣れは恐ろしい。

「だからおまえも口外しないと約束してくれ」

「約束します、相棒」

メイの「約束します」がどこまで信じられるのか、かなり不安ではあるけれど、ここで相棒に打ち明けておかないとあとが怖い。

「話が長くなるけど最初から説明するぞ」

「はい、相棒」

返事だけは素直だ。

「まず能代さんが、十年前に親父を罠にかけた女子高生の記録を見つけた。名前は谷田希代美。川崎の星園学園に在籍していて、住所は南区の榎町。でも榎町まで行って調べてみたら、十年前から、そんな女子高生はいないことが判明した」

「偽物の女子高生、勝田と菅谷のでっちあげ」

「そういうこと。だから女子高生探しは能代さんに任せて、おれはミケの身元調べをつづけた。昨日の朝おまえが熊谷の住所を連絡してくれたから、近石美鳥の母親へ会いにいった」

「なぜわたしを誘わなかったの？」

「それは、親父にも会う予定だったし」

「遠野銀次郎ならわたしもお目にかかりたいです」

「それも暇なときに。でな、美鳥のお袋さんに会って、話を聞いて、ミケにとり憑《つ》いている幽霊というか、霊魂《れいこん》というか、とにかくその女性は美鳥だろうと確信した。それからまた母親と話をしているうちに、美鳥の父親が神奈川県警の二課に勤めていたことが分かって、勝田刑事とも親しかったと」

「相棒、ちょっと待ちましょう」

メイがキャップの庇を向こうへまわし、ぼくの肩に手をかけながら、膝を寄せてくる。ブラウスの襟《えり》からブラジャーがのぞくのは、胸が薄いせいだろう。

「そうするとアキオ、十年前の偽女子高生と勝田と美鳥が、つながっていたわけ？」

「そして美鳥は十年前に殺されている」

「それって、もしかして？」

「おまえの推理が当たっていた。幽霊は殺人事件の被害者で、この世に恨みを残していた」

「金沢町の美鳥さん？」

「その美鳥を殺したのは勝田。菅谷も共犯だったかも知れないけど、それは警察が調べる」

「勝田が美鳥を殺した理由は、仲間割れみたいな？」

「美鳥は生前、山手の家を訪ねている。盗撮事件が思ったより大事《おおごと》になって、たぶんパニックを起こしたんだろう。それで事件の経緯を親父に打ち明けて、謝罪しようとした」

「そんなことをされたら勝田と菅谷が困ります。懲戒免職《ちょうかいめんしょく》どころか、刑務所へも。つまり美鳥の殺害は、口封じのため」

やっぱり出たか、二時間ミステリー用語。しかし美鳥がレイプされかけたことまでは、告げないでおこう。

「すごい展開ね。盗撮事件どころではない大スキャンダルになります」

「だから勝田と菅谷が捕まるまでは、極秘だ」

「了解です、一応」

「今まで勝田たちが捕まらなかったのは警察が身内を疑わなかったせい。盗撮事件と殺人事件の関連も、まるで考えなかった」

「勝田たちがお父さまを罠に嵌めた理由は？」

「それはおまえの推理がはずれた。高級官僚がらみではなくてパチンコ利権を批判されたから」

「なーんだ、つまらない」

「つまらなくても仕方ない。美鳥の父親も生きていればパチンコ業界へ天下る予定だったというし、勝田本人も定年後はそこへ天下る。最初の動機は目障りな親父に対する、軽い嫌がらせだったと思う」

「そんな陰謀になぜ、美鳥さんが？」

「美鳥にしてみれば、おれの親父なんか死んだ父親の敵《かたき》みたいなもの。でもそれほどの悪気はなかった。盗撮事件が予想以上の騒動になったあとも、父親は警察官だったし、勝田も家族ぐるみで親しくしていたから、警察への訴えは躊躇《ためら》われた」

「美鳥さんを庇《かば》っているように聞こえます」

「そんなつもりは」

「アキオを痴漢の子供にした人ですよ。人生を奈落《ならく》に突き落とされて、一生トラウマを抱えて、そのうちヒキコモリのニートになって、最悪の場合はサイコパスにもなりました」

サイコパスはおまえのほうだろう。

「興味深《おもしろ》いのはな、金沢町のとなりの家にミケが飼われていたこと。そしてミケと美鳥は仲良しだった」

「ミケちゃんは金沢町の？」

「となりの家の猫だったけど、食事はいつも近石の家でしていたと」

「そのころから図々しかったのね。でも、そうするとアキオ、ミケちゃんが化け猫になった理由が？」

「たぶんな。ミケは美鳥の殺害現場にいたか、窓からでも目撃《もくげき》したか。美鳥は殺されたあとその仲良しだったミケにのり移って、盗撮事件と殺人事件を山手の家へ知らせに来た」

「警察へ行けばよかったのに」

「警察へ行ったところでニャアニャアとしか鳴けない。理由は知らないけど、ミケの言葉が分かるのはおれ一人だけらしい」

「それでミケちゃんは十年も？」

「ミケが山手へ来たとき、もう親父とお袋は離婚していた。親父は東京、おれとお袋は黄金町。言葉の通じないミケに探せるはずはなく、野良《のら》の化け猫として暮らすうちに記憶をなくしていった」

「そんなお話、誰か信じると思います？」

「おれとおまえだけだろうな。偶然かも知れないし、偶然ではないかも知れないけれど」

八日前、このベンチでメイに発見され、山手の家に幽霊が出ると聞かされた。そんな話を聞かなければぼくだって、元の家にはまわらなかった。ミケにも会わなかったし、ミケの身元調べも始めなかったし、近石美鳥と偽女子高生が同一人物だということも判明しなかったろう。能代さんだってすでに死亡している谷田希代美を探し出すことはできず、その証言がなければ十年前の盗撮事件が勝田たちの陰謀だったとは、証明できなかったかも知れない。ホラー小説のような絵空事《えそらごと》は嫌いだけれど、偶然と必然が背中合わせになるようなことも、たぶん、たまにはある。

メイが珍《めずら》しく、肩で大きく息をつき、ぼくの膝に手をのせながら、少し身をのり出す。

「でもアキオ、これでミケちゃんの身元は分かりましたね。早く本人に教えて成仏させましょう」

「そこまで邪魔《じゃま》にしなくても」

「ずっとミケちゃんをお宅へ置くつもり?」

「なんというか」

「幽霊は幽霊の国へ帰すべきです」

「そうかも知れないけど、身元を教えれば、美鳥は自分が親父を罠に嵌めたことも、親しかった勝田に殺されたこともみんな思い出す。可哀《かわい》そうだと思わないか」

「自業自得です」

「おまえ、けっこう、薄情なんだよな」

「アキオをサイコパスにしたミケちゃんが、平気な顔でお宅に棲《す》むのは理屈に合いません」

無理にぼくをサイコパスにするな。

「ミケのことはおれに任せてくれ。猫としての寿命なんか、長くはないはずだし」

「それなら美鳥さんのお母さまにあずけましょう。金沢町ではおとなりの猫で、亡くなったお嬢さんとは仲良しで、幽霊本人とは母娘《おやこ》なんですもの」

うっかりしていたが、言われてみれば、そのとおり。熊谷でも美鳥の母親は「美鳥も幽霊になって出てくるなら、私のところへ来るはず」と言っていたし、本来なら成仏するまで母娘で暮らすのが妥当《だとう》だろう。ミケも「中学のときは体操部」とか、たぶん記憶を戻しかけている。母親の顔を見せたら、一気にすべての記憶が回復するのか。それとも断片的に少しずつとり戻していくのか。いずれにしても最後は悲惨な記憶までたどり着くのだろうが、もともと美鳥が幽霊になってまでこの世に留《とど》まっていた理由は、その悲惨な記憶を、他者に訴《うった》えるためだったのだ。

「メイ、今回だけはおまえの意見が正しい気がする。まさか『お嬢さんが化け猫になっています』とまでは言えないけどな」

「母娘です。一緒に暮らせば自然に意思の疎通《そつう》もできます」

「たぶんな。あとで母親に聞いてみよう。マンションでも猫を飼っていたから、ひきとることに問題はないだろう」

母親に電話をするとき、金沢町のミケがなぜぼくの家にいるのか、また言い訳を考えなくてはならないけれど、今回はそのデタラメに罪の意識を感じなくて済む。母親がミケをひきとると言ってくれれば、もうぼくの仕事は終わり。奇妙な化け猫騒動からも解放されて、やっと通常の、平凡《へいぼん》な夏休みがやってくる。

「アキオ、これで化け猫事件も横浜駅疑惑の真相事件も、オールクリアね」

「おれたちにできることは、なにもないものな」

「わたしね、実は……」

メイが赤いスニーカーをぺたんと鳴らし、ゆらりと腰をあげて、またうしろに腕を組みながら首をかしげる。

「昨夜アキオに、嘘をついたの」

「やっぱりな」

「分かっていた?」

「怒ってみせたのは演技だった」

「あれは半分本当、だから嘘ではありません」

「それなら?」

「デートの相手を四人と言ったこと」

「なーんだ、そうか」

「本当は六人です」

「えーと、そうか」

「六人ではアキオが傷つくと思ったの」

「ありがとう」

「でもご心配なく。キスはしていません」

「うん、なんとなく、よかった」

高校入学以来、デートした男子が四人というのも多い気はしていたが、たとえキスをしていなくても六人はルール違反だろう。

「どこかでわたしを見かけた男子が、クラスの子に頼んでくるから仕方ないの」

「心が広いな」

「わたし、高校生の恋愛心理を研究しているし」

「そうだったな。それで研究の成果は？」

「バッチリです。アキオとラブラブになれたでしょう？」

「おれたち、小学校のときから、愛し合っていなかったっけ」

「あのときはアキオのほうがジーッとわたしを見つめて、一方的に愛していたの」

「ただの癖《くせ》で、でも、面倒な記憶は、おまえに任せる」

どうでもいいが、四人でも六人でも、一度デートした男子が二度と誘ってこないという発言だけは本物だろう。

メイがまたとなりに座り、黒糖のジュースを注いで、ぼくの顔を見つめたまま口に含《ふく》む。

そのメイの頭の上をモンシロ蝶《ちょう》がひらひらと舞《ま》っていく。

「思い出した。昨夜おまえ、お袋にランプシェードを依頼したか」

「しましたよ。居間にシャンデリアタイプを」

「それは、本心で？」

「母に了解をとってあります」

「親父さんには」

「父は母に逆らいません」

「えーと、そうか、でも、本当だと助かる」

最初はメイの家庭環境に興味もあったが、村崎家には深入りしないほうが無難だろう。

「お母さまにランプシェードを依頼すると、なぜアキオが助かるの」

「部屋にエアコンを入れてもらえる」

メイが黒糖ジュースをぼくに示し、ぼくはきっぱりと、首を横にふる。

「アキオのお宅、エコのロハスではなかったの？」

「なに、それ」

「健康と自然環境に配慮したシンプルな生活スタイル」

おまえなあ、と口に出かけたが、言っても仕方ないので、パスする。

「うちにエアコンがないのは、たんに経済的な理由。夏休み前までは大学も諦《あきら》めていた」

「そこまでＩＱが低いようには見えませんけれど」

「おまえ、話を聞いていないのか」

「家庭の経済力とＩＱは相関する、という研究があります」

「貧困《ひんこん》家庭の子供はバカだと？」

「一般的な傾向として」

「ふーん、とにかくな、お袋の本業は木彫《もくちょう》で、ランプシェードは副業。そのランプシェードだって売れるようになったのは去年から。だから経済的に大学は無理だろうと思っていたら、お袋が学資保険に入っていた」

「お母さま、グッジョブ」

「ああ、えーと、それに親父も支援《しえん》してくれることになって、おれも本気で受験勉強を始める」

「勉強をするのにエアコンが必要なの？」

「おまえ以外の、一般的な傾向としてな」

「アキオも呑気《のんき》な顔をして、ご苦労なさったのね」

「べつに、それほど」

「アキオのうしろ姿には人生の悲哀《ひあい》がにじんでいます」

「本当かよ」

「本当です。これまでデートした男子の誰よりも、アキオは大人よ。わたしと相性がぴったり」

メイとの相性はともかく、親の離婚だの転居だの転校だの、それに貧困だの詩帆さんとの関係だのがあって、同世代の高校生よりいくらかは老成しているか。

メイがなにか思い出したように、今度は勢いよく腰をあげ、勝手にぼくのキャップをつまんで、つんつんとひっぱる。

「アキオ、軽井沢へ勉強合宿に行きましょう」

「勉強合宿？」

「別荘《べっそう》があるの」

「軽井沢に、まあ、そうか」

「エアコンなんかなくても快適よ」

「そうかも知れないけど」

「自転車をもっていけばサイクリングもできます」

「合宿って、メンバーは」

「アキオとわたし」

「二人だけというのは、まずくないか」

「管理人のご夫婦がいます」

「それでも、なあ」

「お盆の期間は父や母も使いますけど、あとは静かよ」

「その別荘、お盆前に、一週間ぐらい他人《ひと》に貸す予定は?」

「ありませんよ。どうして?」

「ちょっと、アルバイトの美大生が、そんな話を」

港の見える丘公園へ来る前に歓呼堂へ寄って、詩帆さんには軽井沢行きをキャンセルした。その軽井沢に、今度は勉強合宿とやらで誘われる。今年の夏休みは軽井沢に縁《えん》があるのだろう。

「アキオ、乗馬はできる?」

「まさか」

「シマウマには乗っていたでしょう」

「シマウマ?」

「チンパンジーの檻《おり》のなかで」

「おまえの夢だろう」

「テニスは?」

「まるで」

「ゴルフは?」

「身分じゃない」

「そうね、サイクリングだけできれば、いいことにしましょう」

「勉強はいつするんだ」

「午前中の涼しいときに集中すれば効率があがります」

「三味線《しゃみせん》とかピアノとかは」

「夏休みですよ。先生方もお休みします」

「だけどなあ、おまえの両親が、認めるかどうか」

「村崎の家は家族間の信頼《しんらい》で成り立っています」

家族間の信頼云々《うんぬん》は前にも聞いた気がするが、高校生の娘をそこまで信頼して、いいものなのか。そうはいっても軽井沢での勉強合宿はぼくにも魅力的《みりょくてき》で、本格的に受験勉強を始めるには、願ってもない環境だろう。

「アキオの勉強にはわたしも協力します」

ＩＱ百三十五の東大確定に協力してもらえれば、環境まで含《ふく》めて、確かに勉強の効率はあがる。

「寝室は六つありますから、誰にも邪魔はされないし」

「ふーん、六つも」

「まだ夏休みも始まったばかり。しっかり勉強すれば東大を目指せます」

いくらなんでも。

「自転車や着替えや参考書類は宅配にすればいいし。そうと決まれば支度を始めましょう」

ずいぶんかんたんに「そうと決まって」しまったが、メイの提案に、のっていいものなのか。八日前にこの同じベンチで発見されてから、ぼくの生活はずっとメイのペース。でもそのお陰で殺人事件の解決に目処《めど》が立ったし、ミケの身元も判明してぼくの部屋にはエアコンが入る。メイはぼくにとって電動アシストみたいなもので、このましばらく、押してもらうか。途中でパンクしたりバッテリーが切れたりしたとしても、そんなことはぼくのほうが覚悟をしておけばいい。

メイがベンチへ戻ってステンレスポットを始末し、長手袋をつけて、デイパックを担《かつ》ぎあげる。

「今日はサンドイッチもつくってあります」

「本当におまえ、見かけより、マメだよなあ」

「ですから予定どおり、ズーラシアへ」

「やっぱりな」

長手袋やUVカットのメガネで、そんな予感はしていたが、予定どおりなら仕方ない。

「その前にメイの家に寄って居間の写真を撮らせてくれ。お袋がデザインの参考にしたいという」

「構いませんよ。母もいるはずですから正式に紹介します。実はね、わたしの母、遠野銀次郎の大ファンなんです」

世の中には風変わりな母娘《おやこ》がいる。

シャワーを浴び、腰にバスタオルを巻いて物干し台へ出る。エアコンが入ればこんな夕《ゆう》涼《すず》みもしなくなるのだろうが、今のところはこの物干し台がベストポイント。蚊取り線香を焚《た》いているから蚊も来ないし、大岡川から台所へ風が抜けていく。伊勢佐木町の電飾《でんしょく》が空をオレンジ色に濁《にご》らせ、その空を黒っぽい鳥が山手方向へ飛んでいく。

簀《す》の子《こ》の下に気配がして、ミケが器用に柱を伝ってくる。

「アキオ、お帰り。この柱の途中にね、なにか木を打ちつけてくれない？　帰りはいいけど降りるときが大変なの」

そういえば今朝、足場がどうとか言っていたのは、そのことか。階段ののぼり降りを見ていてもくだりのほうが不器用だから、猫はくだりが苦手なのだろう。インターネットの動画サイトにも、高い木から降りられなくなった猫がレスキュー隊に救出された、とかいう投稿《とうこう》がある。

ミケがとことこ寄ってきて、バスタオルの匂いをかぎ、尻に尾を巻きつけながら腰をおろす。本当は肩に跳びのりたいのだろうが、上半身裸の男子に対して遠慮したのだろう。

「ねえアキオ、ワタシの夕飯は？」

「ギョーザを買ってきた。アントワーヌのチーズケーキも忘れてないぞ」

「いいね。アキオが猫ならカレシにしてあげるのに」

ぼくが猫ならケーキもアイスクリームも買えないし、昇降用の足場もつくれない。

「まずギョーザ。チーズケーキは夜食に、あとでゆっくり食べるよ」

ギョーザはズーラシアから帰ってきてからメイと中華街で食べた点心の残りだが、ミケに告げる義理はない。軽井沢行きは三日後と決まって、期間は夏休みいっぱい。勉強合宿にどれほどの成果が出るものなのか。東大は無理にしても受験までに一年半はあるわけだし、ＩＱ百三十五の専任講師に薫陶《くんとう》を受ければ地方の公立ぐらいまでレベルをあげられるか。私立より公立のほうが、親父とお袋の負担が軽くなる。

ミケを物干し台に残して台所へ戻る。猫は「猫舌」というぐらいだから熱物《あつもの》が苦手なはずなのに、ミケは焼きそばでもピラフでもできたてを食べたがる。動物としての猫と人間としての味覚や嗜好《しこう》が、ごちゃ混ぜになっているのだろう。

中華街から持ち帰ったギョーザを電子レンジにセットし、自分の部屋へ行ってパジャマを着る。工房にお袋はいないから、村崎家の居間を撮った写真はあとでプリントしてやろう。

加熱されたギョーザと缶ビールを持ってまた物干し台へ出る。ミケが両前足をそろえて背筋をのばし、「待ってました」というように舌なめずりをする。皿を置いてやると軽く一礼し、鼻先をギョーザに近づけて、まず匂いと温度を確認する。その仕草がどうにも可愛らしくて「ミケを美鳥の母親へ」という決心がゆらいでくる。港の見える丘公園でメイに言われて、成仏するまでの期間を母親と過ごさせるべき、とぼくも思ったのだが、その母親に、まだ連絡ができていない。

物干し台の手すりに寄りかかって、冷たいビールを少し咽に流す。美鳥の母親にミケを渡すにしても、本来はその意向確認が先。メイは勝手に「美鳥さんのお母さまにあずけましょう」と言ったが、母親のほうは娘が化け猫になっていることを知らない。金沢町では隣家の猫で娘とは仲良しだった。そのミケの写真を送ってやれば当時のことを思い出して、「ぜひひきとりたい」と言うかも知れず、逆に忌《い》まわしい記憶に触れたくないから「否」と言うかも知れない。ぼくにしても熊谷のマンションに猫がいたから、もう一匹増えても大丈夫、と思ってしまったけれど、ミケの身になってみればどうか。

ミケを母親に渡し、美鳥としての記憶が戻るまで、一日か、一週間か、一カ月か。いずれにしても美鳥はすべての記憶をとり戻し、母親に看取られながら成仏する。たとえ一瞬でも娘の姿に戻ったミケと対面できれば、母親も本望だろう。しかしそれでは猫だけになってしまったミケは、どうする。

美鳥の霊魂が消えたとたんにミケ自身も絶命するのか。金沢町から山手へ旅をして野良として十年も生きていたのだから、しばらくは猫として生きるのだろう。猫の寿命を考えるとせいぜいあと二、三年。その二、三年を、マンションのなかだけで暮らせるか。生まれたときから室内で飼われていた猫ならともかく、ミケは完璧に、自由な猫なのだ。

「アキオ、なんでワタシのこと、ジーッと見てるのよ」

「足のあいだは見えないから心配するな」

「このギョーザ、肉が多くて贅沢だね」

「エビチリもあったけど、魚は好きじゃないものな」

「でもワタシ、エビフライは大好きだよ」

「ふーん、それなら明日はエビフライを奮発《ふんぱつ》しよう」

「ずいぶんのサービスだね。アキオ、なにかあったの」

「なにかって」

「あんた、考え事をするとき眉間に皺が寄るよ。高校生のくせにオヤジっぽいから、やめたほうがいいよ」

「悪かったな」

「それよりさあ、今日もメイとデートしてきたわけ?」

「相談することが、いろいろ」

「高校生がなんの相談するのよ」

「人間の人生は猫より複雑なんだ」

「もうキスした？」

「個人情報は言えない」

「あいつね、ワタシ、昔から知ってるけど、ものすごく自分勝手だよ」

「そういう部分も、まあ」

「顔は大人しそうだけど、気も強いよ」

「少しは、そうかな」

「アキオは優柔不断《ゆうじゅうふだん》だからさあ、カノジョは年上のほうがよくない？」

「年上というのもなあ、いろいろ、都合が悪い」

年上という言葉に詩帆さんではなく、近石美鳥を連想してしまったのだからぼくも薄情だ。

「そういえばミケ、近所のゴン太はどうした」

「まだワタシに色目を使うよ」

「昨夜も路地で見かけたぞ」

「近所でね、ずっとワタシのことを待ってるの」

「頼りになりそうなやつだった」

「図体がでかいだけだよ。あれで気が小さくてね、ワタシの周りをうろうろするだけ」

「もうキスしたのか」

「ワタシね、育ちの悪い猫は嫌いなの。いくら猫でもさあ、価値観の違う相手とはつき合えないよ」

そんなものかな、とは思ったが、猫を相手に恋愛談義をしてどうする。問題はミケを美鳥の母親に渡すかどうかで、「ミケにマンション住まいは」とか言いながら、けっきょくぼく自身がミケを手放したくないだけなのか。

しかし軽井沢行きは三日後、それまでには、とにかく、美鳥の母親に連絡しなくては。ミケの食事を見ていても仕方ないので、ビールを口に含みながら部屋内へ戻る。このところ精神的に多忙《たぼう》なせいか、ついミドリちゃんの餌《えさ》を忘れてしまう。給餌《きゆうじ》を忘れたところでフグは苦情を言わないけれど、ぼく自身が罪の意識を感じる。

ミケの処遇《しよぐう》もそうだが、軽井沢での勉強合宿期間中、ミドリちゃんの世話をどうしたものか。お袋は当てにならないから、やはり美大生に頼むか。そうはいってもランプシェード用の工場ができればアルバイトも黄金町へは来なくなるし、まさか詩帆さんにも頼めない。水槽ごと軽井沢へというのは、世話になる身として気がひける。たかが十センチぐらいのフグ一匹のことなのに、生命の扱いというのは面倒なものだ。

ミドリちゃんに餌をやってから、机に向かってパソコンのスイッチを入れる。ケータイの画像を直接プリントアウトする方法もあるらしいが、ぼくには分からない。とりあえずケータイとパソコンをUSB接続し、村崎家の居間を撮った写真をパソコンに転送すればプリントアウトはできる。

詩帆さんとの関係は解消したから、メールが入っているとすれば親父か能代さんぐらい。一応メールボックスを開くと、「法科学研究所」という送信元からのメールが届いている。すっかり忘れていたが、一週間前、鶴屋町にあるDNAの鑑定会社にぼくと能代さんの姉弟鑑定を依頼《いらい》していたのだ。

添付《てんぷ》のPDFを開くと、ローカスという十六カ所の鑑定結果が並んでいて、その鑑定精度は九十九・九パーセント以上だという。項目《こうもく》を上から順に確認していき、そして結論は「両サンプル間に血縁関係は認められない」となっている。

なんだ、これは。認められないとは、どういうことだ。三度、四度、五度。しつこく鑑定結果を読み直してもパソコンの文字は動かない。なにかの間違いか。鑑定会社がサンプルをとり違えたのか。能代さんと親父の鑑定結果はすでに出ていて、それはもう、親子であることが証明されている。親父の子供だと証明されているその能代さんと、ぼくに血縁関係がないのなら、理屈としてぼくと親父にも血縁関係はない。

頭から血の気がひいたのか、目の前が白っぽくなり、部屋全体がゆがんで、耳鳴りのような静寂《せいじゃく》が訪れる。

こんなことがあり得るのか。DNA鑑定に〇・一パーセントの誤差があるにしても、そんな低い確率がぼくに当てはまるのか。能代さんがおこなった鑑定のほうが間違いなのか、あるいは能代さんがぼくと親父を騙《だま》したのか。しかしぼくは能代さんに姉弟関係の鑑定を依頼したことを告げたし、それを承知していた能代さんがわざわざぼくに、親父との鑑定結果を見せるはずはない。

なんだか呼吸が苦しくなって、残っていたビールを飲みほし、自分の頰《ほお》をピシピシと、二回たたいてみる。いくら頰をたたいたところで鑑定結果は変わらず、ぼくと親父に血縁がないという事実も変わらない。能代さんはぼくの姉ではなく、そして親父も、ぼくの父ではないのだ。

なんというアホらしさ。親父はこの事実を知っているのか。学資や財産や、それに「生まれてくる子供と仲良く」とかいう話からして、たぶん知らないだろう。

それならお袋はどうか。まさか自分が産んだ子供の父親を知らなかったはずはなく、状況は、能代さんの母親と同じだったか。二股《ふたまた》の相手はどうせ売れない芸術家かなにか、そこに親父との結婚という選択肢《せんたくし》ができて、親父を選んだ。

いつだったかお袋が昔の話を思い出しながら、「私にも打算があった」とか言ったのは、このことか。そのくせぼくの学費に関しては親父に連絡をとったというのだから、いい度胸だ。もちろんそれは金銭的な打算ではなく、ぼくの将来全体に対する、保険的な意味もあったのだろうが。

いくらか混乱が治まって、一気に汗が吹き出し、パジャマの上を脱いで顔と首の汗をぬぐう。どこかで薄々感じていたのならともかく、この鑑定結果は、それこそ逆転サヨナラ負け。このまま黙っていたら親父から学費や以降の支援も受けることになって、それでは詐欺になってしまう。事実は事実として告げなくてはならず、親父が知ればお袋にも能代さんにも伝わる。どうしたものかと思ったところで、ぼくには、どうしようもない。

まったくなあ、言っては失礼だけれど、親父もお袋もいい歳をして、面倒なことをしてくれたよなあ。

親父と暮らしたのは最初の七年間だけ、以降も同居していればどこかに違和感があったかも知れないが、別居してしまったから疑う余地も残らなかった。この十年間はそれで不都合はなかったし、それなら今日以降、なにかの不都合が生じるのか。

なにかの不都合とは、なにか。学費や生活支援は、もちろんご破算。しかしお袋の学資保険は有効なはずだし、メイに叱咤《しった》激励《げきれい》されれば公立の大学にも受かる可能性はある。足りない分はアルバイトをすればいいし、お袋だってランプシェードの工場を新設するぐらいだから、成算はあるのだろう。

たしかにぼくと親父のあいだに「親子関係なし」という事実は衝撃的《しょうげきてき》ではあるけれど、だからなんだと言われれば、だから、なんなのだ。父親なんか遠野銀次郎でも売れない芸術家でも、生まれてきてしまった以上、自分の人生は自分の責任として生きていく。それ以外ぼくに、どんな生き方がある。

そうか、でもそうするとぼくには、変態官能小説の才能もないわけか。

気が抜けたのと同時に、突然笑いが込みあげ、思わず声を出して笑ってしまう。

「アキオ、どうしたのよ」

「なーんだミケ、いたのか」

「さっきからとなりにいるじゃない」

「食事は済んだか」

「うん、ご馳走《ちそう》さま」

「十七年しか生きていないのに、おれの人生って、けっこう波乱万丈《はらんばんじょう》だよな」

「そうなの？」

「一般的にはな。それでいて悩《なや》みがなにもないのは、なぜだろう」

ミケがぼくの膝をステップにして机にのり、窓枠から下をのぞいて、すぐ膝に戻ってくる。

「ゴン太のやつ、またワタシを待ってる」

「おまえ、美人だものな」

「猫にお世辞を言わなくていいよ」

「もしな、おまえがマンションのなかに閉じ込められたら、どうする」

「なんの話よ」

「たとえばの話。そういう猫だっているだろう」

「あれは拷問だよ。人間が身勝手なだけ。野良になって飢えたり怪我《けが》をしたりクルマにひかれて死んだり、たとえそんなことがあってもね、自由に生きて自由に死ぬのが、猫本来の生き方なんだよ」

「そうか、可愛いとか可哀そうとか、それは人間が、身勝手なだけか」

誰の責任でもない人生を自分の責任として生きて、そして死んでいく。それは人間も猫も同じことだろう。

ミケを膝にのせたまま、ぼくはケータイをパソコンに接続し、ストックしてある画像をパソコンの画面で再生させる。

最初の二十枚ほどは村崎家の居間を詳細《しょうさい》に写したもの。それをスクロールすると美鳥の母親から提供されたアルバムの写真になり、二、三枚前後させてから、美鳥と母親が二人で写っている成人式の記念写真に固定させる。

ミケを膝から抱えあげ、腕のなかで、成人式の写真を見せる。ミケはいつもどおり興味のなさそうな顔で、フニャンフニャンとつぶやく。

「よく見ろ」

「フニャン」

「美人だろう」

「でもおれより十三歳も年上なんだよな」

「フニャン」

「アキオは優柔不断……」

ミケのせりふが途中でとまり、両前足が机の端にかかって、鼻づらが画面に近づく。ぼくの腕のなかでミケの呼吸が深くなり、小さい心臓が心拍数《しんぱくすう》をあげてくる。十秒、二十秒、三十秒。そのうちミケの躰全体が震えだし、呼吸音が苦しそうになって、うしろ足が痙攣《けいれん》する。

「ミケ、無理なら、やめても……」

ぼくの言葉が終わらないうちにミケが靄《もや》のようにふくらみ、一度机の上に広がってから、すっと人間の美鳥に凝縮《ぎょうしゅく》する。その輪郭《りんかく》はこれまでにないほど明瞭《めいりょう》で、目の前に、本物の美鳥が浮かんでいるように見える。

「やあ、しばらく。苦しくないか」

「だいじょうぶ。アキオ、ありがとう」

「おまえの人生だものな。おまえが決めるべきだと思った」

「アキオねえ、ワタシのほうが年上なんだから、美鳥さんと呼びなさい」

「ごめん、美鳥さん」

「やっと会えたのに、もうお別れね」

「どうしても成仏を？」

「それが自然なの。人間でも猫でも魚でも、死んだらみんな無になるの」

「あの世みたいなものは、あるのかなあ」

「ない。あると思うのは人間の感傷。せっかく死んで無になるのに、あの世なんかに引っ掛かったら煩《わずら》わしいでしょう」

「そういうもんかな」

「ワタシね、アキオ、あなたに……」

美鳥の輪郭がずれるように滲《にじ》み、すぐ元に戻って、両腕がぼくのほうへさし出される。ぼくも両手をのばし、しかし美鳥の手は、抵抗もなくぼくの腕を突き抜ける。

「ワタシ、あなたに、謝ることが」

「分かってる。言わなくてもいい」

「でも、どうしても、謝らなくては」

お互いに接触のないまま、ぼくと美鳥は腕を絡ませ、肩を抱き合っている体勢のまま視線だけを合わせる。美鳥の目から涙《なみだ》があふれ、頬を伝って、ぼくの膝で消える。

「ワタシね、お父さまを、罠に嵌めてしまったの」

「いいんだ、分かってる」

「勝田に誘われて、ほんの軽い気持ちで。でもその結果が、あんなことに」

「おまえ、いや、美鳥さんが断ったとしても、勝田はどうせ別の女子を調達した」

「でもワタシは、自分と、勝田と、萱谷が許せなかった」

「美鳥さんの気持ちは分かっている。そして警察が、必ず、仇《かたき》を討《う》つ」

また美鳥の輪郭が滲み、しかし今度は滲んだまま、その輪郭が光りはじめる。

「待てよ、なあミケ、もう少し」

空を切ることは分かっていて、ぼくは美鳥の肩を抱き寄せ、その顔の輪郭を、両手で包む。

「アキオ、もうメイと、キスをした？」

「していない」

「どうせするよね」

「さあ、どうかな」

「仕方ないよね。ワタシは……」

「もう少し、もう少しだけ」

「ボイスレコーダーが山手の家に隠してあるの」

「ボイス？」

「それをアキオに教えたかったの」

「ミケが、金沢町から、運んで？」

「あの夜、勝田が家に来たときから、イヤな予感がしたの。だから見つからないように、スイッチをオンにして。万年筆タイプのボイスレコーダーで、隠した場所は、山手の家の、縁側《えんがわ》の下」

「それをおれに伝えるために、十年間も？」

「覚えていたのは最初だけ。いつの間にか記憶がなくなって、自分が誰なのかも分からなくなって。でも、もう、すべて、思い出した」

ぼくの手から美鳥の輪郭が煙のようにこぼれていき、その曖昧《あいまい》になった輪郭が、ふんわりとぼくのほうへ倒れてくる。

「アキオ、ありがとう」

「うん」

「この八日間、ワタシ、ものすごく幸せだった」

「おれも、ものすごく」

倒れてくる美鳥を受けとめようとしたが、もう輪郭が消えて靄になり、ゆれることもなく、旋回《せんかい》することもなく、ふっと部屋の空間に紛《まぎ》れてしまう。

美鳥さん、いくらなんでも、呆気なさすぎるよ。

ぼくが茫然《ぼうぜん》としていたのは、五分か、十分か。

気がつくと猫のミケが膝にのっていて、気持ちよさそうに寝息を立てている。幽霊が猫に戻ったときは消耗して苦しそうだったのに、もうその様子はない。「無になる」ということの概念に見当はつかないが、認めようと認めまいと、本当に美鳥は、無になったのだ。

「ミケ、チーズケーキを食べるか」

「フニャン」

「アントワーヌのチーズケーキだぞ」

「フニャン」

頭と背中を撫《な》でてやると、ミケが寝返りを打ち、薄目をあけてぼくの顔を見てから、無防備に両足を広げる。

「おまえなあ、そんな格好をすると、でも、まあ、いいか」

笑おうと思ったが、その気にならず、ケータイをとりあげて、能代さんの番号をプッシュする。

9章
軽井沢で

雑木林《ぞうきばやし》の手前にメイのうしろ姿が見える。菜園なんか畳《たたみ》三枚分ほどのスペースなのに、その出《い》で立《た》ちは麦わら帽子に長靴《ながぐつ》に袖カバーに、首にはタオルまで巻いている。雑草取りでもしているのか、ハーブティー用のミントやレモングラスを摘《つ》んでいるのか。菜園の手前にはぼくとメイの電動アシスト自転車が並んでいて、母屋《おもや》までの芝生を金色の木漏《こも》れ日《び》がまだら模様に染めあげる。

村崎家の別荘は有名な映画《えいが》監督《かんとく》から譲《ゆず》られたものだとかで、両隣の別荘も映画会社と出版社の寮《りょう》になっている。両隣といってもそれぞれ百メートルほどの距離があり、林を抜けていくと直接隣家の庭に出る。

ぼくに宛《あて》がわれているのは八畳ほどの寝室兼勉強部屋、黄金町の部屋なんか四畳半だから、八畳でも贅沢だ。調度はベッドと勉強机とロッカーだけだが、机にはパソコンが完備している。フグの水槽をメイの家にあずけてこの別荘に来てからもう二十日。夏休みの宿題は最初の三日間で終了させ、受験勉強も驚異的《きょういてき》にすすんでいる。専任講師は予想以上に優秀《ゆうしゅう》だし、インターネットで有料の夏季特別講習も受けられて、なるほど、学習には経済力も含めた家庭環境《かていかんきょう》が重要という理屈を思い知らされる。

たとえば英語にしても、軽井沢銀座の近くに英国国教会の牧師《ぼくし》一家が住んでいて、その家族が村崎家と懇意。サイクリング帰りには毎日のように牧師さんの家へ寄って日本語厳禁の会話をする。その会話を参考書で文法とつき合わせられるから、夏休み前よりぼくの英語力は何倍にも進歩した。ただ数学だけはそうもいかず、メイなんか微積や三角関数の数式を一目見ただけで答えを出すのに、ぼくのほうは十分もかかってしまう。メイに言わせると数学にはそれに適した脳の構造があるそうで、ぼくにできることは回答までの時間を十分から五分に短縮させるだけ。そこまで断言されると虚《むな》しい気もするけれど、逆に気分は楽になる。

　可笑しいのは国語力で、形容詞や副詞が文章のどの部分にかかるのか、という設問の答えが、メイはいつもデタラメ。そんなことで東大に受かるのか、と言ってやると、試験のときは霊感を使うのだという。

　窓の外に物音がして、ミケが身軽に跳び込んでくる。腰と背中に枯《か》れ葉《は》かなにかのゴミをつけていて、口にもなにかをくわえている。

「おまえなあ、またかよ」

「フニャン」

　返事をしたとたんになにかが床に落ち、ミケがその前に、尾を尻に巻いて座り込む。黒っぽくて五センチほどの大きさで、どうやらカブト虫のメスらしい。理由は知らないが、林のなかで野ネズミの子供や蟬を捕まえると、ミケは必ず見せにくる。そのくせ捕まえた獲物《えもの》を食べるわけでもなく、しばらく前足でじゃれたりしたあとは飽きてしまう。

「いちいち見せにくるなよ。片付けるのはおれなんだから」

あの夜以来ミケは喋らなくなったが、ぼくが話しかけると、ニャンとかフニャンとか返事はする。言葉が通じているとも思えないが、表情や音調でそれなりの理解はできるらしい。軽井沢へ来てからは付近の雑木林がお気に入りで、足を泥《どろ》だらけにして帰ってくることもある。

「ミケなあ、あまり悪戯をすると、また怖いお姉さんに叱《しか》られるぞ」

「フン、フニャン」

仕方ないので、ぼくは腰をあげ、まだ足を動かしているカブト虫をティシューで抓《つま》みあげる。蟬や鼠《ねずみ》の死《し》骸《がい》もメイのほうは慣れているのか、菜園の隅《すみ》に植えて肥料にするという。そのメイを呼ぼうと思って窓に寄ると、菜園に姿はなく、しばらくすると廊下のほうから本人があらわれる。麦わら帽子は脱いでいるが、首にはまだタオルを巻いている。ミケのほうはジャンプして窓枠に避難したから、相変らずメイが苦手らしい。

「アキオ、お客さまです」

「ふーん」

「お父さまとお姉さま」

「親父と?」

ＤＮＡの鑑定結果は知らせてあるから、もう父子《おやこ》でも姉弟《きょうだい》でもないが、習慣は直らない。もちろん血縁の件はメイも知っている。

「こちらへは休暇《きゅうか》ですって。居間へお通ししたわ」

「ふーん、休暇か」

メイが部屋を出ていき、ぼくはカブト虫をどうしたものかと、窓枠のミケに目をやる。庭へ放ってしまえばそれでも済むが、せっかく「見てください」と運んできたものを無下にしても、ミケに失礼な気がする。

「本当に困ったやつだよな。もう見たから、元の場所へ返しておけ」

ミケが返事をしないのは、不承知という意思表示か。指示したところでミケが獲物を返しにいくはずはなく、とりあえずカブト虫を机に置いて居間へ向かう。居間といっても広さは三十畳ほどもあって、七十インチの大型テレビや壁一面の書架《しょか》や、それになぜか、電動のウォーキングマシーンまで置かれている。食堂も別にあって応接間も別、そこに寝室が六つもあるのだからアメリカ映画に出てくる豪邸《ごうてい》のよう。実際にテレビドラマの撮影に使われることもあるという。

入っていくと、親父と能代さんがロータイプソファに並んでいて、ちょうどメイが食堂からトレーにのせたティーセットを運んでくる。庭に面した掃《は》き出《だ》し窓はあけ放たれていて、林のほうからメジロの鳴き声が聞こえてくる。

「やあアキオ、元気そうじゃないか」

午後はメイにサイクリングやテニスにつき合わされるから、ぼくもだいぶ日に灼《や》けている。親父は麻混《あさこん》の夏ジャケット、能代さんのほうはリゾート風のルーズなワンピースを着ている。「休暇で」というのは、能代さんの休暇だろう。

メイがアンティークのローテーブルにティーセットを置き、カーペットの上に膝をくずす。トレーには客用のおしぼりと、メイお手製のクッキーも用意されている。

なんとなく気まずくて、ぼくは親父と能代さんから離れた位置に腰をおろして胡坐《あぐら》を組む。

「早葉子も休暇をとれるというんでな、思い切って出かけてきた」

「愛美さんは」

「ホテルで休ませている。なにしろ腹が、あれだから」

そういえばいつだったか親父に、「今回のトラブルが一段落したら、四人で温泉にでも」と言われたが、ぼくはもう遠野家の一員ではない。

「アキオくんね、今朝、勝田と菅谷が逮捕されたの」

能代さんがおしぼりを使いながら、ウィンクのように瞬《まばた》きをし、口の端を秘密っぽく笑わせる。

「十時から県警本部で記者会見をしたから、お正午《ひる》のニュースでやるはずよ」

「えーと、よかった」

「私はある意味で関係者だから、事件から外されたの。それで休暇をね」

そうか、逮捕か。ボイスレコーダーの件を能代さんに連絡し、二日後に「メモリーを復元できた」と知らせがあったときから、逮捕は時間の問題だろうと思っていた。以降はすぐ軽井沢へ来てしまって、勉強合宿の日々。メイも事件が自分の手を離れたから「興味ありません」というし、以降ぼくらは正しい高校生に戻っている。その間事件に関して一切の報道がなかったのは、秘密裏《ひみつり》に証拠固めがされていたのだろう。

「これから大変な騒ぎになるからなあ。それで俺と愛美は、しばらくホテルに身を隠すことにした」

十年前も親父は東京のホテルに身を隠したらしいが、今回は事情が違う。

「お嬢さん、この紅茶は、いい香りだね」

「アッサムティーにラベンダーをブレンドしましたの。お父さま、クッキーも召しあがれ？」

「ほーう、これも手作りらしいが」

「アキオの大好物です。お味はシナモンとレモングラス」

それほどの大好物でもないが、ここは、意見を言わない。

「ところで……」

親父が壁の振り子時計と能代さんの顔を見くらべ、クッキーをひとつ口に放り込んで、縁なしのメガネを押しあげる。

「済まないが、テレビをつけてくれないか。そろそろニュースをやるだろう」

メイがテーブルの下からリモコンをとり出し、七十インチテレビに向かってボタンを押す。時刻はちょうど十二時、親父と能代さんもニュースを見せるために、時間を選んで訪問してきたのだろう。

すぐにニュースが始まり、まず女性アナウンサーがラインナップを紹介し、つづいて男性アナウンサーが感情を交えず、神奈川県警からの中継録画をアナウンスする。現職の警察官が殺人容疑で逮捕されたのだから、さすがにトップニュース。フラッシュの頻度《ひんど》からしても相当数のマスコミらしい。

会見映像に見えるのは三人の中年男性で、左側が刑事部長、右側が監察官室長、中央の知らない顔が県警本部長か。

事件の概要説明は刑事部長がおこなったが、内容は腹が立つほど表面的。まず今朝の六時に勝田正義と菅谷貞造を近石美鳥殺害容疑で逮捕したこと。そのときだけ画面に勝田と菅谷の顔写真が映ったから、あらかじめプレスリリースされていたのだろう。殺害の動機は十年前に発生した横浜駅の盗撮事件に関する仲間割れ。その盗撮事件で親父の名前は出されなかったが、どうせそれもプレスリリースされている。

最後に会見に臨《のぞ》んだ三人が直立し、本部長が、容疑者が現職の警察官だったこと、そして容疑者逮捕に十年の時間がかかったことを「心からお詫《わ》び」して、会見終了。事件の捜査がどういう経緯だったかの説明は、まるでなし。

「お父さま、ワイドショーに変えましょうか」

「いや、見なくても分かる。それにこれから当分はマスコミに追いかけられる。今日ぐらいは英気を養おう」

メイがテレビを切り、ポットの紅茶を親父と能代さんのカップに注ぎ足す。親父はメイの本性を知らないから、気配りのある可憐な少女だと思うだろう。

「アキオくんね、会見の映像はあれだけだったけど、このあと刑事部長と記者たちの質疑応答があるの。そこではかなり具体的な発表がされたはず」

「そうですか」

美鳥がレイプされかけたことも、と聞きそうになったが、メイがいるので控《ひか》える。警察も母親の心情を考慮してそこまでの公表はしないだろう。

「自殺とされている柴田優麻のことは、どうなりましたか」

「それはいつかも言ったとおり、立件は難しいでしょう。もちろん捜査本部も追及はしたし、継続捜査にもなる。でも柴田優麻の名前を出したとき、勝田と菅谷は、啞然《あぜん》としたような顔をしたと。ですから、優麻さんの件は、本当に自殺だったのかも知れないわ」

自殺だったのか、殺人事件の被害者だったのか。知っているのは勝田と菅谷だけ。人間二人の殺害は死刑になる確率が高い、というぐらいだから、勝田も菅谷も自供はしない。

優麻の妹も「時間がたてば自然に気持ちの整理がつく」と言っていたし、なんとなく釈然《しゃくぜん》としないけれど、この件を蒸し返しても意味はない。

「一番大変だったのはね」

能代さんがぼくとメイの顔を見くらべ、耳の下あたりをぽりぽりと掻《か》いて、きれいな眉に段差をつける。

「私がどうやってボイスレコーダーを発見したのか、それを追及されたこと。まさかアキオくんに教えられてとは言えないでしょう」

もちろんぼくも、化け猫に教えられて、とは言えなかった。

「けっきょくあれなのかしら。メイさんの夢枕に立つ幽霊が、関係しているのかしら?」

メイには美鳥が成仏したことも、ボイスレコーダーの件も話してあるが、ここはどう対応してくれるか。

「お姉さま、ボイスレコーダーのことは、わたしが幽霊から聞きましたの。ちゃんと近石美鳥と名乗りましたよ。そういえばあれから、出てきませんねえ」

「お嬢さんなあ、幽霊が教えてくれたというのはまずいだろう。小説にする場合、その部分が一番のネックなんだよ」

「父さん、事件を小説に書くの」

「当然だろう。マスコミにだけ甘《あま》い汁を吸わせてどうする。もう出版社と話をすすめているんだ。騒ぎが下火にならないうちに実録物として売り出せば、百万部は確実《かた》いという」

「ふーん、すごいね」

最初は「忘れたい」とか「蒸し返すな」とか言っていたくせに、親父のこの変身ぶりは尊敬に値する。ぼくに言わせれば、親父なんか、じゅうぶんに勝ち犬の遺伝子だ。

「だからなあ、物語の核心部分、つまりボイスレコーダーの発見経緯が幽霊というのでは、説得力がなさすぎる」

「お父さま、ご心配なく。事実をそのままお書きになればいいです」

「事実を、といっても」

「ものすごく霊感の強い美少女を登場させれば、すべて解決します」

「いやあ、それはなあ、実録物に霊感がどうとかは」

親父が首を横にふりながらメガネをふき、顔に戻して、困惑したように肩をすくめる。ボイスレコーダーの件を小説でどう扱うのか、そんなことはプロの親父が、勝手に考えればいい。

「能代さん、追及されて、実際には？」

「私が個人的に捜査をした結果、と言って押し通したわ。横浜駅の事件は実父の問題、父親の汚名を晴らすため、長年地道に調べつづけた。山手の家も再捜査して、そして偶然にボイスレコーダーを発見したと」

長年地道に、という部分を除けば、ある意味、事実ではある。

「それで県警本部は信じましたか」

「どうかしらねえ。でも盗撮事件と美鳥殺しを結びつけられなかったのは、捜査一課の大失態。だからボイスレコーダーは『捜査員の地道な努力によって』という報告にしたらしい。私のほうも本部に貸しをつくれたわ」

「つまり、異動が？」

「さあ、とりあえず、来年は楽しみになったけれど」

能代さんが唇だけで笑い、クッキーをつまんで、半分ほどかじる。すっかり姉弟だと思い込んでいたのに、完璧な他人になってしまった事実が、ちょっと寂しい。

親父がカップにソーサーを添《そ》えて腰をあげ、壁や天井を見まわしながら窓辺へ歩く。

「日射しは東京と変わらんのに、やはり軽井沢は涼しいなあ。今日でも二十七、八度だろう」

ぼくが来てからも三十度を超えた日は二日だけ、それも三十一度にはならなかった。涼しくて静かで講師が優秀で、これで勉強の成果が出なかったら軽井沢に失礼になる。

「今思ったんだが、こういう環境なら俺の仕事もはかどるなあ。探せば貸別荘もあるだろう」

戻ってきて、元のソファに座り、親父がカップを置きながらぼくの顔を見る。

「ということで、どうだアキオ、今夜家族で夕飯を食わないか」

「父さん、電話でも言ったし、メールも送ったよ」

「そうはいうが、十七年も父子だったんだぞ。急にＤＮＡがどうとか言われても実感がわかない」

「ぼくも実感はわかないけどさ。事実だから仕方ないよ」

「おまえはそれでいいのか」

「いい悪いではなくて、事実かどうかの問題だよ」

「冷淡《れいたん》なやつだなあ。今は別居しているが、七年間は間違いなく父子として暮らした。人生には歴史があるだろう」

「今だって同居はしていないし、大して変わらないと思うけどね」

「おまえには子供のころからそういう、冷めた部分があった。だがまさか、俺の子供でないとは考えてもみなかった」

　メイが親父のカップに紅茶を注ぎ足し、ぼくのカップにも注いで、クッキーをひとつとってくれる。能代さんは少し緊張した感じで澄ましているが、メイの表情は相変わらず、ぼんやりしている。

「なあアキオ、これまでと変わらないのなら、これまで通りでもよくないか。おまえだって突然、遠野さんとは言いにくいだろう」

「それは、そうだけど」

「大学の件だって、前に言った通りでいいじゃないか」

「そうはいかないよ。父さんも母さんに騙《だま》されて腹が立つだろう」

「まるで」

「どうして」

「理由はない。よくもまあ、これまで隠していられたものだと、感心するぐらいだ」

「そういうものかな」

「彼女はこの問題をどう言ってる？」

「あら、気づいたの、だって。でも自分がぼくを産んだことだけは、間違いないってさ」

「そういう女だ。だが悪気がないことは分かっている。だから大学の費用はおまえの印税分だと思って、受けとれ」

「印税分？」

「事件に片がついたのも俺の汚名が晴れるのも、みんなおまえが調べてくれたお陰だ」

「お父さま、わたしも働きました」

「うん、いや、まあ、そういうことだから、小説の印税はおまえにも受けとる権利がある」

ずいぶん強引な理屈だが、要するに親父は以前の約束通り、学費の支援をしてくれる。

と言っているのだ。でもいくら七年間父子として暮らしたとはいえ、他人と判明した人からの金は受けとれない。

「アキオ、わたしはお父さまのご意見に賛成です」

おまえの口を出す問題ではない、と言いたかったが、言ったところで、どうせメイは口を出す。


「アキオは悲惨な人生を送ってきたせいで、人間不信に陥《おちい》っています」

本当ですか、お嬢さん。

「人間には血縁だけでなく、宿命としてのご縁があるでしょう。諺《ことわざ》にもあります、遠くの親戚より近くの他人って」

フェリスではそんな諺も教えるのか。もっともその諺は、少し意味が違う気もするが。

「アキオくん、一時期姉弟だった人間として言わせてもらうと……」

能代さんがゆるく脚を組み、ソファの肘掛けに腕をのせて、少し身をのり出す。

「義理の親子でも親子は親子、義理の姉弟でも姉弟は姉弟。アキオくんと遠野さんの関係はそれ以上なんですもの、素直に申し出を受けていいと思うわよ」

「でも」

「私だってせっかくできた可愛い弟と、他人になるのは悲しいわ」

「お姉さま、わたしも同感です」

「アキオ、お嬢さんもそう言ってる。男と女の関係というのはなあ、男が女のほうに従っていれば、まず間違いはない」

なんだか人生訓としても陳腐《ちんぷ》な気はするけれど、受験まで一年半もあることだし、ここで親父の申し出を拒絶するのも大人げないか。最終的な結論を出す時間は、まだいくらでもある。

「泊まっているグランドマウンテンビューというホテルに、よさそうなレストランがあった。アキオ、今夜の七時でどうだ」

「お父さま、あのホテルには『奥信濃《おくしなの》』という料亭が入っています。おすすめは霜降《しもふ》り肉のしゃぶしゃぶで、おつまみには馬刺《ばさ》しも珍味《ちんみ》です」

「ほーう、そうかね」

「七時、グランドマウンテンビューの奥信濃。了解です。アキオがぐずっても、わたしが必ずお連れします」

親父が口をあけて、ちらっとぼくの顔を見たが、笑いながら黙ってうなずく。これで親父もメイのことを、気配りのある可憐な少女とは思わなくなったろう。

親父と能代さんが腰をあげ、ぼくとメイも腰をあげて、四人で玄関へ向かう。

「それにしても、さすがは村崎家の別荘だ。柱にも床板にも歴史が感じられるなあ」

「昭和三十年代の建築と言われています」

「ふーむ、冗談ではなく、俺もこの辺りに別荘を買って、仕事をしながら愛美と子供と、静かに暮らしたいものだ」

父さん、町の条例で、軽井沢にキャバクラはないよ。

玄関につき、能代さんがドアをあけ、親父がぼくを呼び寄せて耳元に囁《ささや》く。

「アキオ、ＤＮＡの件、やっぱり間違いじゃないのか」

「どうして」

「ヘンな女に惚れてしまうところが、どうも俺に似ている」

「父さんの病気がウィルスで伝染《うつ》っただけだよ」

「ウィルスで病気が？　ふーむ、今度の小説に、その発想をとり入れよう」

親父がほっと息をつき、「それじゃ七時に」と言って、能代さんをうながしながらドアを出ていく。しばらくして外にクルマの音が聞こえたから、レンタカーでも借りたのだろう。

「アキオ、お父さまはなにを？」

「村崎家の令嬢がこんなに美人だとは、思わなかったってさ」

「よく言われます」

メイが納得したように、首をかしげながらうなずき、腰のうしろで腕を組む。

「いけない、お父さまにサインをいただくのを忘れたわ」

「どうせ今夜も会う」

「軽井沢銀座の書店に、お父さまのご本はあるかしら」

「町の条例で禁止されているだろう」

「ご本がなかったら色紙にします」

「おまえ、見かけによらず、ミーハーだよなあ」

居間へ戻り、意識的にひとつ欠伸をして、掃き出し窓へ歩く。太陽は中天にあっても雑木林が日射しをさえぎり、湿度の低い風がメジロの鳴き声を運んでくる。

ぼくの部屋にいたミケが芝生《しばふ》に出ていて、自転車の手前でしきりにジャンプしている。うしろ足で跳ねては前足で着地し、躰をひねってまた同じ動作をくり返す。芝生のバッタでも襲《おそ》っているのだろう。

そのミケから二メートルほどのところにアメリカンショートヘアが端座《たんざ》していて、ミケのジャンプを感心したように見守っている。ここ幾日か見かけるようになった猫だから、軽井沢でできたボーイフレンドだろう。少なくとも黄金町のゴン太よりは品がいい。日射しのなかを藁《わら》くずのように飛んでいる黄色いトンボも、九月になれば平地へおりてアキアカネになる。

メイがぼくのティーカップを運んできて、窓際に並んで腰をおろす。蟬の声も聞こえるが都会ほどではなく、人声もクルマのエンジン音も聞こえない。

「お父さまたちと仲直りができて、わたしも肩の荷がおりましたよ」

おまえが肩の荷をおろして、どうする。

「お父さまってシブくてシャイで、女心をくすぐります」

「そうかなあ」

「昔のトレンディードラマで流行《はや》ったタイプです」

「昔のトレンディードラマ？」

「登場人物が意味もなく不倫《ふりん》をしたり、意味もなく別れたり、そういうストーリーが延々とつづくの」

「おまえ、いろんなテレビを見るんだな」

「アキオと会う前は暇だったの。こんなに忙しい夏休みは生まれて初めて」

悪かったな、と言おうとしたが、メイにとってはその忙しさも、たぶん新鮮なのだろう。

「ねえアキオ、ＤＮＡを調べ直したらどうでしょう」

「どうして」

「アキオとお父さま、やっぱり似ている気がするの」

「おれはそんなに古いタイプか」

「背中で人生の哀歓《あいかん》を表現できる人なんか、そうはいませんもの」

この世に背中で人生の哀歓を表現する高校生が、どこにいる。たった七年間暮らしただけで他人同士が似るはずもなし、とは思うが、ヘンな女に惚れてしまう病気だけはウィルスで、もしかしたら、伝染《うつ》っているのかも知れない。

一瞬木漏れ日が陰って風が渡り、すぐに日射しが戻って、菜園と二匹の猫と二台の自転車と芝生を、陽炎《かげろう》のように揺らめかす。常識的に考えれば過酷な夏休みなのに、奇妙なほど心が平和な理由は、今、となりに、メイがいるからだろう。

「わたしのあの自転車……」

メイが立てた膝の上で腕を組み、その腕に顎をのせて、日射しに目をほそめる。

「最初はね、赤い色にしようと思ったの」

「ふーん、それが?」

「赤でアキオの自転車より目立つのは、失礼だと思ったの」

「べつに」

「でも、ほら、白とグリーンのほうが、ちゃんと仲良しに見えるでしょう」

自転車の色なんかどうでもいいとは思うが、メイなりに、気配りや美意識みたいなものがあるのだろう。菜園前に並んでいる二台の自転車も、言われてみればなるほど、赤とグリーンの組み合わせより、白とグリーンのほうが平和に見える。横浜ではシーパラダイスからズーラシアまで走りまわり、軽井沢へ来てからは小諸《こもろ》市や浅間《あさま》山《やま》の麓《ふもと》までサイクリングした。電動アシスト自転車もこれだけ愛用されれば本望だろう。

「アキオ、五十年後も、わたしたち、こんなふうに並んで、ぼんやり座っていると思いません？」

「そのころは足が弱って、どうせ立っていられない」

「ばか」

「おまえ、怒ると、一応顔に出るんだな」

「でも喧嘩はしませんよ。どうせ仲直りをするんですから、喧嘩をしても無駄です」

「ずっとおれのほうが謝りつづけるのも、疲れる気がする」

「合図をつくればいいの」

「どんな」

「人さし指をひょいひょいと曲げるとか。それでわたしも了解します」

　ヘンな合図だが、でも人さし指のひょいひょいぐらいでいいのなら、この先、一生でも謝りつづけられるか。

「メイなあ、最初に港の見える丘公園でおれを見つけてくれて、ありがとう。あのときおまえに会わなかったら、近石美鳥の事件も、親父の盗撮事件も、それにおれたち家族の問題も、なにも解決しなかった」

「赤い糸です」

「もしかしたら、な」

「でもやっぱり、アキオは人間不信だと思うの」

「そうかなあ」

「わたしのことも疑っているでしょう」

「おまえの、なにを」

「こんなに美人で聡明《そうめい》な良家の子女が、自分とつき合うのは不審《おか》しいって」

ぼくが思っているのは、たとえメイの気持ちが夏休みの遊びだったとしても、それはぼくのほうが覚悟をしておけばいいだけのこと、というもの。人間不信とは別な概念《がいねん》の気はするけれど、結果的には、同じか。

「だからね、アキオはいつでも逃げ出せるように、心の壁をつくっているの」

「深遠な意見だ」

「ほら、そうやって、言葉でごまかそうとする」

「そんなつもりは」

「言葉でごまかすのも壁のせいよ」

「フェリスでは心理学も教えるのか」

「おバカな学園ドラマで覚えました」

「今度、おれも、見る」

「これまでデートした八人の男子のなかには、最初からキスしようとした人もいます」

おいおい、六人ではなかったのか。

「少なくともみんな、手ぐらいは握ろうとします」

「みんな勇気があるな」

「勇気と無謀《むぼう》さは別です。無謀な男子は手をひっ掻いてやります」

「だから誰も……」

そういえば山下公園で、ミケの頭をガツンと叩いたことがあって、メイのことを見かけによらず乱暴な女子だと思ったことがあったが、もしかしたら、あれが本性か。

良家の子女というのは、奥が深い。

自分がひっ掻かれるかどうか、試しに、ぼくはメイの手を握ってみる。

メイが小さく咽を鳴らし、薄い胸で二度深呼吸してから、肩を寄せて、手を握り返してくる。菜園の前では白とパステルグリーンの電動アシスト自転車に木漏れ日がゆれ、アメリカンショートヘアがミケの真似をして、芝生にジャンプする。

「わたし、アキオに、謝ることがあるの」

「八人か」

「そんなことはいいの。あのね、もしかしたらアキオのこと、同性愛者ではないかと」

言葉が詰まって、息も詰まり、何秒かのあと、堪《こら》えきれなくなった息が笑いになって噴《ふ》き出《だ》す。

「だってそうでしょう。わたしたち、キスもしていないのよ」

「それは、おまえが、大事なやつだから」

別棟《べつむね》に管理人がいるにしても、こんな屋敷に何日もメイと二人だけ。今まで手も握らなかったのは、考えてみれば不自然か。ぼくのほうは詩帆さんと大人の関係を経験してしまったから、メイとはふつうの、高校生らしい男女交際をと思っていた。しかしふつうの高校生でも、好きなら、キスはする。

メイの肩に手をまわしたとき、ふと見ると、なぜか目の前にミケが座っている。ミケは尻に尾を巻きつけて両前足をそろえ、そして口にはバッタをくわえている。メイのほうはもう目をつむり、顎の先を上向けて、ぼくの肩に手をかけている。

目の合図でミケに、向こうへ行けと指示しても、ミケはバッタをくわえたまま、興味深そうにぼくたちを見つめてくる。

アキオ、もうワタシは気にしないから、メイとキスしてもいいよ、という美鳥の声が聞こえたような気がして、ぼくはメイの頰を、両手で包む。

本書は二〇一六年九月に、弊社より刊行された単行本『ぼくはまだ、横浜でキスをしない』を改題、文庫化したものです。

Haruki Bunko
ハルキ文庫

ひ 1-4

横浜《よこはま》ではまだキスをしない

著者 樋口有介《ひぐちゆうすけ》

2018年5月18日第一刷発行

発行者 角川春樹

発行所 株式会社角川春樹事務所
〒102-0074 東京都千代田区九段南2-1-30 イタリア文化会館

電話 03(3263)5247(編集)
03(3263)5881(営業)

印刷・製本 中央精版印刷株式会社

フォーマット・デザイン 芦澤泰偉
表紙イラストレーション 門坂 流

ISBN978-4-7584-4167-4 C0193 ©2018 Yûsuke Higuchi Printed in Japan
http://www.kadokawaharuki.co.jp/ [営業]
fanmail@kadokawaharuki.co.jp [編集] ご意見・ご感想をお寄せください。

ハルキ文庫

ヒーローインタビュー

坂井希久子

仁藤全。高校で四二本塁打を放ち、阪神タイガースに八位指名で入団。強打者として期待されたものの伸び悩み、十年間で一七一試合に出場、通算打率二割六分七厘の八本塁打に終わる。もとより、ヒーローインタビューを受けたことはない。しかし、ある者たちにとって、彼はまぎれもなくヒーローだった——。「さわや書店年間おすすめ本ランキング」一位に選ばれるなど書店員の絶大な支持を得た感動の人間ドラマ、待望の文庫化！
（解説・大矢博子）

大好評既刊